LE PASSAGER SANS VISAGE

ÉGALEMENT CHEZ POCKET

LE CRI
COMPLOT
L'ÎLE DU DIABLE
LE DERNIER MESSAGE
LE PASSAGER SANS VISAGE

NICOLAS BEUGLET

LE PASSAGER SANS VISAGE

XO
EDITIONS

ISBN : 978-2-266-32373-4
Dépôt légal : septembre 2022

« Ils eurent beaucoup d'enfants
et vécurent heureux. »

À mes deux fées, Juliette et Éva,
et à ma princesse Caroline.

Résumé du tome précédent, *Le Dernier Message*

Inspectrice de police à Glasgow, Grace Campbell est plus mystérieuse que ce que laisse paraître son attitude empathique et enjouée. Cette jeune Écossaise d'une trentaine d'années a décidé de vivre dans une extrême solitude, sans attaches amicales ou familiales. Plus troublant encore, dans son appartement se trouve une pièce secrète fermée par une porte blindée. Que cache-t-elle à l'intérieur ?

Un secret qui la tourmente d'autant plus qu'elle s'ennuie dans son travail. Grace a été mise au placard après une arrestation qu'elle a fait échouer. Jusqu'à ce petit matin où son supérieur, Elliot Baxter, lui demande de partir pour l'île d'Iona, à l'ouest de l'Écosse, où un pensionnaire du monastère a été retrouvé assassiné dans sa cellule. Sautant sur l'occasion pour prouver qu'elle est de nouveau opérationnelle, Grace ne sait pas encore qu'elle s'embarque pour une enquête au long cours qui la mènera jusqu'aux confins du Groenland.

Durant ses investigations, elle reprendra peu à peu confiance en elle et fera preuve d'un courage à toute épreuve. Cette « nouvelle » Grace, réhabilitée dans ses fonctions, aura-t-elle à présent le courage d'ouvrir la porte de son cabinet secret et d'affronter ses vieux démons ?

– 1 –

Deux amandes ambrées suspendues dans l'obscurité fixaient Grace de l'autre côté de la fenêtre. Comme chaque jour à trois heures du matin, elle venait de s'éveiller et il était déjà là, l'observant sans ciller. Elle posa un pied hors du lit en frissonnant et réajusta son tee-shirt un peu lâche afin de dissimuler son décolleté au regard hypnotique de l'étranger. Dans la pénombre de sa chambre que nimbaient les lueurs blafardes des lampadaires, elle s'approcha de la lucarne, croisa les bras et considéra de haut l'inconnu. Une discrète moue d'hésitation au coin des lèvres, elle le toisait comme elle l'aurait fait avec un témoin qui semblait lui mentir.

Mais cette fois encore, elle céda vite au chantage des deux billes phosphorescentes étincelant d'un espoir disproportionné et ouvrit la fenêtre au chat qui miaula de contentement.

Un courant d'air hivernal hérissa le duvet clair des bras de Grace. Un silence étouffé planait dans la nuit, signe d'un ciel chargé de nuages alourdis de neige.

Le pelage du félin reflétait la clarté diffuse des réverbères et de la lune ; il lécha son dos, attendant apparemment que la jeune femme réagisse au cadeau qu'il venait de lui apporter.

— Un nouvel oiseau mort, comme c'est gentil…, chuchota-t-elle de sa voix naturellement tempérée pour ne pas réveiller son voisin âgé et ami Kenneth qui pour une fois ne s'était pas réveillé au petit matin en sanglotant.

Le chat cessa sa toilette et pencha la tête. Grace prit un air embarrassé, comme si elle s'adressait à un enfant.

— Tu ne me vois jamais chasser, donc tu te demandes comment je fais pour me nourrir…

L'animal décocha un discret coup de patte au cadavre ailé.

— Je prends note de ta circonspection quant à mes capacités de survie. Sache que ta sollicitude pour me sauver de la malnutrition me touche. Mais, comme tu peux le constater, je n'ai pas que la peau sur les os, s'amusa Grace en tâtant un petit pli sur la courbe de sa taille.

Le félin arrondit son dos et entreprit de se frotter contre le bras de la jeune femme, qui recula.

— J'ai bien compris ce que tu voulais, mais j'ai décidé de vivre seule, vraiment seule, sans parents, sans amis, sans personne, rien qu'avec mes livres…, dit-elle en jetant un œil à l'anneau qu'elle portait au pouce.

Le chat s'assit et détourna son attention de Grace, ses pupilles fixant un point près du lit.

— Qu'est-ce que tu regardes comme ça ?

L'animal couvait des yeux la table de chevet.

— Alors, tu te souviens, souffla-t-elle. Tu connais le rituel de ma lâcheté…

Tous les matins, après s'être levée, Grace s'agenouillait devant le petit meuble, en ouvrait l'unique tiroir, y plongeait la main, effleurait du bout des doigts un clavier numérique, hésitait et, finalement, retirait son bras avant de refermer brutalement le casier.

— Tu sais, il y a six mois à peine, j'ai eu le courage de reprendre la clé et d'aller rouvrir la porte. Mais, quand j'ai revu tout ce qu'il y avait derrière… j'ai flanché et je suis ressortie tout de suite. Je m'étais crue prête à affronter de nouveau la vérité… cette vérité dont dépend ma vie et qui me fait si peur.

Le chat continuait à surveiller comme s'il guettait un trou de souris.

Grace regarda dans le vide et poussa un profond soupir avant de se rasseoir sur le bord de son lit.

— Parfois, tu te lances corps et âme dans une enquête, mais quand vient le moment de la concrétiser, tu l'abandonnes lentement. Non par paresse, mais parce que tu pressens la terrifiante réalité que tu vas découvrir.

Grace eut un rictus moqueur.

— L'inspectrice Grace Campbell, louée par tous les notables de Glasgow pour sa bravoure, a peur… d'elle-même.

Elle fit un geste de dépit et leva les yeux au ciel en prenant conscience qu'elle se confiait à un chat, si compatissant soit-il.

Ce dernier frissonna au contact de flocons de neige tombés sur son museau. Grace ouvrit alors sa commode et en tira une couverture qu'elle enroula et disposa sur le rebord de la fenêtre pour former un nid à côté de l'animal.

— Tu peux te blottir là-dedans, tu auras chaud… Mais on en reste là.

Elle referma délicatement la fenêtre pour ne pas coincer la queue louvoyante du félin. Puis elle s'empara de la lanterne posée sur sa table de nuit et alluma la bougie qui crépita dans le calme de la chambre. La flamme répandit son halo sur le visage de la jeune femme, inondant d'une lueur orangée son doux regard noisette et les vaguelettes charnues de ses lèvres. Grace se retourna.

Seuls les contours de sa silhouette aux formes joliment arrondies miroitaient sur les carreaux. Le chat avait disparu. Elle regretta presque qu'il soit parti si vite. Elle aurait aimé qu'il insiste un peu plus, qu'il fixe de nouveau le tiroir tabou. Qu'il la culpabilise de repousser sans cesse l'échéance.

Elle ramassa ses vêtements qui traînaient par terre, en s'amusant à penser qu'un observateur extérieur aurait pu y voir les reliefs d'un désir impatient. La réalité était moins exotique. Hier soir, elle n'avait pas eu le courage de ranger ses affaires après être rentrée bien plus tard qu'à son habitude d'une soirée mondaine organisée par le maire de Glasgow. Son supérieur l'avait suppliée d'y faire une apparition. L'enquête qu'elle avait menée sur le meurtre du monastère d'Iona avait eu un retentissement considérable et, depuis six mois, elle devait endosser, bien malgré elle, le rôle d'ambassadrice de la police de Glasgow. Une coupe de champagne à la main, qu'elle avait fait mine de siroter, Grace avait aimablement évoqué les grandes lignes de ses investigations, avant de prétexter la nécessité de nourrir son chat pour quitter la soirée et retrouver le calme de son appartement.

Elle déposa ses vêtements dans la corbeille à linge en osier de la buanderie, puis entra dans le salon, où le rayonnement de sa lanterne glissa sur les livres qui ornaient toute la surface des murs, à l'exception d'une partie de l'un d'eux, de la largeur d'une porte, obturée par un rideau de velours bordeaux. Elle fit un léger écart en passant devant la tenture, éprouva l'inévitable pincement au cœur. Puis elle alluma la radio et s'installa sur un tapis de gym au milieu de la pièce afin de faire ses exercices de Pilates.

D'une oreille distraite, elle écouta les informations de la nuit qui s'égrenaient : alerte à la pollution dans la ville d'Édimbourg, vote au Parlement écossais de la loi d'accélération de l'identité numérique… Son activité physique accomplie, Grace se rafraîchit d'une douche à peine tiède, s'habilla et prit un petit déjeuner frugal en lisant *Le Meilleur des mondes*. Jusqu'à ce qu'un grincement de parquet provenant du palier attire son attention.

À cette heure, dans l'immeuble, Grace était généralement la seule levée. Elle pensa au chat qui aurait trouvé un moyen de pénétrer dans le bâtiment, mais la plainte des lattes avait été provoquée par un pas bien plus lourd.

La jeune femme s'approcha discrètement de la porte d'entrée. L'œilleton ne lui révéla qu'un couloir vide. Elle déverrouilla la serrure et ouvrit. Personne. Mais sur le seuil se trouvait une enveloppe.

– 2 –

Grace eut à peine le temps de voir que l'enveloppe était de format A4, en papier kraft. Pieds nus, elle se précipita vers l'escalier, le dévala à toute vitesse et poussa la porte de l'immeuble donnant sur la rue. Sous les cloches de lumière pâle voletaient des flocons de neige dans le silence cotonneux de la nuit finissante. Pas une silhouette, aucun bruit de pas sur le trottoir. Rien d'autre que quelques voitures garées nappées de poudreuse et parfois le vrombissement lointain d'un moteur.

Grace regagna le troisième étage. L'enveloppe était toujours là, mais elle l'ignora et frappa chez son voisin.

— Kenneth, c'est Grace.

Elle finit par entendre des pas et la porte s'ouvrit sur un homme qui devait bien avoir quatre-vingts ans. Ses cheveux amassés sur les tempes et clairsemés sur le haut lui donnaient un air de chef d'orchestre un peu perché. Mais son regard était tout sauf loufoque. Posé, profond, il considérait la jeune femme avec une bienveillance religieuse et ne parut pas surpris de la voir de si bonne heure.

— Entrez, Grace.

— Non, je suis simplement venue vous demander quelque chose : est-ce vous qui avez déposé cette enveloppe devant chez moi ?

Il avisa la lettre, perplexe.

— Non.

— Et vous étiez en train de dormir, donc vous n'avez rien vu, rien entendu.

— Oui, pour une fois, je n'ai pas fait de cauchemar et je n'ai pas eu besoin de votre voix pour m'apaiser, sourit-il.

Grace lui répondit d'une légère moue de connivence.

— Retournez vous coucher, chuchota-t-elle.

— Vous me direz au moins ce qu'il y avait dedans. Qui sait ? Peut-être vient-elle d'un soupirant secret.

— Si les chats savent écrire, c'est possible, sinon, il n'y a aucune chance.

Le vieil homme la regarda d'un air interrogatif.

— Il n'y a que moi qui puisse comprendre cette plaisanterie, Kenneth, ne m'en veuillez pas, vous savez ce que c'est de vivre seul. À bientôt.

— Bonne journée, Grace.

Il referma la porte derrière lui.

Grace enjamba la lettre et rentra chez elle pour enfiler une paire de gants en cuir. Puis elle retourna sur le palier, s'agenouilla et prit l'enveloppe entre ses doigts. Elle découvrit alors que quelque chose était écrit au dos en caractères d'imprimerie :

`Tu n'es pas seule à chercher.`

Chercher quoi ?

Dans une confusion d'impatience, d'inquiétude et de méfiance, Grace rabattit la porte de son appartement, s'assit sur son canapé, soupesa l'enveloppe qui paraissait ne contenir qu'un seul document, et se décida à la décacheter.

Elle fit glisser le contenu dans sa main et recueillit une simple feuille imprimée d'un message qui semblait faire suite au premier :

Tu sais très bien où commence
le chemin de la vérité.
Evening Times - 14 novembre 1999,
photo p. 5.

Sidérée, Grace vit la feuille trembler entre ses doigts. Elle savait évidemment où trouver cet extrait de l'*Evening Times*. Elle ne le savait que trop. Irrémédiablement, son regard se dirigea vers le rideau de velours bordeaux. Mais qui pouvait être au courant ? Qui lui avait envoyé ce message ?

Son esprit s'affola de tant de questions, elle dut se rabattre sur sa discipline d'inspectrice pour ne pas céder à la panique : elle allait faire analyser l'enveloppe par le bureau scientifique pour y rechercher des empreintes, étudier le papier afin d'y déceler des particularités qui permettraient d'identifier l'expéditeur, elle allait également récupérer les enregistrements des caméras de surveillance de son quartier, interroger le voisinage…

Tu te mens une fois de plus, pensa Grace. *Qui que soit ce mystérieux messager, tu cherches encore un prétexte pour ne pas voir ce qu'il t'encourage à regarder !*

Elle le savait, la seule question qui méritait une réponse pour l'instant était la suivante : que recelait la coupure de presse désignée dans le message ?

Alors que les spectres de ses angoisses flottaient de nouveau en elle, Grace sentit monter une urgence qu'elle n'avait pas éprouvée depuis des années. C'était le moment ou jamais de faire face à ses peurs pour espérer les anéantir une fois pour toutes.

Elle fonça dans sa chambre, ouvrit le tiroir de sa table de chevet, tapa le code à quatre chiffres sur le clavier, ouvrit le petit coffre-fort et en ressortit une clé au double panneton caractéristique des portes blindées.

Les mains moites, elle retourna dans le salon et se posta devant le rideau recouvrant le seul pan de mur qui n'était pas dédié aux livres.

Elle s'efforça de respirer profondément trois fois, puis tira lentement la tenture. Derrière la draperie se dévoila une porte métallique aux saillantes armatures d'acier.

Grace se mordilla la lèvre inférieure puis, d'un mouvement alerte qui court-circuita les hésitations de son cerveau, elle glissa la clé dans la serrure et, dans un claquement de mécanisme huilé, elle déverrouilla le lourd rempart.

– 3 –

L'atmosphère de la pièce saturée par l'odeur de vieux papier était à la fois rassurante, car elle évoquait à Grace le refuge de ses livres, et angoissante, quand la jeune femme songeait aux mots couchés sur les feuilles qui tapissaient trois des murs. Depuis quinze ans, elle amassait là tous les documents pouvant lui ouvrir les portes de la vérité. Mais ces dernières années, la frénésie de la recherche passée, elle avait repoussé le moment de tirer les conclusions des informations récoltées. Au point de ne plus franchir le seuil de sa pièce secrète. Si ce n'est il y a six mois, pour en ressortir aussitôt.

Y remettre les pieds pour de bon après tant de temps lui donna l'impression de découvrir le travail de quelqu'un d'autre.

Rangés en colonnes parfaites, des dizaines d'articles de journaux jaunis s'alignaient sur les parois. On y repérait vite les grands quotidiens écossais comme l'*Evening Times*, *The Scotsman*, le *Scottish Daily Express*, mais aussi la presse à scandale plus racoleuse. Certains étaient directement annotés en rouge, tandis que d'autres se voyaient accompagnés de fiches manuscrites colorées punaisées à leurs côtés. Tous les murs étaient bardés de coupures de presse à l'exception de celui faisant face à l'entrée, recouvert d'un drap.

Le cœur battant, intimidée, presque paniquée, Grace referma la porte à clé. Comme on pénètre dans une église en se dirigeant vers l'autel, elle se tint debout, derrière un long bureau fait d'une planche posée sur des tréteaux. Le meuble improvisé occupait le centre de ce qui s'apparentait à un cagibi aménagé. Elle alluma le plafonnier et observa attentivement les articles, sans chercher tout de suite celui évoqué dans le message. Elle avait besoin de se réapproprier progressivement les lieux et les informations qu'elle y cachait. Ne serait-ce que pour éviter d'être submergée par l'angoisse de ses souvenirs.

Elle parcourut la première colonne d'articles, datés du 11 au 14 novembre 1998, qui relayaient la disparition d'une fillette de dix ans résidant dans le petit village de Kirkcowan, à environ cent cinquante kilomètres au sud de Glasgow. L'enfant n'était pas rentrée de l'école, qu'elle avait quittée, comme tous les jours, à seize heures. On l'avait pourtant vue prendre son chemin habituel à travers les bois en direction de son domicile. Sur certains clichés, un homme et une femme d'une quarantaine d'années se tenaient dans les bras l'un de l'autre, le visage martyrisé par le désespoir, comme le soulignait la légende : « Monika et Darren Campbell, dévastés par l'angoisse de ne jamais retrouver leur enfant. » La photographie de la jeune disparue diffusée à l'époque la montrait souriante, un serre-tête ceignant ses longs cheveux, un regard doux.

Naquit alors chez Grace un sentiment inédit. Si nouveau qu'elle en fut troublée. Depuis qu'elle avait entrepris ses recherches, chaque fois qu'elle avait regardé cette image, elle s'était identifiée à la petite fille. Malgré ses trente-trois ans, Grace *était* encore cette gamine, figée dans un état de victime innocente et impuissante. Comme si elle avait grandi de corps mais jamais d'esprit.

Or, à cet instant, il lui sembla qu'elle avait sous les yeux le portrait de quelqu'un d'autre. Une connaissance, une enfant qui aurait pu être la sienne mais pas vraiment elle. Grace prit alors conscience combien les épreuves qu'elle avait traversées au cours de sa précédente enquête l'avaient transformée. Elle était devenue une femme libre.

Sa respiration se fit plus sonore alors que montait en elle non plus la terreur, l'angoisse ou la tristesse, mais une lame de fond qui ne demandait qu'à déferler depuis toutes ces années : la colère.

Un poing serré, Grace contint la rage qui irriguait ses veines. Elle savait qu'il ne fallait pas y céder aveuglément, mais au contraire la couver comme une brûlante source d'énergie. Elle examina donc une deuxième colonne d'extraits de journaux publiés entre le 17 et le 30 novembre 1998, qui mettaient en avant l'inspecteur Scott Dyce, chargé de l'affaire. Personnage d'allure austère au visage allongé, les joues tombantes, le crâne à moitié dégarni, qui, le plus souvent, déclarait ne pouvoir communiquer tant que l'enquête était en cours. Les journalistes semblaient s'en offusquer et commençaient à sous-entendre que le policier tentait de masquer son incompétence en se réfugiant derrière le secret professionnel. Grace consulta enfin une troisième colonne d'articles, datant cette fois-ci du 12 décembre, et annonçant la réapparition de la petite fille, retrouvée saine et sauve marchant le long d'une route.

La jeune femme s'assit sur son fauteuil à roulettes, en s'efforçant de ne pas arracher les coupures de presse, qui semblaient presque se délecter de la souffrance de cette enfant au lieu de rapporter des faits utiles à l'enquête. Persuadée qu'elle avait besoin de maîtriser les tenants et les aboutissants de l'affaire pour donner du sens à sa colère, elle s'enfonça encore plus loin dans le détail des événements.

Les journaux expliquaient que des traces de sévices avaient été constatées sur le corps de la fillette. Celle-ci restait prostrée face aux policiers, incapable de leur indiquer l'endroit où elle avait été enfermée ou de se rappeler quoi que ce soit de sa détention. Elle ne se souvenait que vaguement de sa fuite : elle était parvenue à se cacher dans le coffre d'une voiture et à en sortir au moment où celle-ci s'était arrêtée à une station-service pour prendre de l'essence. Elle ne pouvait dire combien de temps elle avait roulé. Elle s'était ensuite dissimulée derrière des buissons jusqu'au départ du véhicule. Elle disait ne se rappeler rien d'autre. Des psychologues analysaient cette amnésie comme un choc post-traumatique, une façon pour l'enfant de se protéger en oubliant l'indicible. Grace écrasa sa tête entre ses mains, le front plissé, les mâchoires crispées dans un vain effort de mémoire. Vingt-trois ans plus tard, quelques bribes lui revenaient sous forme de flashs violents. Elle se voyait lutter contre un homme au visage flou avec une rage impuissante. Parfois elle voyait une chaise roulante.

Elle sentait le manche d'un marteau entre ses mains, puis une poigne qui lui faisait lâcher prise. Des mains sur elle et… le reste n'était qu'un abîme si absurde qu'elle en avait effacé le souvenir. Les seuls éléments dont elle était certaine et dont elle gardait une perception nette, c'était la peur qu'elle avait ressentie dans le coffre de la voiture et les retrouvailles avec ses parents. Ainsi que deux images qui restaient gravées en elle.

Lentement, Grace tourna la tête vers le mur voilé et se leva pour en retirer le drap. Les feuilles fixées derrière bruissèrent sèchement, révélant un damier de dessins crayonnés. En gros plan, en vue plus large, achevés, raturés ou incomplets, tous déclinaient les deux mêmes sujets. Le premier était un individu habillé d'un vêtement multicolore, dont le visage masqué se trouvait percé par deux fentes à peine plus claires au niveau des yeux.

Une pesanteur acide dans la poitrine, Grace se massa le front et s'attarda sur l'autre personnage. Des traits de crayon plus doux et plus précis donnaient naissance au portrait d'un jeune garçon de douze ans environ. Derrière une mèche de cheveux, son regard exprimait une profonde tristesse. La dernière esquisse de la série ne représentait que ses yeux, comme le souvenir d'une image aperçue dans l'embrasure d'une porte prête à se refermer. Celle d'un coffre dans lequel le petit garçon l'avait aidée à se cacher.

Grace contempla longuement les différents croquis de l'enfant. Elle en arracha un qu'elle mit dans sa poche pour garder le portrait de son sauveur auprès d'elle. Puis, avec plus de défiance, elle s'arrêta sur le visage masqué. Quel être diabolique se cachait derrière ? Comment l'humanité pouvait-elle produire un tel monstre ? Cet homme l'avait détruite pour son plaisir ignoble. Et jamais il n'avait eu à payer. Lui était sans doute libre, heureux, et elle souffrait depuis toutes ces années. Il était temps que l'expérience accumulée dans ses fonctions d'inspectrice lui permette de faire justice elle-même et qu'enfin ses cauchemars cessent de la hanter.

— Où es-tu, ordure ? cria Grace, éructant la rage de vengeance qui venait d'éclore en elle tel un œuf de dragon trop longtemps couvé.

Essoufflée, le poing écrasé contre le mur, elle ferma les yeux et forgea sa haine en colère froide et raisonnée. Elle se devait d'être efficace, organisée, professionnelle, comme elle le serait pour retrouver le bourreau de sa propre fille.

Sa fureur passablement disciplinée, elle se décida à chercher la coupure de l'*Evening Times* à laquelle le mystérieux message faisait allusion.

Nerveusement, elle se dirigea vers une pile de journaux dans un coin de la pièce, qu'elle feuilleta jusqu'à tomber sur l'édition de l'*Evening Times* du 14 novembre 1999. Soit presque un an jour pour jour après l'annonce de sa disparition. Grace lut le chapeau de l'article à voix basse.

— « L'affaire Campbell toujours irrésolue. Entre les incertitudes du témoignage de l'enfant et les manquements de l'inspecteur chargé de l'enquête à l'époque, la véracité de l'enlèvement de la petite fille pourrait ne jamais être attestée. »

À côté du long papier qui revenait sur les éléments importants de l'histoire se trouvait bien une photo, à la page 5. Le cliché était celui d'un paparazzi et Grace frissonna en découvrant qui avait été visé par l'objectif du photographe. En arrière-plan, elle reconnut sa maison d'enfance et la silhouette d'une fillette. Mais c'était quelqu'un d'autre que l'on voyait clairement sur l'image. *Tu sais très bien où commence le chemin de la vérité.*

Qu'importe l'identité de ce messager, songea Grace, il avait raison. Elle savait depuis longtemps que c'était la personne que l'on voyait sur la photo qu'elle devait interroger pour espérer faire jaillir la lumière sur cette affaire.

Jusqu'à aujourd'hui, elle avait eu si peur de la revoir. Mais désormais, l'appel de la vengeance était devenu plus fort que la crainte de remuer le passé.

Il était temps de provoquer la confrontation. Même si le pire était à redouter.

– 4 –

Grace fit un détour par le poste de police de Govan afin d'y déposer l'enveloppe au laboratoire. Elle ne voyait vraiment pas qui pouvait en être l'expéditeur. Un policier qui aurait travaillé sur sa disparition à l'époque ? L'inspecteur Scott Dyce lui-même ? Un journaliste ? Ou encore une ancienne victime qui partagerait son désir de vengeance ? Comme ce jeune garçon qui l'avait aidée à s'enfuir ? Si plausibles soient-elles, aucune de ces hypothèses ne justifiait l'anonymat du messager.

Tout cela semblait absurde. D'ailleurs, pourquoi quelqu'un se manifesterait-il maintenant, après toutes ces années ?

Finalement, tout en la poussant à chercher la vérité, ce message épaississait un peu plus les zones d'ombre autour de son enquête.

Au commissariat, Grace enregistra le scellé de l'enveloppe sous un nouveau numéro de dossier et confia au scientifique présent ce dimanche-là l'objectif d'y relever des empreintes ou des traces d'ADN qui pourraient correspondre aux fichiers de la police.

— Cela concerne-t-il l'enquête sur l'assassin d'Iona ? demanda l'officier en suppliant Grace de son jeune regard de débutant. Ça donnerait un joli coup de pouce à ma carrière de dire que j'ai bossé avec vous sur ce dossier.

C'était la première fois que Grace utilisait les compétences d'un collègue pour une affaire personnelle, mais, même si cette entorse à sa déontologie devait lui coûter cher, elle accepterait la sentence, pourvu qu'elle ait mis toutes les chances de son côté pour remonter jusqu'à son bourreau et faire justice.

— Oui, ça pourrait y être lié, mentit-elle. Mais j'aimerais que vous ne communiquiez les résultats qu'à moi pour le moment. Notre chef adoré Elliot n'a pas envie qu'on remette en cause les dernières conclusions qui nous ont valu les félicitations de toutes les huiles de la région.

— OK, je comprends. Je vous appelle.

— Si vous me faites du bon boulot, je vous promets un petit mot de recommandation le jour où vous voudrez partir d'ici. Ça vous va ?

Les yeux du jeune scientifique s'illuminèrent de fierté.

— Comptez sur moi.

Grace tourna les talons, déposa un mot dans le bureau de son supérieur, Elliot Baxter, et rejoignit sa voiture sous un ciel au ventre lourd de neige. Après s'être accordé quelques secondes pour bien prendre conscience de ce qu'elle allait faire, elle démarra.

Cela faisait près de quinze ans qu'elle n'avait pas remis les pieds dans le village de son enfance. Il n'était plus tout à fait réel dans son esprit, comme si les années l'avaient voilé d'une brume fantomatique, le reléguant à la frontière du rêve et du passé.

Deux heures après avoir quitté les rues de Glasgow, elle traversait la campagne écossaise sous un ciel terne. À l'approche de Kirkcowan, les pâturages avaient disparu sous les étendues de neige parsemées de bosquets d'arbustes grelottants, à l'image de ces chevaux à l'encolure abattue, pétrifiés dans le brouillard.

Grace ralentit comme un wagonnet de fête foraine qui sortirait du tunnel du train fantôme. Elle parcourut l'artère principale du bourg encore endormi. Relique surgie d'une mémoire ensablée, elle aperçut la petite boulangerie où ses parents l'avaient autorisée à se rendre seule pour la première fois de sa vie, à condition de bien recompter la monnaie et de ne pas parler aux inconnus. *Ne pas parler aux inconnus*...

À côté sommeillait encore la boutique de vêtements qui, dans le souvenir de Grace, avait toujours eu l'air abandonnée, avec sa vitrine poussiéreuse et ses robes vieillottes posées sur des mannequins blafards aux lèvres carmin. Silhouettes figées, mais presque plus animées que les piliers de comptoir du café du coin, qui semblaient chaque matin vider le même verre en grommelant mollement quelques ragots.

Grace s'était souvent demandé ce que l'on avait pu raconter dans son dos et celui de ses parents au sujet de son enlèvement. Il n'était d'ailleurs pas impossible que certains habitants aient eu connaissance d'informations qui auraient pu aider la police à retrouver le ou les ravisseurs. Mais rien n'avait filtré, comme dans tous ces villages où tout se sait, mais rien ne se dit. Au fond d'elle, Grace s'autorisa à haïr ces gens qui, loin de faire bloc autour d'elle, l'avaient regardée de travers et peu à peu ostracisée.

Elle tourna en direction du vieux cimetière, dont les croix de pierre affleuraient sous l'abondante couche de neige, et ne tarda pas à rejoindre une allée grimpant à flanc de colline, à l'écart du bourg. La température chuta lentement. Le givre cristallisait les branches nues et le brouillard s'intensifia. Grace sentit l'appréhension monter comme une marée amère. Elle approchait.

Elle s'accrocha à sa colère pour ne pas perdre courage et tint bon avant de caler abruptement, le regard vissé sur le sentier qui perçait la forêt de glace sur sa gauche. Une poussée d'angoisse telle qu'elle n'en avait pas éprouvé depuis des années l'étourdit. Les doigts noués sur le volant, le moteur à l'arrêt, elle ferma les yeux pour reprendre ses esprits. *Oui, c'est ici que c'est arrivé, mais c'est du passé*, se répéta-t-elle. *Ce n'est plus toi. Tu n'es plus cette petite fille terrorisée. Tu n'as plus de raison d'avoir peur.*

Mais le traumatisme était têtu et son cœur palpita de plus belle. Elle rouvrit les yeux, affolée, presque convaincue que quelqu'un allait la sortir violemment de son véhicule et l'enlever.

Elle souleva l'accoudoir de son siège à la recherche de biscuits qu'elle avait l'habitude de ranger là à une époque en cas de fringale boulimique. Elle les avait depuis remplacés par une bouteille d'eau.

— Quelle conne ! lança-t-elle contre elle-même.

Sa frustration eut au moins le mérite de raviver sa rage de vengeance. Si elle avait souffert au point de se réfugier dans la nourriture pendant une longue période, c'était à cause du calvaire qu'elle avait enduré.

Avec une résolution nouvelle, elle tendit la tête vers le chemin dont elle n'était jamais ressortie. Elle l'affronta sans ciller, comme on regarde l'une de ses pires terreurs en face. Tout lui revint en mémoire : les effrayants bruits de pas dans son dos, son cartable qu'on tire brusquement vers l'arrière, l'asphyxie d'une main puante lui écrasant la bouche et le nez, la douleur de ses tibias cognant contre le bas de la camionnette et l'effroi si dévorant qu'elle en avait perdu connaissance.

Malgré les cicatrices ouvertes, la peur a changé de camp, songea-t-elle.

Et elle redémarra.

Les branches des arbres qui mangeaient le parcours, les larges trous creusés par les pluies et les pierres qui frottaient contre le bas de caisse témoignaient de l'absence d'entretien de la piste depuis bien des années.

Grace progressa prudemment, aussi méfiante à l'égard d'une mauvaise ornière que de sa réaction lorsqu'elle arriverait à destination. Et c'est ainsi qu'après quelques minutes, une bâtisse émergea du brouillard.

La jeune femme coupa le moteur, hypnotisée par ce paysage qui appartenait à une autre vie.

Si l'on faisait abstraction de la couche de neige, rien n'avait changé : le jardin et son massif de rhododendrons, cachette privilégiée de l'époque encore heureuse de son enfance, les deux rosiers grimpants, le long du mur, qui se rejoignaient en arche au-dessus de la porte d'entrée. Celle-ci, pour la petite fille qu'elle était, se transformait en un passage vers un monde magique. La remise, vestige de l'ancienne ferme, était toujours là, accolée au bâtiment principal. Autrefois débarras riche en trésors à dénicher, elle était devenue un garage lorsque ses parents avaient décidé d'acheter une voiture afin d'accompagner Grace jusqu'à l'école, après « la chose », comme ils avaient pris l'habitude de mal nommer son enlèvement.

Plus émue qu'elle ne l'aurait imaginé, Grace accepta cette nostalgie mêlée de répulsion qui lui nouait la gorge. Une larme coula sur sa joue. Elle l'essuya d'un revers de main quand une alerte SMS retentit sur son téléphone.

Elliot Baxter, son supérieur au commissariat, lui confirmait qu'il avait vu sa demande de congé exceptionnel pour trois jours en passant chercher un dossier au bureau et s'inquiétait de savoir si elle allait bien. Elle répondit qu'elle profitait de n'avoir actuellement aucune affaire urgente au bureau pour prendre un peu de repos. Depuis sa réhabilitation en tant qu'enquêtrice, elle n'avait plus à se justifier ni à craindre les décisions arbitraires d'une hiérarchie qui l'avait publiquement félicitée pour son travail dans l'affaire du monastère d'Iona.

En revanche, qu'elle le veuille ou non, à cet instant même, elle avait encore peur. Peur de la façon dont allait se dérouler la rencontre avec celle à qui elle n'avait pas parlé depuis quinze ans

Elle consulta l'heure : 8 h 32. Il était temps.

Le froid et les aiguilles neigeuses piquetèrent son visage malgré la capuche de sa parka fourrée qu'elle avait relevée sur sa tête. Elle fit quelques pas en direction de la maison, n'entendant que le crissement de ses semelles dans la poudreuse. Elle s'arrêta devant la porte d'entrée et rabattit sa capuche sur ses épaules.

Le calme de la campagne était tel qu'on percevait l'infime bruissement des flocons se déposant sur le sol et les feuilles. Dans l'air ne flottait plus que le silence d'un royaume de conte de fées plongé dans une torpeur éternelle.

Sur le point de devenir à son tour une figure de marbre figée par le gel, Grace frissonna de tout son corps quand une goutte de neige fondue tombée du rosier au-dessus d'elle glissa dans son cou. Réveillée par cette épine de la Providence, elle pressa la sonnette avant que son courage lui échappe.

Le temps qu'elle se remette de l'émotion que le carillon de son enfance avait suscitée en elle, on entendit des pas approcher. Un tintement de clés, quelques soupirs agacés, la serrure qu'on déverrouille et enfin la porte qui s'ouvre.

Grace sentit son cœur se soulever si fort qu'elle en eut la nausée. Elle avait devant elle une dame de soixante-six ans qui en faisait quatre-vingts avec ses cheveux blancs et son air un peu égaré. Un ancien lifting avait dû étirer sa peau autour du nez, de la bouche et des yeux, si bien qu'elle était encore plus méconnaissable. Sans les pommettes hautes et jadis un peu plus charnues dont Grace avait hérité, elle n'aurait pas reconnu sa mère.

— Ah, je croyais que c'était Freya, mon aide à domicile, qui arrivait déjà. Je la trouvais fort en avance ! Que puis-je pour vous, mademoiselle ?

Grace demeura muette, incapable de faire le tri dans ce qu'elle éprouvait : chaos de chagrin, de compassion et de regrets confrontés à la rancœur et l'incompréhension.

— Tu ne me reconnais pas ? balbutia-t-elle.

Sa mère afficha une expression surprise, presque inquiète.

— Non… qui êtes-vous ? Que voulez-vous ?

Malgré toutes ses craintes, Grace n'avait pas anticipé cette improbable réaction. Ses jambes se mirent à trembler.

Monika Campbell fronça alors les sourcils et écarquilla les yeux, comme si elle était face à un fantôme.

— Mon Dieu, souffla-t-elle en portant une main à sa bouche. Hendrike ? C'est toi ?

– 5 –

— Inspectrice de la police de Glasgow. Maintenant que j'y pense, c'est logique, dit la mère de Grace après une dizaine de minutes de conversation.

Sa fille lui avait brièvement expliqué ce qu'elle était devenue.

Pendant tout ce temps, la jeune femme aurait aimé prendre du recul, et surtout ne plus s'identifier à l'adolescente qu'elle était lorsqu'elle habitait encore ici. Mais le décor l'avait instantanément replongée quinze ans en arrière. Rien n'avait changé. Il y errait même encore l'odeur de bois ciré des meubles en noyer laqué. Sur leurs panneaux caramel se reflétaient les lumières du grand lustre aux arabesques métalliques coiffées d'abat-jour à franges. La moquette grise parsemée de points noirs était toujours aussi mal assortie au papier peint bleu clair et aux moulures du plafond plus étouffantes encore que les cadres des dizaines de tableaux agencés en damier sur les murs. Même le tintement du service à thé lui rappelait ces longs dimanches de pluie passés à s'ennuyer pendant que sa mère faisait des mots croisés.

— Inspectrice, c'est évident, reprit Monika Campbell. Combien de fois t'ai-je surprise dans la remise à chercher je ne sais quelle babiole avec ta lampe de poche. Et quand tu n'étais pas fourrée dans cette grange, tu lisais des romans policiers jusqu'à pas d'heure… Finalement, tu as toujours voulu être celle qui trouve.

— Je voulais être éducatrice de chiens, quand j'étais petite, réagit Grace en saisissant l'occasion d'aborder le sujet délicat que toutes deux s'évertuaient à éviter. J'ai décidé d'être inspectrice après… ce qu'il s'est passé. Pour empêcher que d'autres enfants subissent le même sort que moi et retrouver peut-être un jour celui ou ceux qui m'ont fait du mal.

Sa mère baissa les yeux et se prit la tête entre les mains. Le peu de vie qui s'était réveillé en elle depuis le début de leur discussion s'éteignit lentement.

— Pardon, je ne voulais pas être si brusque, s'excusa Grace avec prudence.

Sa mère avait dû vivre de bien terribles moments pour que son état se soit tellement dégradé.

Monika Campbell répondit d'un geste compréhensif de la main.

— Pourquoi es-tu revenue, Grace ?

La jeune femme s'étonna de la question de sa mère.

— Ce n'est donc pas toi qui m'as envoyé cette lettre… ?

— Une lettre ? C'est bien impossible, je n'arrive même plus à écrire, et je m'en souviendrais si j'avais demandé à Freya de le faire pour moi. C'est pour ça que tu es là, parce que tu as cru que je t'avais écrit ?

— Non, non, pas du tout… Oublie cette histoire de lettre, ça n'a aucune importance. L'essentiel, c'est que j'ai pris la décision de revenir… de revenir pour me confronter à mes peurs, mais aussi pour qu'on se dise tout ce qu'on ne s'est pas dit à l'époque, parvint à confier Grace, non sans avoir l'impression de se jeter dans le vide. Et notamment pourquoi je suis partie le jour de mes dix-huit ans.

Monika Campbell avait les traits si fatigués que sa fille se demanda si elle n'allait pas rendre son dernier souffle devant elle, dans son fauteuil.

— Tu veux me reprocher mon éducation après le départ de ton père, c'est ça que je dois comprendre ?

Grace ne répondit pas. Sa mère avait la même intonation que les témoins qui s'apprêtent à faire une révélation. Elle tripotait nerveusement la chaîne de ses lunettes pendant à son cou.

— J'étais toute seule pour t'élever, et après « la chose », je ne pouvais plus te laisser la même liberté qu'aux autres enfants. J'avais tellement peur qu'il t'arrive encore malheur, ou que tu t'en prennes à toi-même. Comme c'est d'ailleurs arrivé le jour où je t'ai retrouvée dans la baignoire…

Grace frémit au souvenir de ce geste désespéré qu'elle avait totalement refoulé.

— J'aurais peut-être accepté que tu me retires de l'école, que tu interdises à mes camarades de venir me voir, que tu lises mon courrier ou écoutes mes conversations téléphoniques, si au moins tu avais bien voulu que l'on reparle de mon enlèvement. Mais tu refusais d'aborder le sujet, affirmant que ce n'était pas la peine de ressasser le passé pour se faire du mal, qu'il fallait aller de l'avant. Et moi, je devais vivre seule avec mes cauchemars. Et le pire c'est qu'il fallait faire semblant d'aller bien. Mais j'étais paniquée. Tout le temps. Voilà pourquoi j'en suis arrivée à me trancher les veines.

Évoquer à voix haute cette période noire aiguisa encore un peu plus la soif de vengeance de Grace. Elle mesurait comme jamais le poids de la souffrance sur sa vie depuis quinze ans. Et même si elle nourrissait une forme de ressentiment à l'égard de sa mère, son visage dévasté par le chagrin et les soucis la peinait bien plus qu'elle ne l'aurait imaginé.

Monika Campbell posa ses yeux embués sur sa fille.

— Je comprends que tu m'en veuilles, Hendrike. Mais je souffrais tellement. Je ne parvenais pas à vivre avec ça… Je me sentais si coupable que, oui, c'est vrai, j'espérais peut-être naïvement, ou égoïstement si tu préfères, qu'on retrouverait une existence normale si on n'évoquait plus ce drame. C'est d'ailleurs pour cette raison que ton père nous a quittées du jour au lendemain et qu'il n'a plus jamais donné de nouvelles. Parce qu'il ne voulait plus entendre parler de cette histoire qui lui gâchait la vie. C'est ce qu'il m'a hurlé la nuit de son départ.

Grace détourna la tête vers l'une des fenêtres du salon. Les flocons poursuivaient leur chute ivre et légère. Malgré la douleur qu'elle avait endurée, elle comprenait sa mère. Et maintenant qu'elle était adulte, elle éprouvait même de la compassion pour la détresse de cette femme seule avec sa fille.

— J'imagine combien cela a dû être difficile pour toi. Mais peut-être aurais-tu pu me proposer d'en discuter avec quelqu'un d'autre ? Ne serait-ce qu'une de tes amies ou un psychologue. Tu savais bien que je souffrais. Mais tu m'as seulement isolée du monde et demandé d'être l'enfant que tu connaissais, comme avant. Voilà pourquoi je suis partie. Pour ne pas mourir de folie.

Sa mère posa une main sur sa poitrine, comme si elle avait du mal à respirer. Grace eut de la peine pour elle. Mais deux questions épineuses restaient à poser. Deux questions qui avaient hanté ses jours et ses nuits pendant toutes ces années. Et même si elle allait un peu plus tourmenter sa mère, elle ne pouvait pas continuer de vivre sans entendre ses réponses.

— Pourquoi n'as-tu pas appelé la police plus tôt quand j'ai disparu ? À une heure près, on m'aurait peut-être retrouvée avant que…

Monika Campbell se pinça les lèvres en détournant la tête. Elle tremblait pour contenir ses larmes.

— On en a déjà parlé à l'époque, je croyais que tu étais chez ta copine Jeanie… comme tous les mardis.

— Je t'avais dit la veille que Jeanie n'était plus mon amie, que l'on s'était disputées et que je n'irais pas chez elle le lendemain.

— Tu penses donc que tout est ma faute…

La voix de sa mère chevrota et ses gestes se firent maladroits, presque désordonnés.

— C'est ça que tu es venue me dire après quinze ans d'absence ?

Le spectacle de cette vieille femme déboussolée éprouva l'empathie naturelle de Grace au point qu'elle songea à mettre un terme à la conversation. Mais elle savait que c'était probablement la dernière fois qu'elle aurait la possibilité d'entendre les réponses à des questions qui la hantaient depuis tant d'années.

— Je ne cherche pas à t'accabler, c'est juste que j'ai toujours eu du mal à comprendre comment tu avais pu oublier ce détail.

— Tu as des enfants, Hendrike ?

— Non.

Sa mère hocha la tête, un rictus aux lèvres.

— Alors, tu ne sais pas ce que c'est de s'en occuper tout en devant tenir une maison, travailler, se battre avec des problèmes de thyroïde et vivre en couple avec un homme qui n'a jamais voulu de « gosse » et qui te fait sentir chaque jour que c'est à toi et toi seule d'assumer. Je sais que ce n'est pas une excuse, mais j'étais débordée… La brouille avec ton amie m'est sortie de la tête, je n'ai commencé à m'inquiéter que lorsque tu n'es pas rentrée à l'heure habituelle pour un mardi. Là, j'ai paniqué et j'ai tout de suite appelé la police… Je m'en voudrai toute ma vie d'avoir tardé. Toute ma vie.

Grace inspira en acquiesçant. Elle s'attendait à cette réponse de sa mère, mais elle avait besoin de l'entendre. Ne serait-ce que pour arrêter de s'imaginer autre chose.

— Je voulais aussi te dire que…

Cette fois, les mots vinrent plus difficilement, tandis que sa mère baissait les yeux, probablement perdue dans des souvenirs enfouis

— … je ne vous l'ai jamais dit, reprit Grace, mais c'était très bizarre pour moi de voir qu'à mon retour vous aviez déjà donné toutes mes affaires, mes jouets, mes livres et même les meubles de ma chambre à des associations. Alors qu'il ne s'était écoulé qu'un mois…

Un silence lourd s'installa dans le salon, Grace tenta d'accrocher le regard que sa mère gardait rivé sur le tapis verdâtre.

— C'était une erreur, souffla-t-elle enfin d'un filet de voix. L'inspecteur…

— Dyce.

— Il était très dur, très froid, un homme sans cœur. Après deux jours de recherches infructueuses, il nous a dit que les chances de te revoir vivante étaient quasi nulles…

Monika Campbell acheva sa phrase et fondit en larmes :

— Je suis désolée, tellement désolée de tout ce qu'il s'est passé, balbutia-t-elle, la voix étranglée par les sanglots. Ton père m'a octroyé deux semaines de répit, reprit Monika Campbell en redressant la tête, d'un air sévère et rigide. Et puis, il a commencé à dire que garder tes affaires me faisait plus de mal qu'autre chose, qu'il fallait commencer le deuil pour aller de l'avant. Il ne cessait de le répéter…

Elle réajusta un napperon sur le guéridon posé à côté d'elle, avant de poursuivre :

— Une nuit, alors que j'avais pris des somnifères pour essayer de dormir un peu, il a vidé ta chambre et a tout embarqué dans une camionnette. Le lendemain, il m'a dit qu'il avait donné tes affaires à des œuvres de charité, mais je l'ai toujours soupçonné de les avoir déversées à la déchetterie ou brûlées.

Grace ne s'était jamais sentie très proche de son père, mais elle n'avait pas eu l'impression non plus qu'il la rejetait. Et ce qu'elle venait d'entendre la choquait.

— Il me détestait à ce point ?

— Ce n'est pas ça. Ta disparition l'a ébranlé, bien entendu, mais il n'avait pas prévu sa vie avec une enfant, et, d'une certaine manière, si terrible que cela soit, ta disparition remettait les compteurs à zéro…

Cette fois, Grace ne prit pas de précautions oratoires. Elle devait savoir.

— Aurait-il pu provoquer mon enlèvement ? lâcha-t-elle.

Sa mère leva des yeux apeurés vers sa fille.

— Quoi ? Non ! Tu peux penser une chose pareille ? Vraiment ?

— C'est mon métier d'envisager l'improbable. Sais-tu où je pourrais le trouver ?

— Non, il n'a jamais donné de nouvelles après la prononciation du divorce. Il pourrait être mort que je ne le saurais pas. Mais écoute-moi, Hendrike, ou *Grace* si tu préfères, ton père a choisi de s'éloigner pour guérir à sa façon et probablement refaire sa vie telle qu'il la rêvait… avant ta naissance. Il voulait retrouver sa liberté chérie, même si, pour ça, il devait nous abandonner. Je crois qu'il n'y a rien d'autre à imaginer.

Grace doutait et cela se voyait sur son visage. Elle se demandait même si son père n'était pas l'auteur anonyme du message. Comme s'il voulait finalement se faire pardonner.

— J'ai conscience qu'entre nous il n'y aura plus rien, reprit sa mère. Je me suis fait une raison, si douloureuse soit-elle. Notre histoire de vie aura été ainsi faite. Mais si tu as toujours le cœur généreux de ton enfance, alors je t'en supplie, ne rajoute pas de l'horreur à l'horreur en suspectant ton père du pire. Je sais que tu cherches des réponses et je ne vais pas te dire ce que tu dois croire ou non, mais si tu venais à creuser dans cette direction, je t'en prie, ne m'en parle pas. J'aimerais vivre mes dernières années… aussi sereinement que possible.

Grace plissa les yeux, les doigts croisés. Elle sonda son âme à l'égard de sa mère. Elle tanguait dans une ambivalence déstabilisante. Empathique de nature, elle avait de la peine pour cette femme dévorée par la culpabilité, qui avait dû affronter la disparition de sa fille et l'adversité d'un mari indifférent. D'un autre côté, elle regrettait le déni et le tabou imposés durant toute son adolescence. Mais à bien y réfléchir aurait-elle fait mieux ? Grace sentit que le ressentiment et la colère avaient finalement quitté son cœur. En revanche, celui-ci demeurerait vide d'amour et d'affection pour celle qu'elle n'appellerait plus jamais « maman ».

Quant à son père, malgré les dénégations de sa mère, elle ne pouvait se départir de l'aura de suspicion qui flottait autour de son comportement. Elle allait devoir approfondir cette question. Mais avant, elle devait être certaine qu'aucune autre hypothèse ne lui avait échappé.

— L'inspecteur Dyce ne vous a jamais parlé d'une piste à laquelle il songeait, même si elle n'a pas abouti ?

— Cet homme ne communiquait pas. Et quand il ouvrait la bouche, c'était pour nous dire des horreurs. Qu'il ne fallait pas avoir d'espoir, que les pédocriminels répétaient leur coup si longtemps à l'avance qu'ils ne commettaient pratiquement pas d'erreur. Qu'il n'y avait presque aucune chance de trouver des témoins, puisqu'on était à la campagne. Bref, si un jour il a eu une piste, il ne nous en a jamais fait part. Jamais…

Monika Campbell lissa distraitement un pli de sa jupe, l'air absente.

— Il nous a détruits, ton père et moi, ajouta-t-elle.

— Que vous a-t-il dit quand j'ai réussi à m'enfuir et que je suis revenue ?

La vieille femme laissa échapper un discret ricanement.

— Que c'était un miracle et que les miracles n'existaient pas.

— Il vous a vraiment dit cela ?

— Oui. Et ensuite, il a confié l'affaire à un collègue, qui a terminé le travail administratif.

— Ce n'est pas lui qui a bouclé le dossier ?

— Non, on a su qu'il avait demandé une affectation dans une autre région pour des raisons familiales. Sa hiérarchie l'avait à la bonne, semble-t-il. On ne nous a fourni aucune explication supplémentaire.

— Et cela ne vous a pas paru bizarre ?

— Si. Mais à l'époque, la seule chose qui comptait, c'était que tu sois vivante et auprès de moi. Le reste n'avait plus aucune importance.

— Il n'a donc jamais précisé ce qu'il sous-entendait en disant que les miracles n'existent pas ? Me soupçonnait-il d'avoir tout inventé ?

La mère de Grace considéra sa fille. Depuis leurs retrouvailles, c'était la première fois qu'elle lui accordait une attention directe, profonde et sans détour. La jeune femme s'en trouva émue et déstabilisée, en y reconnaissant l'amour qu'elle puisait dans le regard de sa maman quand elle était encore une petite fille.

— Comme tu avais perdu la mémoire sur beaucoup d'éléments, commença Monika Campbell, il était facile pour la police d'entretenir le doute sur ce qu'il t'était réellement arrivé.

— Toi aussi, tu as douté ? osa Grace.

— J'ai douté de moi, de ma capacité à te protéger, j'ai douté de la compétence ou même de l'honnêteté de cet inspecteur, j'ai douté des voisins, de tes camarades d'école, de chaque villageois que je croisais, mais de toi, jamais. Comment aurais-je pu ?

Moi aussi, j'ai douté, et je doute encore de certains souvenirs, pensa Grace.

— Qu'est-ce que je t'ai raconté à mon retour ?

— Rien pendant plusieurs jours. Et petit à petit, tu as parlé. Tu as dit qu'on t'avait serrée très fort par-derrière et mis une main sur la bouche alors que tu rentrais de l'école par le sentier, et qu'après, on t'avait portée jusqu'à une camionnette. Qu'on t'avait bandé les yeux et attachée à l'intérieur du véhicule. Que tu t'étais évanouie, puis réveillée alors que vous rouliez. Que ça avait duré des heures, avant qu'on te fasse marcher à l'aveugle jusqu'à une cellule plongée dans le noir, où on t'a laissée seule.

Grace se souvenait également très bien de tous ces détails. Ou, en tout cas, elle se rappelait très bien les avoir racontés.

— Ensuite, c'était plus confus, reprit sa mère. Tu évoquais une espèce de mélodie qui précédait chaque fois l'ouverture de ta cellule. Entrait alors une silhouette toujours habillée d'un costume multicolore, puis la porte se refermait et tu te réveillais dans la même pièce avec un mal de ventre. L'examen clinique à ton retour a montré que…

— Je sais, la coupa Grace.

Sa mère se pinça les lèvres, leva les yeux au plafond pour tenter de contenir les larmes qui affleuraient de nouveau et poursuivit.

— Après, tu parlais d'une porte ouverte, mais sans la silhouette, d'un coffre de voiture et, enfin, d'une marche le long de la route jusqu'à ce que tu sois recueillie par la police.

— Je n'ai jamais mentionné un autre enfant ? une lutte avec un adulte ?

— Non, fit sa mère, désolée et même attristée. Tu as de nouveaux souvenirs ?

— Possible. Certains reviennent parfois, mais ils sont flous. Il n'y a que le visage d'un jeune garçon qui est très net. Mais je ne sais pas de qui il s'agit.

— Peut-être une autre petite victime comme toi…

— Oui, sans doute, sauf que c'est lui qui m'a sauvée. C'est lui qui a déverrouillé ma cellule. C'est lui qui m'a fait entrer dans le coffre de la voiture.

Émue, comme un prisonnier se souvient du soldat allié qui l'a sauvé de la mort, Grace revit soudain les yeux de l'enfant juste avant qu'il ne referme le coffre, exactement comme elle les avait dessinés.

— Je lui dois la vie, reprit-elle. Et je ne sais pas ce qu'il est devenu.

— Tu aimerais le retrouver…

Grace sortit de sa poche l'un des portraits du garçon qu'elle avait décroché du mur de son cagibi secret et le présenta à sa mère.

— Tu ne m'as jamais vue reproduire ce visage ?

Monika Campbell s'attarda sur le croquis et secoua négativement la tête.

— Je ne crois pas. Mais peut-être le dessinais-tu déjà sans me le montrer. Tu t'enfermais parfois à clé dans ta chambre sans que je sache ce que tu y faisais…

Grace sentait bien qu'elle était arrivée au bout de ce que sa mère était en mesure de lui apprendre.

— J'aimerais retourner voir ma chambre…

— Oui, bien sûr…, commença Monika, embarrassée. Mais, c'est devenu une sorte de pièce d'appoint qui sert à Freya, mon aide, lorsqu'elle passe la nuit ici… Ce n'est plus vraiment la chambre que tu as connue.

Grace lui posa une main sur l'épaule, puis rejoignit l'escalier au fond du salon afin de gagner l'étage.

– 6 –

Effacée. Telle est l'impression qu'éprouva Grace en entrant dans ce qui avait été un jour sa chambre. Le gai jaune paille qui ornait jadis les murs avait été repeint en marron sombre, son lit en bois blanc remplacé par un divan bon marché accolé à une armoire rustique, et même le parquet en hêtre clair avait été arraché pour y installer des lattes de chêne foncé. Quant à ses rideaux vert pomme, ce n'étaient plus que des voilages gris plongeant la pièce dans la pénombre. L'ancienne senteur de vanille émanant d'un flacon de parfum qu'elle avait renversé par terre un jour de maladresse enfantine avait été étouffée par une odeur de renfermé et de poussière. Seule relique de ses années d'enfance, une vieille prise électrique presque déboîtée de la cloison qui avait gardé sa couleur jaune paille de l'époque.

Le sol grinça sous ses pas hésitants quand elle s'arrêta au milieu de la chambre. Imaginer qu'elle avait vécu ici pendant plus de la moitié de sa vie était inconcevable.

Comme une étrangère, elle ouvrit l'armoire. Des couvertures et des draps pliés reposaient sur les étagères à côté d'une table à repasser. Par acquit de conscience, elle fouilla les tiroirs, glissa la main jusqu'au fond des rayonnages, chercha même sous le meuble, sans rien trouver. À plat ventre, elle en profita pour vérifier qu'il n'y avait rien non plus qui traînait sous le canapé et finit par s'y asseoir pour regarder autour d'elle.

De l'autre côté de la fenêtre, les flocons de neige tombaient mollement comme des plumes d'oreiller. Pas un bruit de voiture, ni même le beuglement d'une vache ou l'aboiement lointain d'un chien. Rien. Dans la maison, pas un pas, pas une voix, aucun chuintement étouffé de télévision ou de radio. Grace se rappela pourquoi elle avait trouvé refuge dans la vie des livres. Pour tromper l'ennui et goûter pour quelques heures ce sentiment d'immortalité qu'offraient ces existences de papier parfois plus réelles que sa propre vie.

Installée dans le canapé qui avait pris la place de son lit d'autrefois, elle se revoyait, enfant puis adolescente, plongée dans un roman, une couverture remontée jusqu'au ventre, les genoux pliés, relevant parfois la tête de sa lecture, comme on se réveille pour retrouver le plaisir de s'endormir. C'est alors qu'un détail la perturba. L'angle du mur situé dans la diagonale de son regard sembla lui apparaître à nu pour la première fois de sa vie. Comme si quelque chose en avait toujours obstrué la vue auparavant. Elle n'y aurait pas accordé grande importance si elle n'avait pas ressenti à cet instant-là un profond malaise.

Elle se concentra pour tenter de reconstituer mentalement le décor de son ancienne chambre, d'y replacer les objets, les jouets. Une multitude de flashs se mêlèrent dans son esprit sans qu'elle soit certaine de pouvoir dissocier ses souvenirs de son imagination. Mais au terme d'un effort intense, une image s'imposa comme une évidence : elle ne voyait jamais l'angle de ce mur parce qu'un gros panda en peluche était toujours posé devant. Une mascotte dont la bonhomie aurait dû évoquer une réminiscence rassurante, mais y songer fit brutalement surgir chez Grace l'une des plus terribles angoisses de sa vie.

Choquée par la vision jaillie des ténèbres, elle porta une main à sa bouche alors qu'une scène se rejouait devant ses yeux : une nuit, au moins un an avant sa disparition, elle s'était réveillée en sursaut, croyant percevoir un souffle près d'elle. Elle avait alors vu une silhouette humaine immobile vêtue d'un costume étrange, se tenant dans ce coin de la pièce. Comme pétrifiée, la fillette avait été incapable de crier pour appeler à l'aide. Elle avait alors fermé très fort les yeux en comptant jusqu'à cent et, quand elle les avait rouverts, la forme avait disparu. Le lendemain matin, elle avait alerté ses parents, qui avaient vérifié toutes les portes et les fenêtres sans trouver aucune trace d'effraction. La police était même venue recueillir le témoignage de Grace et inspecter la maison, mais n'avait rien relevé de suspect. Par sécurité, une patrouille avait été affectée à la surveillance de la propriété pendant quelques semaines. Un médecin avait également examiné Grace et conclu que l'enfant était en parfaite santé, il n'avait constaté aucun signe d'agression. La petite avait seulement été victime d'une paralysie nocturne sans gravité, très fréquente à son âge. Un état entre le sommeil et l'éveil provoquant une paralysie musculaire consciente et passagère, mais dont l'incompréhension suscite une telle terreur que le cerveau se met à fabriquer des images cauchemardesques qui semblent réelles.

Grace avait appris depuis que cette parasomnie était commune et effectivement associée à des hallucinations effrayantes. Mais difficile à huit ou neuf ans d'accepter cette version quand on a expérimenté une épouvante si concrète : les adultes ne l'avaient tout simplement pas crue. Grace se rappelait qu'elle avait ainsi décidé d'assurer sa propre protection. Elle avait installé son panda géant dans l'angle de la pièce, espérant empêcher le monstre d'y réapparaître. Mais elle ne s'était pas arrêtée là. Elle se souvenait à présent d'avoir également dissimulé une arme dans sa chambre. Mais où ?

Cette cachette pouvait se trouver n'importe où, dans un meuble ou un jouet qui n'étaient plus là.

Grace balaya la pièce du regard. Son œil se posa alors sur la vieille prise électrique à moitié déboîtée. Aurait-elle pris le risque d'y toucher, à l'époque, alors que ses parents lui interdisaient formellement de s'en approcher ? Et pour y mettre quoi, dans un espace si réduit ? Peu convaincue, elle ne devait cependant négliger aucune possibilité.

Elle posa un genou sur le parquet, saisit le cache de la prise entre ses doigts et parvint facilement à le retirer. Et là où elle croyait ne découvrir que des fils et des morceaux de plâtre, elle aperçut un objet coincé entre le mur et le boîtier.

Avec prudence, Grace le fit glisser : un porte-clés composé d'un canif pas plus grand qu'un auriculaire à la lame branlante et émoussée tomba sur le sol. C'était donc cela, son arme de défense contre le terrifiant homme en costume ? *Ne manque plus que le pistolet à eau, chargé bien sûr*, ironisa Grace.

Elle déposa sa trouvaille dans la poche intérieure de sa parka et s'apprêtait à replacer le cache quand elle remarqua qu'il restait quelque chose de piégé sur le côté de la prise électrique. Cela ressemblait à un petit papier. À l'aide du crayon qu'elle gardait toujours sur elle pour prendre des notes lors de ses enquêtes, Grace, très intriguée, parvint à le récupérer.

Le minuscule document était plié en plusieurs morceaux. *Probablement par des doigts fins et délicats à l'époque*, songea Grace, excitée par cette découverte inattendue.

Elle le déroula avec grand soin, espérant une révélation, un nom, un dessin même. Mais à l'espoir succéda la circonspection.

Étalée, la feuille avait la taille d'un carré d'à peine trois centimètres de côté, espace suffisant, cependant, pour contenir trois signes écrits d'une main d'enfant :

SK2

– 7 –

Grace n'avait aucun souvenir de ce bout de papier. Et encore moins de la signification de ces deux lettres et de ce chiffre. Mais si elle avait dissimulé ce message dans sa cachette à côté de son « arme », c'est qu'il revêtait une importance capitale à ses yeux.

Cela ressemblait à un code. Elle supposa que le S et le K étaient les premières lettres de prénoms, mais ce n'était ni ceux de ses parents, qui s'appelaient Monika et Darren, ni ceux de connaissances de l'époque. La seule amie qui comptait avant sa disparition était Jeanie ; après son retour, Grace n'avait plus noué aucun lien solide avec d'autres enfants. Les initiales d'un amour secret ? *Encore plus improbable*, se dit-elle. Elle n'avait été traversée par le sentiment amoureux que très longtemps après avoir quitté le domicile parental. Et puis, pourquoi tant de mystère ? Pourquoi ne pas écrire les noms en entier, s'il s'agissait bien de cela ? Pour protéger la ou les personnes concernées au cas où quelqu'un tomberait sur le papier ? Ou bien ces lettres n'étaient pas des initiales. Faisaient-elles alors référence à quelque chose qui aurait permis de retrouver son ravisseur ? Mais pourquoi n'en aurait-elle pas averti la police ?

— À moins que je l'aie fait, murmura Grace pour elle-même.

Elle remit le cache électrique en place et regagna le salon, où sa mère était en train de nettoyer nonchalamment ses bibelots.

Monika Campbell se tourna vers sa fille avec un sourire las.

— Alors, tu vois, je t'avais dit que cela avait bien changé. J'imagine que tu n'as rien reconnu.

— Non, pas grand-chose… En revanche, j'ai retrouvé une vieille cachette dont j'avais oublié l'existence.

— Une cachette ? Qui aurait résisté à tout ce temps ?

— Oui, dans le boîtier électrique qui se situait sous mon lit.

— Eh bah, ça, alors, si je l'avais su à l'époque, tu te doutes bien que je ne t'aurais pas laissée prendre un tel risque !

— J'y ai déniché ce morceau de papier. Ça te dit quelque chose ?

Monika Campbell chaussa ses lunettes et l'examina.

— Rien du tout, conclut-elle en haussant les épaules. Qu'est-ce que cela signifie ?

— Je ne sais pas, justement. Ai-je un jour fait allusion à « S K 2 », après mon retour ici ?

— Pas que je me souvienne.

Déçue, Grace reprit le papier, qu'elle rangea précieusement dans sa poche. Dans une nouvelle impasse, elle revint à celui qu'elle soupçonnait sérieusement de détenir des réponses aux zones d'ombre qui entouraient sa disparition.

— Et donc, tu n'as vraiment aucune idée de l'endroit où pourrait être mon père… s'il vit encore ?

— Non, aucune. Et je n'ai jamais cherché à le savoir. Je ne voulais plus entendre parler de lui après ce qu'il nous avait fait.

— Quand avez-vous signé les papiers du divorce ?

— Je ne me souviens plus, c'était il y a tellement longtemps… Pourquoi tu me tourmentes comme ça ?

— Ce ne sera pas long. Dis-moi simplement si mon père avait quitté la maison au moment de votre divorce.

— Non, ça, c'est certain, il était déjà parti comme un lâche.

— Tu as gardé les documents administratifs, j'imagine. Je peux les voir ?

Monika Campbell porta la main à son front, fournissant visiblement un effort désagréable pour faire un aveu à sa fille.

— Pourquoi veux-tu une chose pareille ?

— Parce que l'adresse de chacune des parties y figure forcément. Je pourrai ainsi au moins savoir où il habitait à cette époque.

La vieille femme dodelina de la tête, le regard dans le vague, probablement plongée dans un épisode de son passé.

— J'ai haï ton père le jour où il nous a abandonnées. J'étais tellement en colère que je ne voulais plus avoir une seule trace de lui dans cette maison. J'ai tout lavé à l'eau de Javel, j'ai brûlé ses lettres de jeunesse, ses cadeaux, les vêtements qu'il n'avait pas emportés, les draps de notre lit, les housses du canapé, les serviettes de bain, et, dans un accès de rage, j'ai aussi brûlé les papiers du divorce parce qu'il y avait sa signature dessus…

Grace ne pouvait la blâmer pour ce geste radical ; elle-même avait pris une décision tout aussi absolue en choisissant de vivre seule, sans famille, sans amis.

— Je suis désolée, reprit Monika Campbell. Je vois bien que tu cherches des réponses et je ne te suis d'aucune utilité, une fois de plus…

— Ne dis pas ça. Tu auras fait de ton mieux.

La reconnaissance que Grace lut dans les yeux de sa mère fit vaciller ses certitudes : avait-elle si bien fait de couper les ponts avec elle ? D'où lui venait cette envie aussi inattendue que soudaine de la serrer dans ses bras ? Le silence qui s'abattit sur le salon joua un moment les arbitres indécis.

— Il faut que j'y aille, finit par dire Grace.

— Oui, de toute façon, Freya va bientôt arriver. Et puis, tu dois avoir beaucoup de travail.

— J'ai pris ma journée pour venir ici, mais je voudrais profiter du temps qu'il me reste pour poursuivre mes recherches.

Sa mère opina du chef sans conviction.

— Alors, tu t'es mis en tête de remuer le passé.

— Voudras-tu que je t'informe si, par hasard, je venais à trouver quelque chose ?

Monika Campbell se rassit dans son fauteuil.

— Tu vas encore m'en vouloir, mais comme je te l'ai dit, j'aspire à une forme de sérénité aujourd'hui. Et je crois que me remettre à revivre ce drame ne ferait que me gâcher le reste de mon existence.

Grace comprit le message.

— Alors, je vais y aller, conclut-elle, en devinant que ces mots si banals feraient partie des derniers qu'elle adresserait à sa mère.

— Au revoir, Hendrike. Sois heureuse.

— Au revoir…

Grace aurait voulu ajouter « maman », mais sa gorge se noua, sa bouche se crispa et elle referma la porte de la maison derrière elle.

Dans le refuge de sa voiture, elle rangea le papier trouvé dans sa chambre à l'intérieur d'un sachet en plastique qu'elle conservait pour y glisser des indices relevés sur le terrain.

Elle regarda par la vitre latérale en direction de la demeure de son enfance, voilée par la neige. Elle n'en était pas certaine, mais il lui sembla qu'une silhouette immobile la fixait derrière la fenêtre du salon.

Elle hésita. Devait-elle retourner voir sa mère, lui dire qu'elle oubliait tout, qu'elle abandonnait définitivement cette enquête absurde, que le passé était le passé et qu'elles n'avaient plus qu'à se consacrer à rattraper le temps perdu ?

C'est peut-être ce qu'elle aurait dû faire, mais Grace savait que les questionnements, les non-dits planeraient sans cesse sur leur relation et sa vie. Si elle voulait un jour espérer s'approcher de la sérénité, voire du bonheur, elle devait tout faire pour découvrir la vérité sur la tragédie de son enfance.

Deux personnes restaient à interroger. *Si, bien sûr, ils sont encore vivants.* L'enquêteur chargé du dossier, et surtout son père. Et elle ne voyait qu'une façon de le localiser.

Grâce à son statut privilégié d'inspectrice de la police de Glasgow, elle se connecta sur son téléphone au site Internet des archives administratives des affaires sociales de la région de Dumfries, à laquelle appartenait la localité de Kirkcowan. Un moteur de recherche permettait d'y retrouver les actes de divorce qui y avaient été prononcés depuis trente ans. En moins de quinze minutes, Grace avait déniché celui de Monika et Darren Campbell daté du 12 mars 1999. En bas du document, la signature de son père était précédée d'un nom de lieu : West Linton. Un village au sud d'Édimbourg.

Elle allait démarrer lorsque l'on frappa à la fenêtre de la voiture. Dehors, une femme d'une cinquantaine d'années, avec un fichu de grand-mère sur la tête, la regardait avec insistance. Grace abaissa la vitre.

— Bonjour, vous cherchez quelqu'un ? s'enquit la dame d'un ton revêche.

— Je viens de rendre visite à Mme Campbell, c'est bon, merci. Vous êtes ?

— Freya, son aide à domicile. Et vous ?

Les mots eurent du mal à franchir la barrière de ses lèvres.

— Sa fille.

La femme au foulard sembla tout à la fois méfiante et intimidée. Grace se demanda ce que sa mère avait bien pu lui raconter sur elle pour que Freya réagisse ainsi.

— Au revoir, continuez à prendre soin de ma mère.

L'aide à domicile se contenta d'un mouvement de menton en guise de réponse. Elle ne lâcha pas du regard le véhicule de Grace, jusqu'à ce qu'il disparaisse au bout du sentier.

– 8 –

Sur la route qui la menait vers le bourg de West Linton, Grace se demandait si elle parviendrait à entretenir la flamme de son courage et de sa résolution suffisamment longtemps pour retrouver ceux qui l'avaient tant fait souffrir.

Passé la fulgurance des premières heures, elle n'était pas certaine que sa détermination ne s'émousserait pas au gré des épreuves. La confrontation avec sa mère l'avait par exemple soulagée tout en l'épuisant émotionnellement. Quelque part dans sa poitrine, elle sentait bien le combat latent qui continuait de se mener entre ses terreurs et son désir de liberté.

Hasard ou ruse de l'esprit, elle crut soudain apercevoir Naïs marcher sur le trottoir d'un village qu'elle traversait. La silhouette était la même : longiligne, athlétique, des cheveux blonds coupés court et ce regard bleu qui l'avait tant intimidée au départ, pour tant lui insuffler de force ensuite. Les deux femmes s'étaient connues pendant une très courte période durant l'enquête de Grace sur le meurtre dans le monastère d'Iona. Mais ce qu'elles avaient vécu avait été d'une telle intensité que, au-delà de la mort tragique de Naïs, le lien qui les unissait était le plus fort que Grace ait jamais éprouvé.

S'il en fallait une preuve, le foyer hésitant de sa confiance s'embrasa avec une ardente ferveur comme si Naïs en personne s'était retrouvée juste là, à ses côtés.

Pour reprendre ses esprits, elle arrêta sa voiture. Songeuse, elle fixait l'anneau à son pouce. Au même moment, Grace reçut un appel de son commissariat.

— Inspectrice, c'est Joan, de la scientifique. Je viens de terminer l'analyse de l'enveloppe que vous m'avez confiée ce matin.

— Je vous écoute.

— Aucune empreinte. Côté ADN, j'ai bien relevé quelques échantillons, mais aucune correspondance avec nos fichiers. Je suis désolé.

— Merci de votre rapidité, Joan, comme je vous l'ai dit, je saurai m'en souvenir.

— Bon courage, inspectrice.

Deux heures plus tard, Grace se garait dans une ruelle dont les contours avaient disparu sous les renflements d'une neige fraîche et cotonneuse. Le bas de sa portière frotta contre une congère amassée sur le trottoir et elle regarda avec méfiance les stalactites effilées qui pendaient aux arêtes des toitures. À l'abri des intempéries, les pierres des maisonnettes aux teintes gris et bordeaux donnaient à ce bourg une atmosphère de village montagnard qui serait resté figé au Moyen Âge. Même le commissariat, avec sa charpente de chalet, aurait pu passer pour une agréable chaumière à l'intérieur de laquelle brûlait une lampe à huile.

Grace évita le filet d'eau glaciale qui manqua de couler dans son cou lorsqu'elle passa sous la gouttière.

Elle entra dans le bâtiment, il n'y avait personne à l'accueil, mais il flottait une odeur de thé et on entendait un bruit de clavier dans une pièce à l'arrière.

Une jeune femme rousse en uniforme de police sortit d'un bureau avec une tasse fumante à la main et considéra Grace d'un air aimable.

— Bonjour, madame, que puis-je pour vous ? demanda-t-elle en posant son breuvage sur le comptoir.

— Je m'appelle Grace Campbell, je suis inspectrice de la police de Glasgow, commença-t-elle en montrant sa carte officielle.

— Honorée de votre présence.

— Euh, merci... Si vous en avez le temps, reprit Grace avec son affabilité naturelle, j'aurais besoin d'un petit coup de pouce pour retrouver... mon père, qui a disparu il y a une vingtaine d'années et dont le dernier lieu de résidence connu était West Linton.

— Bien sûr, si je peux vous aider. Je vais regarder dans ma base de données si j'ai quelque chose sur lui.

La jeune policière pianota sur son clavier en levant parfois les yeux pour adresser un sourire respectueux à Grace.

— Vous pouvez m'épeler son prénom et son nom ?

Grace s'exécuta tout en s'accoudant au comptoir.

— Darren Campbell..., articula la femme rousse. J'ai effectivement une adresse au 230, rue Saint-Andrews.

Grace n'en revenait pas que cela eût été si facile.

— Merci, je...

— Attendez, je suis désolée, mais je vois qu'une plainte a été enregistrée à l'encontre de votre père.

Grace s'inquiéta.

— Dites-moi.

— Eh bien, la propriétaire de l'appartement qu'il louait a déposé plainte pour loyer impayé.

— De quand date l'accusation ?

— Ouh là…, s'étonna la policière, ça remonte au 1er avril 1999 !

Grace commençait à redouter ce que cela signifiait.

— Le conflit a été résolu ?

— Apparemment non. En tout cas, pas selon ma base de données.

— Vous auriez l'adresse de la propriétaire ?

— C'est la même adresse. Elle devait lui louer une chambre chez elle.

— C'est loin d'ici à pied ?

— Non. Vous prenez à gauche en sortant, vous traversez la route principale et vous la longez jusqu'à la rue Saint-Andrews. Vous verrez, c'est une résidence de maisons.

— Merci beaucoup. Le nom de la propriétaire ?

— Lora Dunn. Bonne chance, inspectrice.

Grace s'empressa de suivre l'itinéraire qu'on lui avait indiqué, en se frayant un passage sur les trottoirs, qui n'avaient pas encore été déneigés. Ses bottes fourrées fendant la poudreuse, elle s'efforça de se remémorer les souvenirs qu'elle avait de son père. Ses sentiments étaient partagés à son égard. D'un côté, elle revoyait un homme silencieux, qui ne l'embrassait que rarement, qui rentrait très tard du travail et ne lui parlait guère que pour lui faire des demandes pratiques du quotidien. Il ne s'intéressait pas à sa scolarité, ni à ses loisirs ou à ses amis. Elle ne s'était d'ailleurs jamais retrouvée en tête à tête avec lui, comme s'il faisait tout pour éviter une telle situation. Et de la même manière que Darren

Campbell ne devait pas savoir grand-chose sur sa fille, Grace était incapable de décrire la réelle personnalité de son père. Elle était au courant qu'il exerçait le métier de comptable dans une entreprise de métallurgie, qu'il fumait, allait courir régulièrement et appréciait l'opéra. D'un autre côté, Grace savait qu'il veillait à ce qu'elle ne manque de rien, même si cet homme avait accepté d'avoir un enfant pour faire plaisir à sa femme plus que par désir personnel. À plusieurs reprises, elle avait saisi des bribes de conversation entre ses parents, qui prouvaient qu'il avait le souci d'offrir un confort matériel à sa famille.

Apprendrait-elle quelque chose d'autre sur ce père presque invisible en visitant cette chambre qu'il avait louée ?

Grace ne se faisait guère d'illusions après tout ce temps, mais son envie de découvrir la vérité était désormais si ancrée en elle qu'elle se sentait capable de déployer une énergie qu'elle n'avait pas éprouvée depuis son enquête sur l'île d'Iona.

C'est dans cet état d'esprit qu'elle se trouva bientôt sur le seuil d'une petite maison, devant une femme d'une soixantaine d'années enveloppée dans un gros pull en laine qui laissait voir le généreux embonpoint de son estomac. À peine Grace avait-elle prononcé le nom de Darren Campbell que la propriétaire des lieux se renfrogna, arrêtant de mâcher le beignet dont elle tenait un morceau entamé dans la main.

— Attendez… Darren Campbell… Ah oui ! je me souviens maintenant. Je ne me suis jamais fait rouler comme ça.

— Si vous le souhaitez, je suis prête à parler de cela avec vous. Mais…

— Vous vous rendez compte, je le loge chez moi pendant deux mois, et hop, un matin, je frappe à sa porte, personne. Le lendemain, pareil. Je rentre et là, tout était vide. Il avait embarqué ses affaires et s'était tiré sans payer. Alors si vous savez où il est, il est temps de me le dire, parce que j'y ai laissé des plumes, dans cette histoire, moi !

Les craintes de Grace se consolidaient. Son père n'avait pas seulement quitté la maison familiale, il avait vraiment cherché à disparaître. Mais était-ce uniquement pour ne plus jamais avoir de lien avec cette femme et cette enfant qu'il ne supportait plus ? Ou redoutait-il autre chose ? La concomitance de sa fuite avec le retour de sa petite Hendrike continuait à semer le doute dans l'esprit de Grace. Mais elle n'avait pour le moment aucune preuve qui puisse confirmer que son père avait un rapport avec son enlèvement.

— Donc, vous me confirmez que vous n'avez plus eu aucune nouvelle de lui du jour au lendemain ? reprit Grace.

— Rien ! Et d'après ce que vous me dites, vous êtes aussi paumée que moi sur son compte.

— Pour faire court, c'est ça. Me permettriez-vous de jeter un coup d'œil à la chambre qu'il occupait ?

La propriétaire passa sa langue sur ses gencives pour y décoller un morceau de beignet.

— J'avoue que j'ai un peu de mal à vous faire confiance… Vous savez ce qu'on dit… tel père, telle fille…

Grace sortit alors son badge.

— C'est aussi mon métier, de retrouver les personnes disparues. Je peux peut-être dénicher un indice…

La vieille femme examina attentivement la carte, puis sembla se détendre.

— Je suis pas contre vous laisser fouiner, mais vous vous doutez bien que depuis toutes ces années, j'ai reloué la piaule à des dizaines d'autres gugusses. À part quelques ongles rongés coincés sous un meuble ou des rouleaux de poussière, j'sais pas trop ce que vous espérez dégoter après tout ce temps.

La logeuse enfourna le dernier morceau de beignet dans sa bouche, et Grace se revit brièvement deux ans en arrière en train de céder à la même tentation lors de sa longue période de boulimie.

Elle désigna du doigt l'intérieur de la maison pour presser un peu la tenancière.

— Oui, bon, bah, allez-y, en ce moment, c'est un étudiant qui loue, faites pas attention au bazar.

Grace frappa ses semelles sur le paillasson pour faire tomber la neige de ses chaussures et pénétra dans l'entrée à la moquette tachée, où régnait une odeur de graisse brûlée.

— C'est là, à droite. Avant, c'était le garage, mais je l'ai fait aménager en chambre.

La pièce devait faire une quinzaine de mètres carrés, si on faisait abstraction des tas de vêtements éparpillés sur le sol et des cahiers dispersés autour du bureau et du lit en désordre.

Grace tâcha d'imaginer son père vivre ici il y a plus de vingt ans. À quoi pensait-il ? Que prévoyait-il ?

— C'était le même mobilier à l'époque ? demanda-t-elle à la propriétaire qui l'observait, les bras croisés, dans l'encadrement de la porte.

— Le bureau est récent, mais le lit et la commode se trouvaient déjà là.

Grace souleva le matelas et dirigea le faisceau de sa lampe torche sous le sommier : des amas de poussière et une chaussette. Elle tira le lit pour l'éloigner du mur, mais ne trouva qu'un mouchoir collé à la paroi.

— Vous rangez tout après, hein ? râla la propriétaire.

Grace réinstalla le lit, puis ouvrit les tiroirs de la commode en repoussant les vêtements pour glisser la main sur les cloisons de bois.

— A-t-il reçu des personnes ici pendant sa période de location ?

— Pas que je me souvienne, mais c'était il y a longtemps. C'est quoi, votre histoire avec votre père ? Il est parti avec une autre femme ?

— Je ne sais pas. Peut-être, répondit Grace en refermant le dernier tiroir sans avoir rien trouvé.

— Si c'est ça, fichez-lui la paix. Il doit être mieux comme ça. De toute façon, s'il n'est pas revenu vers vous, c'est qu'il n'en a pas envie. Faut pas forcer les gens, ça donne rien de bon.

Grace fit subir à la commode le même sort que le lit, la décollant du mur pour ne découvrir qu'un bourrelet de poussière et une vieille prise téléphonique.

Elle remit le meuble en place et posa son regard sur l'ensemble de la pièce. Malgré sa détermination, le réel confirmait sa crainte. Elle n'avait aucune chance de tomber sur une quelconque trace de son père ici.

Déçue, la jeune femme retourna dans l'entrée et s'apprêtait à quitter la maison, quand une réflexion lui traversa soudainement l'esprit. Il y a plus de vingt ans, en 1999, le téléphone portable était loin d'être démocratisé, les gens utilisaient majoritairement une ligne fixe.

Grace revint sur ses pas jusqu'à la chambre.

— Hey ! Où allez-vous ? s'insurgea la propriétaire.

— Vérifier quelque chose.

Grace bougea de nouveau la commode qui cachait l'ancienne prise couverte de poussière.

— Il y avait un téléphone, ici, à l'époque où mon père louait ?

— Oh, oui. Un vieux machin à cadran circulaire. Mais maintenant, ça ne sert plus à rien, ils ont tous un portable et le Wi-Fi sur ma box. Je peux vous dire que j'oublie pas de le leur facturer.

— Quel était l'opérateur ?

— Scottish Telecom, comme tout le monde dans ces années-là.

— Le compte était séparé du vôtre ?

— Vous imaginez bien que j'allais pas régler leurs communications ! J'avais mis la ligne au nom de Max Dunn. Parce que j'aime bien le prénom Max.

Grace remercia la propriétaire et lui donna deux billets de cinquante livres sterling pour la dédommager des impayés de son père.

— Ah, c'est bien aimable de votre part, ça. On n'en voit plus, des gens comme vous, réagit la tenancière en contemplant la somme rondelette.

Grace la salua et s'empressa de rejoindre sa voiture. Elle appela immédiatement le service des relations avec la police de Vodafone, qui avait désormais intégré

Scottish Telecom. Elle déclina ses codes d'identité et demanda qu'on lui fournisse la liste des appels passés du domicile de Max Dunn, à West Linton, entre janvier et mars 1999. On lui expliqua que cela allait prendre plus de temps que d'ordinaire et qu'on espérait la recontacter dans l'après-midi.

Comme il était un peu plus de treize heures, Grace décida d'en profiter pour aller manger quelque chose et réfléchir.

Le temps qu'elle termine un plat de poisson commandé dans un pub peu fréquenté, on lui annonçait que la liste avait été transférée sur son compte habituel.

Grace s'essuya le coin de la bouche et ouvrit le fichier envoyé par l'opérateur. L'écran de son portable afficha un document dans lequel apparaissaient seize communications téléphoniques en l'espace de deux mois. Chaque conversation avait duré au minimum une quinzaine de minutes. Grace nota le premier numéro appelé sur un papier et s'apprêtait à consigner le deuxième quand elle leva son stylo : c'était le même. Et les autres étaient tous identiques.

Qui son père avait-il contacté si souvent après avoir quitté la maison ? Elle régla son addition et rejoignit sa voiture ; elle y serait plus à l'aise pour téléphoner. Une fois installée dans l'habitacle, elle composa le numéro mystérieux.

On décrocha après trois sonneries. Une voix de femme. Jeune.

— Commissaire Kyle, je vous écoute.

Grace resta muette.

— Allô ?

— Oui, bonjour, commissaire, se ressaisit-elle, inspectrice Grace Campbell à l'appareil, de la police de Glasgow. Je suis sur une affaire un peu particulière… Je voulais savoir si vous connaissiez un certain Darren Campbell.

— Grace Campbell… c'est vous qui étiez sur l'enquête du meurtre d'Iona ?

— Oui.

— Vous permettez que je vérifie votre identité dans mes fichiers, s'il vous plaît ?

— Bien sûr. Juste une question entre-temps : je suis à quel commissariat ?

— Pardon ?

— Oui, je sais ça peut paraître bizarre, mais votre numéro figure sur un carnet d'un suspect, j'ignorais qui j'appelais.

— OK, je comprends. Vous êtes au poste de Corstorphine Édimbourg. Ah, voilà, c'est bon, je vous ai trouvée. Puis-je avoir votre date de naissance ?

— 28 mai 1988.

— Bien, merci. Enchantée, inspectrice. Donc… Darren Campbell. Non, ça ne me dit rien du tout. Vous avez d'autres infos qui pourraient m'aider ?

— Il aurait appelé plus d'une quinzaine de fois votre commissariat en l'espace de deux mois, mais ça remonte à janvier et mars 1999. Vous ne deviez pas encore travailler.

— Oh, mais j'avais à peine huit ans !

— Savez-vous qui était à votre poste à cette époque ?

— Moi, non, mais je vais demander à Logan, il est là depuis longtemps. Restez en ligne.

Grace patienta en pianotant nerveusement sur son volant. Elle avait fini par croire qu'on l'avait oubliée quand finalement, au bout de cinq minutes interminables :

— Inspectrice Campbell ?

— Oui.

— Pardon pour l'attente, mais même Logan a dû chercher dans ses dossiers. Bref, on a trouvé. La personne qui occupait mon bureau durant la période que vous m'avez indiquée ne travaille plus ici. Il s'appelait Dyce. Inspecteur Scott Dyce.

– 9 –

Grace fonçait sur la route aussi vite que ses pensées défilaient dans sa tête. Pourquoi son père avait-il appelé si souvent en deux mois l'inspecteur chargé de l'enquête sur sa disparition, alors qu'il avait déclaré ne plus vouloir entendre parler de cette histoire ?

Son aigreur d'estomac s'épanchait au fur et à mesure que Grace considérait les deux hypothèses pouvant expliquer ces coups de fil. Soit son père était bien plus concerné par l'enlèvement de sa fille qu'il ne le laissait croire et faisait pression sur Dyce pour relancer une enquête au point mort. Mais, dans ce cas, pourquoi ne pas l'avoir dit ouvertement au lieu de fuir sans laisser d'adresse ? Soit Darren Campbell et Scott Dyce étaient liés à l'horreur dont Grace avait été victime. C'était le pire scénario qu'elle puisse envisager et malheureusement celui qui lui semblait de plus en plus probable. De là à ce que l'un des deux traîtres se soit repenti et lui ait déposé la lettre anonyme, ce n'était pas impossible non plus. Mais s'il espérait son indulgence, il allait brutalement déchanter.

Grace braqua et gara son SUV sur l'une des places réservées du poste de police de Govan dédié aux investigations criminelles et au contre-terrorisme. À défaut de savoir comment localiser son père, elle avait peut-être une chance de retrouver la trace de Scott Dyce.

À Glasgow, les nuages n'avaient pas encore libéré la neige qui enflait pourtant dans le ciel gris gorgé de brouillard. Apparemment indifférents au froid, quatre officiers armés de fusils d'assaut et protégés par leur gilet pare-balles saluèrent Grace quand elle franchit le sas d'entrée du bâtiment : un portique bleu et des baies vitrées aux allures d'école élémentaire, mal assortis aux austères murs de prison qui structuraient le reste de l'édifice.

N'ayant aucune envie d'expliquer à un éventuel collègue ce qu'elle faisait là un dimanche, Grace traversa l'open space quasi vide d'un pas rapide et s'enferma dans le bureau individuel qu'elle avait récupéré depuis sa réhabilitation ; puis elle lança le logiciel d'identification des membres de la police écossaise. Si elle ne pouvait retrouver son père, ne demeurait plus que la piste de l'ancien inspecteur pour espérer faire avancer son enquête.

Ce n'était évidemment pas la première fois qu'elle envisageait de faire une recherche sur Scott Dyce. Mais elle avait toujours reculé au dernier moment, empêchée par des nausées si violentes qu'elle était incapable de pousser plus loin l'investigation. Derrière cette manifestation physique de l'angoisse se cachait évidemment sa peur de ne pas supporter la vérité sur son passé. C'était cette même crainte qui l'avait conduite à repousser la confrontation avec sa mère durant toutes ces années.

Sur l'écran, un curseur clignotait, attendant qu'elle entre sa requête. Les mains autour d'une tasse de thé brûlant, Grace ferma les yeux, se préparant à s'aventurer dans les ténèbres de son passé. Elle laissa la chaleur de la céramique contaminer ses poignets, monter le long de ses avant-bras, envelopper ses épaules et se répandre dans sa poitrine, tandis que Naïs lui chuchotait à l'oreille d'avoir confiance.

Troublée par cette sensation qui s'était invitée en elle sans crier gare, Grace rouvrit lentement mais résolument les yeux. Puis, comme si elle entrait les lettres d'un code nucléaire, elle tapa le nom de l'enquêteur et lança la recherche.

La puissance de calcul des processeurs actuels ne lui laissa pas le temps de reprendre son souffle. En moins de deux secondes, une correspondance s'afficha. Le fichier avait immédiatement retrouvé l'inspecteur Scott Dyce, à un détail près : un *r* minuscule était accolé à son patronyme. Ce qui signifiait que l'homme avait été radié de la police.

Grace fut parcourue d'un frisson en découvrant que la radiation datait du 22 mars 1999, soit trois mois après que l'enquête sur sa disparition avait été classée. Ça ne pouvait pas être un hasard. Les deux événements étaient trop rapprochés pour qu'il n'y ait aucun lien entre eux. Qu'est-ce que l'inspecteur Scott Dyce avait bien pu faire pour mériter une sanction si radicale ? Le dossier qu'elle avait sous les yeux ne le mentionnait pas, Grace dut fournir un code de sécurité personnel afin d'accéder à plus d'informations.

Cette fois, l'ordinateur moulina plus longtemps et lorsque, enfin, il afficha les données, Grace manqua se sentir mal.

Scott Dyce avait été radié pour avoir commis deux viols sur mineurs, perpétrés dans la région du Lanarkshire, dont l'un avec tentative de meurtre, et pour détention de matériel pédopornographique. En avril 1999, il avait été condamné à dix ans de prison, au cours desquels il acceptait de subir un traitement de castration chimique. La suite du document stipulait que sa peine avait finalement été prolongée de deux ans parce qu'il avait agressé sexuellement son codétenu. Un mois après sa mise à l'isolement, il avait fait une tentative de suicide et avait ensuite été interné dans un hôpital psychiatrique sous haute surveillance. Il en était sorti cinq ans plus tard pour être transféré dans un centre de longue convalescence au cœur des terres forestières de Cairngorms, où il devait toujours demeurer puisque aucune date de décès n'était indiquée.

Grace recula son fauteuil, bouleversée. Elle écrasa le plat de sa main sur son bureau dans un geste de rage qu'elle ne pouvait plus contenir. La vérité qui se dessinait au fur et à mesure de ses avancées était encore pire que ce qu'elle avait imaginé : le policier chargé de la retrouver, de la sauver, était lui-même un pédocriminel. Et le plus écœurant de ces révélations : son père correspondait secrètement avec lui. Restait à savoir si Darren Campbell était ou non au courant des actes épouvantables de l'inspecteur.

Ce qui était certain, c'est que les deux hommes entretenaient une relation particulière. Leurs conversations téléphoniques avaient duré chaque fois au moins un quart d'heure, ce qui laissait entendre qu'ils avaient beaucoup de choses à se dire. Et si son père avait vraiment voulu faire avancer l'enquête sur son enlèvement, il n'aurait pas harcelé un policier incompétent et incapable, il aurait payé les services d'un détective privé, et ce contact apparaîtrait dans la liste de ses appels.

Les mains devant les yeux comme si elle ne voulait pas voir la vérité, Grace tentait de retrouver son calme. Au prix d'un intense effort de concentration sur sa respiration, elle parvint à apaiser le flot affolé de ses réflexions. Peu à peu, le vacarme de son cerveau se tut et le noir complet tomba devant son regard. Elle se laissa dériver dans cette obscurité anonyme et sans douleur. Jusqu'à ce qu'une pâleur diffuse semble émerger des profondeurs. La forme était peut-être ovale, comme celle d'un visage, le visage livide et glaçant de son père qui l'observait dans le coin le plus sombre de sa chambre.

Grace sortit de son cauchemar, le souffle coupé, la gorge nouée. Elle alla se passer de l'eau sur la figure pour essayer de chasser son angoisse.

En revenant, elle décida de mettre pour l'instant de côté la question de la complicité de son père, pour se concentrer sur Scott Dyce. Ce qu'elle venait d'apprendre sur l'ancien inspecteur éclairait d'une tout autre lumière les déboires de l'enquête sur sa disparition. Grace ne pouvait plus exclure que, si les recherches avaient tant traîné, ce n'était pas parce que Dyce était incompétent, mais parce qu'il protégeait d'autres pédocriminels comme lui. Peut-être même connaissait-il l'identité précise des ravisseurs de Grace et l'endroit où elle était détenue à l'époque. Sa hiérarchie avait forcément envisagé cette hypothèse et interrogé Scott Dyce dans ce sens.

Grace se rapprocha de son ordinateur afin de lire la suite du dossier. L'inspecteur avait effectivement été questionné sur ses liens éventuels avec le ou les responsables de l'enlèvement de la petite Hendrike Campbell. Mais il avait affirmé n'en avoir aucun. Il avait en revanche admis avoir sciemment ralenti l'enquête, par conviction et solidarité pour ses confrères anonymes qu'il qualifiait de « victimes d'une société qui était la réelle coupable de la pédocriminalité en interdisant aux enfants d'assouvir leur désir d'expérience charnelle avec des adultes, adultes condamnés dès lors à enfreindre la loi pour vivre leur amour ». Des perquisitions à son domicile et une longue enquête n'étaient en effet pas parvenues à établir de lien entre ses propres crimes et l'« affaire Campbell ».

Grace se massa les tempes en poussant un lourd soupir, partagée entre l'écœurement et la frustration rageuse.

Scott Dyce en savait forcément plus qu'il ne l'avait dit. C'est ce qu'elle avait envie de croire. Elle chercha sur Internet où se trouvait la maison de repos de Cairngorms. D'après le simulateur de voyage, en prenant la route maintenant, elle atteindrait le nord du pays et ses épaisses forêts en fin d'après-midi.

Elle effaça l'historique de ses recherches et ferma son bureau à clé, en se demandant comment l'inspecteur et pédocriminel Scott Dyce, aujourd'hui âgé de quatre-vingt-deux ans, allait réagir en voyant la lueur de colère et de vengeance dans les yeux de la petite Hendrike.

– 10 –

En vue du trajet d'au moins trois heures qui l'attendait, Grace retira sa parka, qu'elle plaça sur le siège passager. Alors qu'elle pliait son manteau, un papier glissa de l'une de ses poches. Elle pensa au message trouvé dans sa chambre d'enfance quelques heures plus tôt, les deux lettres et le chiffre, « S K 2 », mais il s'agissait d'un numéro de téléphone griffonné, suivi du prénom « Greg ».

Grace laissa échapper un soupir de regret. Elle avait pourtant tout fait pour que ce jeune adjoint à la mairie présent au cocktail de la veille ne nourrisse aucun espoir. Oui, elle avait apprécié les questions qu'il lui avait posées. Elles étaient plus humaines et surtout plus précises que celles des autres invités. Oui, sa façon de la regarder avait été plaisante et elle ne pouvait pas nier qu'elle l'avait même trouvé charmant. Mais tout cela avait été si fugace et finalement si insignifiant en comparaison de ce qu'elle avait ressenti et vécu auprès de Naïs. Ne voulant pas être de ces femmes qui jouissent de l'attirance qu'elles suscitent alors qu'elles songent tout entières à quelqu'un d'autre, elle avait mis fin à cette inégale séduction avec une attitude volontairement hautaine qui, selon elle, enterrerait toute ambiguïté. Visiblement, elle avait distribué son mépris avec trop de parcimonie.

Elle ramassa le papier, le déchira et jeta les morceaux sur le siège passager. Puis elle s'engagea sur l'autoroute M80, qui contournait Glasgow, en direction du nord-est.

Le paysage rural qui se dessina bientôt était loin de rivaliser avec l'intensité des lames de roche noire des Highlands qu'elle avait traversés durant son enquête précédente. Monotone, vaguement ondulé de collines dégarnies, le relief était en totale disharmonie avec le feu de colère qui la consumait.

Pour calmer son impatience vengeresse, Grace se remémora tous les éléments nouveaux qu'elle venait d'accumuler en l'espace d'une demi-journée. La concomitance des départs de Scott Dyce de la police et de son père du domicile familial la troublait de plus en plus, et ne faisait qu'accroître sa vigilance. Elle comptait bien obtenir des réponses de l'enquêteur à ce sujet.

Quand elle dépassa la vieille ville de Perth, d'épais nuages grisâtres s'amoncelaient à l'horizon et, en une quinzaine de minutes, la température chuta à 0 °C. Sur la route planait désormais une ombre menaçante, qui contraignit les rares automobilistes à allumer leurs phares en pleine journée. Grace venait à peine d'enclencher les siens quand une violente rafale fouetta la carrosserie de son véhicule et la força à reprendre le volant à deux mains. Sous les bourrasques, les herbes jaunes des plaines se pliaient et se relevaient telles des poupées de chiffon secouées par un enfant colérique. Le vent était si puissant qu'il parvenait à s'infiltrer par les minuscules joints de l'habitacle dans un sifflement aigu. Même le lourd SUV de Grace chassait sur le côté ; conserver sa trajectoire demandait un effort pemanent.

C'est donc sans regret qu'elle quitta l'autoroute au bout de deux heures, pour s'engager sur une voie plus étroite, encadrée par une épaisse forêt de sapins. Les phares de la voiture creusaient un tunnel lumineux au-delà duquel le monde avait été effacé, et derrière les troncs émergeaient parfois de sournoises nappes de brouillard poussées par le vent que l'on entendait mugir dans les cimes.

Aux aguets, roulant lentement, Grace scrutait la route, tâchant de percer les fantômes de brume errant sur le bitume, pour ne pas rater un virage. Elle commençait à douter de l'itinéraire, quand enfin elle aperçut un panneau indiquant la direction de la maison de repos de Cairngorms. *Une maison de repos... éternel*, ironisa-t-elle en voyant la peinture délavée de l'inscription, le bois mangé par la mousse et rogné sur les coins.

La route s'inclina, la forêt se clairsema, les rafales se remirent à bousculer le véhicule et dans la lueur des phares s'éleva un haut portail fermé, surmonté d'un arc de cercle en fer forgé. Penchées dessus, des branches de sapin s'agitaient avec une telle frénésie qu'elles paraissaient secouées par quelque monstre géant tapi dans les ténèbres.

Grace enfila sa parka et sortit. Elle manqua de perdre l'équilibre sous les assauts du vent et avança courbée jusqu'à une petite lumière fichée dans le pied métallique du portail, qui signalait vraisemblablement un Interphone.

L'épaule appuyée contre la colonne pour tenter de s'abriter un peu, ses longs cheveux châtains volant en tous sens, elle enfonça le bouton d'appel.

— Poste de sécurité de Cairngorms, répondit une voix dont l'intonation révélait l'étonnement.

— Inspectrice Grace Campbell de la police de Glasgow, dut presque crier la jeune femme pour se faire entendre. J'aimerais interroger l'un de vos résidents dans le cadre d'une enquête.

— Les heures de visite sont terminées. Il faut revenir demain à partir de treize heures.

Grace leva les yeux au ciel.

— Demain, la personne que je veux retrouver sera peut-être morte, mentit-elle, et je pense que vous n'avez pas envie d'en assumer la responsabilité.

Quelques secondes de silence et la voix reprit.

— Montrez-moi votre badge.

Grace s'exécuta.

— Plus près, s'il vous plaît.

Grace colla presque sa carte de police sur l'œil de la caméra.

— Qui voulez-vous voir ?

— Scott Dyce.

Pas de réponse. Elle pria intérieurement pour qu'on ne lui annonce pas que l'inspecteur était décédé ou que, pour une obscure raison légale, il était interdit de s'entretenir avec lui.

Trente secondes s'écoulèrent, puis elle distingua le bip d'ouverture du portail, à peine perceptible par-dessus les gémissements des troncs d'arbres et les battements rageurs des branches.

Elle remonta dans sa voiture, glissa ses mèches de cheveux désordonnés derrière ses oreilles et pénétra dans le domaine de Cairngorms. Elle suivit une allée de gravier bordée de sapins alignés à intervalles réguliers. Après quelques instants, elle aperçut enfin la maison de repos, qui se dressait au bout de ce chemin solennel. Une bâtisse massive de trois étages aux allures d'ancienne demeure bourgeoise.

– 11 –

Après avoir garé sa voiture, Grace traversa en hâte un parc parsemé de quelques bancs et de statues qu'elle distinguait dans la semi-obscurité de cette fin de journée hivernale. Pas une feuille morte ne volait malgré le souffle incessant du vent. Un soin qui contrastait avec le piètre état du panneau moisi qu'elle avait croisé plus tôt sur la route. *C'est payant d'être un pédocriminel*, se dit Grace en contournant un char de pierre tiré par de fougueux chevaux qui jaillissaient d'une fontaine cristallisée. Chassant son amer cynisme, elle s'empressa de rejoindre les lanternes accrochées de part et d'autre de la porte d'entrée, pressée de faire enfin face à l'un des acteurs clés de son supplice.

Domptant son ressentiment, elle monta le perron et sonna. On lui ouvrit et elle se présenta avec un calme apparent dans un hall aux imposantes dalles de pierre. Une odeur diffuse d'éther rappelait vaguement l'hôpital. Au fond de la pièce s'élevait la large courbure d'un grand escalier permettant de gagner les étages.

Grace était sur le point de s'adresser à l'austère agent de sécurité assis derrière le comptoir d'accueil quand on entendit des talons claquer sur les marches.

— La directrice arrive, annonça l'homme d'une voix monocorde. Il me faut une pièce d'identité afin de vous fournir un badge d'accès.

Grace présenta sa carte de police et salua sobrement la femme qui venait à sa rencontre, la mine sévère. Grande, maigre, une cinquantaine d'années, les cheveux noirs noués en chignon, des lèvres quasi inexistantes sur un visage creusé, elle avait des airs de gouvernante à l'ancienne.

— Bonsoir, inspectrice. On m'a dit que vous cherchiez à voir M. Scott Dyce. Est-il soupçonné de quelque chose ? Étant donné son état, cela me surprendrait qu'il ait pu commettre un délit récemment…

— Il pourrait détenir des informations cruciales concernant une affaire de disparition sur laquelle je travaille.

— Sans vouloir vous décourager, M. Scott Dyce ne parle pour ainsi dire jamais et je ne suis même pas certaine qu'il sache encore faire la différence entre le sommeil et l'éveil. Il est très âgé, et sa tentative de suicide, il y a quelques années, a laissé des séquelles.

— J'aimerais malgré tout essayer.

— Oui, bien sûr, reprit la directrice, il est actuellement dans sa chambre. C'est au deuxième étage.

Une minute plus tard, les deux femmes faisaient grincer le parquet usé du couloir qui distribuait les chambres des résidents. Des moulures ainsi que des peintures anciennes aux cadres désuets, représentant des paysages de campagne, vaches, chevaux et moutons, couraient le long des murs. Toute cette ambiance rustique conférait à l'endroit une atmosphère de vieux manoir, bien éloignée de l'austérité d'une maison de santé. Le triste éclairage au néon propre à ce type d'établissement avait laissé la place à des petites lampes à franges disposées sur des consoles en acajou, dont les lueurs jaunes éclairaient le corridor à intervalles réguliers.

— C'est l'heure des jeux de société au salon, expliqua la directrice, qui devait se sentir obligée de justifier le silence des lieux en passant devant les portes closes. Il n'y a que M. Dyce, qui reste seul dans sa chambre.

— Il n'y a personne d'autre que lui à l'étage en ce moment ? s'étonna Grace.

— Si bien sûr, l'infirmière de service, Kathy.

Elle s'arrêta devant un vestibule où une jeune femme blonde aux cheveux bouclés rangeait des boîtes de pansements dans un placard.

— Kathy, je vous présente Grace Campbell, précisa la directrice. Elle est inspectrice de police et vient rendre visite à M. Dyce. Madame Campbell, voici Kathy Hodges, l'infirmière d'étage, elle connaît ses patients par cœur.

Celle-ci tourna la tête et salua l'enquêtrice, une question sur les lèvres.

— Rien de grave, anticipa Grace, qui voulait pardessus tout qu'on la laisse seule avec l'inspecteur.

— Ah… d'accord, répondit la soignante. N'hésitez pas à me solliciter si vous avez besoin de quoi que ce soit.

— Merci. Et donc, sa chambre se trouve…

— Tout au fond à droite. C'est la plus grande et la plus calme.

— Je vais m'y rendre sans votre aide, si vous n'y voyez pas d'inconvénient, intervint Grace quand la directrice prit les devants. Je viendrai vous voir en partant.

— Bien, bien… comme vous voulez. Je vous laisse, donc.

— Une dernière chose… A-t-on diagnostiqué chez lui des maladies particulières, type Alzheimer ?

— Non. Cependant, cela ne signifie pas pour autant qu'il ait toute sa tête. Si vous connaissez son dossier aussi bien que moi, vous savez que cet homme a eu un passé… chargé.

Chargé. Autant Grace savait faire preuve d'empathie et de compréhension à l'égard des suspects, autant elle supportait très mal que l'on n'ose pas nommer les crimes ou les criminels avérés pour ce qu'ils étaient. Les termes exacts n'étaient jamais assez éloquents pour décrire la souffrance des victimes, les amoindrir s'apparentait ainsi à un nouvel acte de violence. Et dans l'état de tension dans lequel elle se trouvait, son exaspération franchit la barrière de ses lèvres plus vite qu'elle ne l'aurait voulu.

— Le viol d'un enfant ne fait pas de vous une personne au passé chargé, mais un criminel de la pire espèce qui a sciemment arraché une vie innocente. Les mots ont leur importance si l'on veut conserver une civilisation à visage humain.

La directrice et l'infirmière demeurèrent bouche bée devant Grace qui venait de planter sur elles un regard d'une fermeté rare, mais dont elle était capable lorsqu'elle jugeait nécessaire de rétablir les limites.

— Oui, vous avez raison, concéda la directrice. Kathy voulait probablement éviter de nous mettre mal à l'aise, car elle est évidemment bien consciente des crimes de son patient.

Grace écouta à peine la réponse. Cet échange avait un peu plus aiguisé son envie de confronter Scott Dyce à ses exactions et lui faire avouer tout ce qu'il avait caché à la police sur la disparition de la petite Hendrike.

— Je serai en bas avec les autres pensionnaires, glissa la directrice.

Puis elle s'éclipsa, tandis que l'infirmière se remettait discrètement à ranger ses boîtes de pansements.

Un instant plus tard, bouillonnante, Grace se trouvait devant la chambre de Scott Dyce. Elle colla son oreille à la porte close, mais ne perçut aucun bruit. Ce même silence de mort qu'elle avait tant écouté lorsqu'elle guettait l'arrivée de son tortionnaire derrière la porte en métal de son horrible cellule.

Se ressaisissant pour ne pas s'abandonner à la colère et conserver l'efficacité de son professionnalisme, elle finit par toquer deux fois.

Pas de réponse. Seulement les battements de son cœur qui s'était soudain emballé. Elle fit taire les peurs enfantines cherchant à refaire surface et posa la main sur la poignée. Puis, elle chassa de ses poumons l'air vicié de stress et ouvrit.

La pièce était plongée dans la pénombre. À côté d'un lourd rideau, une lampe de chevet sur un guéridon constituait l'unique source de lumière. Le modeste halo jaunâtre abandonnait les coins de la chambre aux ténèbres et détourait à peine les formes nébuleuses d'un lit, d'une armoire et d'un bureau positionné contre la fenêtre. Là se tenait de dos une silhouette immobile sur une chaise roulante.

Maintenant que l'homme en partie responsable de son calvaire était à sa merci, Grace ne savait plus comment réagir. Elle se surprit à trouver tentant de l'étrangler par-derrière en dévidant sans réserve les affres de cette douleur qui la détruisait depuis plus de vingt ans. Certes, ce n'était pas elle, mais ce qu'elle avait enduré ne justifiait-il pas qu'elle transgresse l'éthique de son être profond ? Ne serait-elle pas plus soulagée par la vengeance instinctive que par la justice raisonnée qui brime les pulsions primales ?

Déstabilisée par ce feu de l'âme qui lui faisait perdre le contrôle, Grace recula de quelques pas, prête à sortir de la chambre pour ne pas commettre l'irréparable. Dos à la porte, elle respirait si fort qu'il était étonnant que l'homme ne prenne pas conscience de sa présence. Cette simple réflexion lui permit de reprendre contact avec la réalité et de se rappeler qu'avant la vengeance elle était venue ici en quête de réponses. Elle transigea donc avec elle-même, en se disant qu'elle entendrait d'abord la vérité de sa bouche et qu'ensuite elle aviserait.

Elle reprit son souffle et se racla discrètement la gorge pour signifier sa présence. Sans effet.

Elle avança lentement dans l'obscurité. Le parquet gémit mais l'individu ne broncha pas. Était-il endormi ? sourd ? Ou dans cet état entre l'éveil et le sommeil dont lui avait parlé la directrice.

Grace se déplaçait avec prudence et même appréhension. *Tu n'es plus la petite fille victime*, s'efforçait-elle de se répéter. *Tu es une adulte, aujourd'hui, et c'est toi qui as l'ascendant. Il n'est plus qu'un vieillard impotent. Il ne peut plus rien te faire.* Et pourtant, elle ne pouvait se départir de cette idée folle qu'il allait soudain faire volte-face et se jeter sur elle, telle la frêle grand-mère qui se muait en loup féroce pour dévorer le Petit Chaperon rouge.

Elle se posta à quelques pas derrière lui, réprimant son envie de saisir son arme. Le sang pulsait dans ses artères comme un torrent au bord de la crue.

— Scott Dyce, dit-elle.

L'homme ne réagit pas, toujours tourné vers la fenêtre, à travers laquelle on apercevait les ombres crochues des branches battues par le vent. Les nerfs de Grace tressaillirent.

— Je sais que vous m'entendez. Je suis inspectrice de police et j'ai quelques questions à vous poser.

Pas même un frémissement des épaules, rien.

Aujourd'hui encore, il continuait donc à la tourmenter en refusant de lui faciliter la tâche. À l'idée de devoir mettre ses mains sur les poignées de la chaise roulante pour la faire pivoter, Grace fut parcourue d'un frisson de crainte. Elle savait bien que sa peur était irrationnelle, mais les traumatismes ne possèdent pas de limite d'âge.

Elle s'assura que la porte d'entrée était toujours entrouverte derrière elle, puis, avec une certaine angoisse, elle saisit le fauteuil et le fit tourner.

Le choc fut si brutal qu'elle recula malgré elle.

Dans son souvenir et sur les photos qu'elle avait affichées dans son cabinet secret, Scott Dyce était un homme bien portant, au visage un peu pataud, avec de grands yeux bleus. Elle s'attendait à le voir vieilli, mais pas à ça.

L'individu qu'elle avait devant elle ressemblait à un squelette sur lequel on aurait tendu une peau humaine. Les bras croisés sur son torse malingre, il n'était plus qu'une frêle statue de cire sans expression. Au fond de ses orbites étaient enfoncées deux billes d'azur en guise d'yeux. Si elle n'avait pas vu sa poitrine se soulever au rythme lent de sa respiration, Grace l'aurait cru mort. Son regard absent ne pouvait permettre de savoir s'il avait pris conscience d'une présence extérieure.

Profondément troublée, s'interrogeant même sur l'identité de celui qui lui faisait face, la jeune femme chercha ce qu'il subsistait de l'inspecteur qu'elle avait connu quand elle était enfant. Non sans mal, elle finit par retrouver des restes morphologiques qui ne laissaient aucune place au doute. Notamment la forme caractéristique de cette bouche en U inversé lui donnant cet air de porteur de mauvaises nouvelles, ainsi que son arcade sourcilière particulièrement marquée à droite, qui vous faisait passer en permanence pour quelqu'un de suspect.

Grace tira la chaise rangée à côté du bureau et prit place dessus, avant d'hésiter sur la façon de commencer.

— Je m'appelle… Hendrike Campbell, dit-elle à voix basse.

Le visage du vieil homme demeura impassible, aucune lueur ne brilla au fond de ses yeux sans âme.

— C'est vous qui avez enquêté sur ma disparition il y a près de vingt-trois ans, continua-t-elle. Hendrike Campbell de Kirkcowan, la petite fille que vous avez préféré laisser mourir plutôt que de mettre en danger vos collègues pédophiles. Vous vous en souvenez forcément ?

Aucune réponse. La tête légèrement inclinée, Scott Dyce fixait un point invisible et probablement inexistant.

Grace ne voulait pas croire qu'il n'entendait ni ne comprenait ce qu'elle disait. Faisait-il semblant de ne pas l'entendre ? Était-il vraiment déconnecté de la réalité ? Comment pouvait-elle le faire réagir ?

Elle alluma sa lampe torche et dirigea la lumière vers le visage du vieil homme. Ses pupilles se rétrécirent, mais il ne cilla pas. Grace fouilla alors dans sa poche et en sortit le papier découvert chez sa mère, qu'elle présenta à l'ancien inspecteur.

— J'ai retrouvé ça dans ma chambre d'enfance. Est-ce que ça vous rappelle quelque chose ?

Son regard vide ne se détourna même pas.

— Le reconnaissez-vous ? insista-t-elle en lui soumettant cette fois-ci le croquis du garçon qui l'avait aidée à s'enfuir de sa prison.

Scott Dyce demeura imperturbable, impénétrable.

Elle tendit un autre dessin.

— Et ce costume bariolé, celui que portait mon bourreau… ça ne vous a mis sur aucune piste à l'époque ? Et ce mot anonyme, c'est vous qui l'avez fait déposer devant chez moi ?

Face au mutisme qu'on lui opposait, Grace leva la main en direction du vieillard avant de se ressaisir, écœurée par sa propre violence qui ne faisait qu'enfler. Elle marcha quelques instants de long en large dans la pièce, sa rage faisant peu à peu céder les remparts de son sang-froid.

— À quoi cela vous servirait-il d'emporter vos secrets dans la mort ? Dites-moi qui m'a kidnappée ! Qui vous avez protégé ! Et si vraiment vous l'ignorez, révélez au moins ce que vous avez caché pour entraver l'enquête ! Aujourd'hui, à votre âge, vous savez le mal que vous avez fait. Vous avez eu le temps d'y réfléchir. Pensez aux vies que vous avez détruites ! Avant de partir, soulagez votre âme, Scott Dyce, et aidez-moi à sauver la mienne.

Les derniers éclats de sa voix s'éteignirent dans la torpeur morbide de la chambre. Grace s'approcha de l'homme et, refoulant son dégoût dans un accès de colère, lui agrippa les épaules.

— Pourquoi continuez-vous à me torturer ainsi ? Ça vous excite encore, dans l'état où vous êtes ?

Grace tremblait de la passion vengeresse. Son corps entier n'aspirait qu'à décharger sa haine, tandis que son esprit se dressait contre un geste qui ne lui semblait pas dans sa nature. Les souvenirs des tortures et des sévices qu'elle avait subis jaillirent à cet instant et ouvrirent un abîme de souffrance. Des larmes de rage embuèrent ses yeux.

Elle enfonça ses doigts dans les épaules de l'infirme sans qu'il réagisse. Elle aurait pu serrer encore plus fort si elle n'avait pas remarqué que les bras de l'ancien inspecteur n'étaient pas seulement croisés sur son torse, mais agrippés au tissu. Malgré les brutales secousses qu'elle avait imprimées à Scott Dyce, sa posture n'avait pas bougé d'un centimètre. Intriguée par cette résistance chez un homme qui n'était même plus capable de marcher ou de parler, elle relâcha son étreinte féroce et approcha sa main de la poitrine du vieillard.

Sous les vêtements, elle sentit une surface lisse et rigide qui n'avait rien à voir avec la chair humaine.

— Que cachez-vous là-dessous ?

— Ah, ça, personne n'y touche, lança une voix derrière elle.

Grace essuya rapidement les larmes sur ses joues et fit volte-face. Elle mit un peu de temps à reconnaître l'infirmière blonde de l'étage, dont la silhouette se découpait à contre-jour dans l'embrasure de la porte.

— Je suis désolée, j'ai vu que c'était ouvert et comme c'est l'heure des médicaments de M. Dyce, je me suis permis d'entrer, s'excusa la soignante en remarquant le regard de reproche que lui adressait l'enquêtrice. Je reviendrai plus tard. Pas d'urgence.

— À quoi personne ne touche ? demanda Grace en penchant la tête sur le côté d'un air discrètement interrogatif.

— Sa pochette à documents. Il la garde toujours serrée contre lui. Même pour dormir.

Grace avança un peu le menton, intéressée.

— Et vous savez ce qu'il y a dedans ?

L'infirmière eut l'air gênée.

— Allez-y, l'encouragea Grace, j'en ai vu d'autres.

— Eh bien, quand il est arrivé ici, il parlait encore de temps en temps. Un jour que je voulais lui enlever sa pochette pour la ranger dans un tiroir, il s'est mis à hurler comme si on allait le tuer. Il m'a dit que personne n'y touchait à part lui. Que c'étaient tous ses dossiers d'inspecteur sur les enfants et… (la jeune femme bégaya presque de malaise)… et qu'il voulait les garder tout près de lui jusqu'à sa mort.

Grace plissa les yeux d'un profond dégoût. Même dans cet état, il continuait à vivre sa perversion.

— Que vous a-t-il dit d'autre ?

— Rien, reprit la dénommée Kathy en haussant les épaules. Il n'a plus jamais abordé le sujet.

Grace se leva et attira doucement la soignante vers la porte d'entrée.

— Depuis toutes ces années, vous avez certainement eu l'occasion de regarder ce qu'il y avait à l'intérieur de la pochette, non ? Vous ne laisseriez pas un de vos résidents se balader avec des images pédocriminelles, n'est-ce pas ?

L'infirmière avisa le couloir pour s'assurer qu'il était désert.

— Oui, j'ai regardé, mais juste pour vérifier qu'il n'y avait aucun matériel interdit par le règlement.

— Et alors ? la pressa Grace.

— Elle est vide. La pochette ne contient rien, absolument rien.

— Quoi ? Mais…

— Oui, je sais, ça peut paraître absurde, mais nos patients ont quitté leur domicile, leurs habitudes, et il est fréquent qu'ils conservent auprès d'eux un objet totem, comme on dit. Un petit quelque chose de leur passé qui les réconforte.

— J'aimerais me rendre compte par moi-même, s'il vous plaît, chuchota Grace, si déçue qu'elle refusait de croire à l'explication de l'infirmière.

— Vous n'arriverez pas à la lui retirer à moins de le violenter. Il n'a plus beaucoup de force, mais pour ça, je ne sais pas, c'est comme si toute l'énergie vitale qu'il lui restait était destinée à empêcher quiconque d'approcher de cette pochette.

— Peut-être que vous saurez mieux vous y prendre que moi, proposa Grace.

La jeune soignante ne sembla pas du tout à l'aise avec cette idée.

— Je n'ai pas le droit d'user de la force et encore moins pour m'emparer d'une possession d'un résident.

— Oui, je comprends et c'est tout à votre honneur, Kathy. Mais Scott Dyce détient peut-être des éléments qui pourraient sauver la vie d'un enfant disparu il y a un peu plus de douze heures. On ne doit laisser aucune possibilité de côté…

L'infirmière lissa une de ses mèches bouclées pour dissimuler son inconfort.

— Il va falloir que je l'endorme… contre son gré.

— Faites-le. S'il y a le moindre problème, j'en assumerai la responsabilité.

La soignante soupira profondément. Elle réfléchissait.

— D'accord, lâcha-t-elle enfin. Je vais chercher un somnifère.

La jeune femme revint rapidement, un cachet à la main, et s'assit face à l'ancien inspecteur. Elle lui parla gentiment, lui disant que c'était l'heure de son médicament, et approcha un gobelet de ses lèvres.

— Voilà, c'est bien. À tout à l'heure, monsieur Dyce, dit-elle en s'éloignant.

Elle rejoignit la policière, restée à l'entrée de la chambre.

— Le sédatif fera effet d'ici une vingtaine de minutes. Je vous laisse.

Grace la remercia d'un air entendu et attendit, l'épaule appuyée contre le cadre de la porte. Durant un instant, elle crut entendre le vieil homme marmonner quelque chose, puis au bout d'un quart d'heure, il dodelina de la tête pour la laisser tomber sur sa poitrine.

Discrètement, Grace s'avança vers lui, comme un voleur craignant de réveiller sa victime. La respiration était cette fois nettement audible et régulière. Scott Dyce dormait profondément.

Elle lui prit les avant-bras et rencontra une puissante résistance quand elle les força à s'écarter. L'ancien inspecteur grogna, et c'est avec une précaution redoublée que Grace souleva son pull, révélant une pochette orange aux tranches élimées.

Son empressement à l'ouvrir fut aussi rapide que sa déception. Elle était effectivement vide. Pas un mot n'était écrit ni dessus ni à l'intérieur. Par acquit de conscience, Grace la secoua, mais rien ne s'en échappa.

Elle s'assit sur la chaise toujours face à Scott Dyce et observa longuement ce corps avachi qui avait déjà fait tant de mal, et en ferait encore en emportant ses secrets dans la tombe.

Traversée par de violents sentiments, de la rage à l'abattement, Grace ne parvenait pas à se résoudre à tuer de sang-froid ce résidu d'homme. Elle craignait de n'y trouver aucun apaisement, mais davantage de souffrance.

Reprenant le contrôle d'elle-même, Grace replaça la pochette entre les bras du vieillard pour que l'infirmière n'ait pas de problème, et quitta la chambre, non sans avoir jeté un dernier coup d'œil sur ce monstre endormi qui, en imagination, serrait contre lui ses petites victimes.

Dans le couloir qui menait à l'escalier, elle entendit des éclats de voix provenant du bureau de la soignante de l'étage. La jeune femme avait apparemment un échange tendu avec quelqu'un au téléphone.

— Ce n'est pas comme ça que j'ai été formée ! lança-t-elle. Votre approche me semble bien trop risquée… pour le patient.

Elle s'interrompit en voyant Grace passer dans le corridor.

— Alors ? s'enquit-elle avec une main sur le micro du combiné.

— Vous aviez raison, la pochette est vide. Merci quand même de votre aide, Kathy.

Grace reprit la direction du hall d'accueil. Arrivée au rez-de-chaussée, elle aperçut sur sa droite la directrice dans ce qui devait être le salon. Allant à sa rencontre, elle entra dans la pièce, où la plupart des résidents jouaient aux échecs, aux dames ou au loto. Des discussions soutenues se faisaient entendre au milieu des tintements de cuillères sur des tasses de thé. Le contraste avec le silence du deuxième étage était presque étourdissant. Quelques personnes levèrent les yeux vers Grace, surprises de voir un nouveau visage.

— Avez-vous eu vos réponses, inspectrice ? demanda la directrice en s'éloignant des oreilles indiscrètes.

— Non. Mais il sait forcément quelque chose.

— Comme je vous le disais, même s'il détenait des informations, je doute que son état, physique et mental, lui permette de vous révéler quoi que ce soit. Il n'est déjà plus tout à fait avec nous…

Grace refusait d'admettre que son enquête n'irait pas plus loin. Que toutes ses recherches pour faire éclore la vérité sur le drame de son enfance n'aboutiraient à rien.

— Je reviendrai demain et tant qu'il faudra jusqu'à ce qu'il parle, conclut-elle avec fermeté.

La directrice plissa les coins de sa maigre bouche.

— Dans ce cas, vous devez me fournir des documents officiels pour que je vous laisse interroger régulièrement un résident qui n'a plus toute sa tête et dont le consentement ne peut être assuré. Vous comprenez que mon devoir est de veiller à la santé de mes patients… quel que soit leur passé.

Grace craignait cette requête.

— Oui, bien sûr, se contenta-t-elle d'acquiescer, en sachant qu'elle n'obtiendrait jamais ces papiers administratifs.

Elle ne voyait pas comment, malgré son nouveau statut, son supérieur l'autoriserait à travailler sur une affaire personnelle en bénéficiant des ressources publiques.

— Je vous dis donc à bientôt, acheva la directrice.

Grace salua la femme, rendit son badge de visiteur à l'accueil et quitta la chaleur de la grande bâtisse pour rejoindre le froid de la nuit.

Sa déception était telle qu'elle ne ressentit même pas la morsure du vent. Tête baissée, alors qu'elle suivait mécaniquement l'allée de gravier qui sillonnait le parc entre les bosquets et les statues jusqu'au parking, elle menait une bataille contre elle-même pour tenter de trouver une solution à son échec.

À mi-chemin, elle regarda par-dessus son épaule. Toutes les fenêtres étaient éteintes, sauf une, au deuxième étage. Les contours d'une forme humaine se tenant assise se découpaient sur une pâle clarté jaune. L'ancien inspecteur était-il de dos, comme Grace l'avait laissé, ou regardait-il vers l'extérieur ? Bousculée par les bourrasques, ses cheveux affolés fouettant son visage, Grace fixa la chambre, souhaitant presque que le moribond Scott Dyce lui fasse un signe de la main pour la narguer.

Mais ses yeux irrités s'embuèrent avant qu'elle n'ait vu un quelconque mouvement.

Elle avait abandonné son dernier espoir pour rejoindre sa voiture, lorsqu'elle entendit des pas accourir derrière elle. Le temps qu'elle se retourne, une ombre fondait sur elle.

– 12 –

Dans un réflexe professionnel, Grace recula vivement en saisissant son arme.

— Ne tirez pas ! lança une voix masculine essoufflée.

L'individu s'était immobilisé et avait levé les mains au-dessus de sa tête. Grace l'éblouit avec sa lampe tirée de sa poche de manteau.

— Je ne voulais pas vous faire peur, juste vous… vous… rattraper… avant que vous… ne partiez.

— Qui êtes-vous ?

— Je m'appelle Lachlan MacQuarie, je suis résident ici.

L'homme aux cheveux blancs, en jogging, avait posé ses mains sur ses genoux pour reprendre sa respiration.

— Que voulez-vous ? cria Grace pour couvrir le souffle du vent et l'agitation dans les branches des bosquets.

— Je vous ai reconnue dans le salon, quand vous discutiez avec la directrice, déclara-t-il, un bras devant les yeux pour se protéger de la lumière que Grace continuait à diriger vers lui. Vous êtes l'inspectrice qui est passée à la télé pour l'affaire du monastère d'Iona, c'est bien cela ?

— Oui, mais vous ne répondez pas à ma question.

— Ah, je le savais bien !

Grace redouta le moment où il allait lui demander un autographe.

— Monsieur MacQuarie, pourquoi m'avez-vous couru après ?

— Je vous ai vue descendre l'escalier, avant que vous n'entriez dans le salon, et j'ai compris que vous étiez certainement allée rendre visite au seul résident qui ne quitte jamais sa chambre. Et il se trouve que la mienne est juste à côté de celle de Scott Dyce.

— Oui, poursuivez, insista Grace, intriguée.

— Il fallait que je vous dise quelque chose.

La jeune femme baissa progressivement son arme et sa torche.

— Je vous écoute.

— Vous permettez que je m'assoie, je n'avais pas cavalé comme ça depuis un bon bout de temps… bref, mon cœur est fatigué.

Grace braqua le faisceau de sa lampe vers un banc de pierre, et le vieil homme y prit place en poussant un soupir de soulagement. Elle se rapprocha de lui.

— À l'époque où c'est arrivé, commença-t-il, je n'ai pas jugé nécessaire d'en avertir la police, puisque c'est le genre de choses qu'on entend souvent ici. Mais aujourd'hui, vous êtes là, et je me dis que cela pourrait vous intéresser. Encore que… ma foi, je ne sais pas trop.

Grace n'avait pas l'intention de brusquer une personne âgée qui avait besoin de temps pour rassembler sa pensée. Mais elle se refroidissait, à rester sans bouger sous les assauts du vent. Et puis ses cheveux volant en tous sens la gênaient pour bien voir son interlocuteur. Elle décida de le rejoindre sur le banc.

— Dites-moi tout, monsieur MacQuarie, je vous écoute.

L'homme glissa ses mains entre ses genoux pour les réchauffer et se recroquevilla sur lui-même. Grace songea qu'il devait être frigorifié dans son simple jogging. Elle retira sa parka et la lui posa sur les épaules.

— Oh, comme c'est gentil de votre part, je suis sorti en catastrophe quand je vous ai vue quitter le centre. Mais c'est vous qui allez vous transformer en glaçon. Moi, vous savez, ma vie a été bien remplie, si je dois partir maintenant, c'est beaucoup moins grave que pour vous qui êtes toute jeune et pleine d'un bel avenir.

— Oh, je peux bien tenir cinq minutes, le temps que vous me racontiez ce que vous savez sur Scott Dyce, j'ai quelques réserves que n'envierait pas un phoque, s'exclama-t-elle en souriant.

La plaisanterie amusa tant le vieil homme qu'il faillit en oublier la raison de sa présence.

— Donc, se reprit-il, je suis son voisin depuis trois ans maintenant. Je me rappelle quand je suis arrivé, il était, comme vous avez dû le voir aujourd'hui, muet, absent, comme mort. Vous êtes d'accord, non ?

— Effectivement.

— Eh bien, depuis que je le connais, il a toujours été dans cet état… sauf un jour. Kathy était malade et une autre infirmière l'a remplacée. Elle s'est emmêlé les pinceaux dans les médicaments à distribuer à tout l'étage, et Scott Dyce n'a pas avalé ses cachets quotidiens… Il s'est passé un événement… dérangeant. Oui, c'est cela, dérangeant.

Le frisson que Grace réprima n'était en rien dû au froid. Elle essayait de ne pas montrer le fol espoir qu'elle plaçait dans le témoignage de cet homme.

— C'est-à-dire ? le relança-t-elle aussi calmement que possible

— J'étais en train de dormir quand j'ai senti qu'on me secouait l'épaule. C'était Scott Dyce qui s'était déplacé en chaise roulante jusque dans ma chambre et qui me regardait, terrifié, comme s'il allait mourir d'une seconde à l'autre. Je l'avais à peine reconnu et voilà qu'il me sort : « Ils me forcent à rester ici. Aide-moi à m'enfuir. » Alors, je lui ai demandé : « Qui ça, "ils" ? » Dyce m'a juste répondu : « Ils m'empêchent de parler, ils me droguent. Je dois partir pour… » Et il n'a pas eu le temps de terminer sa phrase. L'infirmière de nuit, qui nous avait entendus discuter, est arrivée dans la chambre. Scott Dyce s'est tu aussitôt. Elle l'a ramené jusqu'à son lit et m'a dit de me rendormir.

— Dites-moi que vous avez cherché à en savoir plus ? s'enquit Grace, sans plus faire secret de son excitation.

— Oui, mais le lendemain, il avait retrouvé son état neurasthénique. J'ai eu beau lui raconter ce qu'il m'avait dit la veille, il n'a plus jamais réagi.

— Vous avez averti quelqu'un ? demanda la jeune femme, qui était déjà debout et regardait en direction de la chambre faiblement éclairée.

— Non, parce que lorsque Kathy est revenue, elle m'a brièvement expliqué l'horrible passé judiciaire de mon voisin et qu'il devait être « drogué » pour éviter toute récidive.

— Vous avez bien fait de me parler de tout ça, monsieur MacQuarie.

Grace récupéra vivement sa parka et la renfila tout en courant vers la maison de repos.

— Rentrez vous mettre au chaud, cria-t-elle au vieil homme par-dessus son épaule. Et surtout, ne dites rien à personne !

Elle arriva devant le hall d'accueil, prétendit avoir oublié son téléphone dans la chambre de M. Dyce et entra.

Elle prit un air contrit en passant devant l'agent de sécurité, en se maudissant d'être si étourdie. Elle s'engagea dans l'escalier sans se précipiter et, dès qu'elle ne fut plus visible du rez-de-chaussée, elle s'élança pour débouler au deuxième étage et foncer dans le couloir.

Elle stoppa sa course juste avant d'atteindre le bureau de l'infirmière. Il était vide. Elle fila droit vers le fond du corridor et se trouvait à mi-chemin quand la porte de la chambre de Scott Dyce s'ouvrit pour laisser sortir la jeune femme aux cheveux blonds.

Grace croisa son regard et comprit tout de suite que quelque chose n'allait pas. La soignante semblait tellement surprise de voir l'inspectrice qu'elle se figea, les yeux écarquillés de terreur. Et soudain, elle prit la fuite en direction de l'issue de secours. Grace dégaina son arme.

— Ne bougez plus !

L'infirmière se retourna, hésita un instant, puis bouscula le portillon de sécurité.

Grace la visa, mais renonça à tirer. Elle sprinta, le canon de son pistolet pointé vers le sol, confrontée à un dilemme.

Devait-elle aller voir dans quel état se trouvait Scott Dyce ou bien poursuivre la soignante ? Si Grace avait récupéré sa forme physique au cours de ces deux dernières années, elle n'en était pas pour autant une sportive accomplie, et elle sut qu'elle ne rattraperait sans doute pas la fuyarde, encore moins en pleine nuit à travers le parc. Elle fit donc irruption dans la chambre du vieillard. La lumière jaune diffusait toujours son halo terne sur le corps de Scott Dyce avachi sur la chaise roulante près de la fenêtre.

Grace se précipita vers lui en rangeant son arme dans son holster et prit son pouls. Rien. Il était en arrêt cardiaque.

— À l'aide ! cria-t-elle en courant aussi vite qu'elle le put jusqu'au bureau de l'infirmière, où elle trouva rapidement un défibrillateur accroché au mur.

Revenue dans la chambre, le cœur battant dans sa gorge, elle allongea Scott Dyce par terre, arracha les boutons de son pyjama, jeta à ses côtés la pochette élimée et appliqua les deux électrodes autocollantes sur sa poitrine, avant de s'écarter et de démarrer l'appareil.

La machine ne tarda pas à confirmer le diagnostic de Grace, sonna pour annoncer qu'elle allait envoyer une décharge, et le corps du vieillard se contracta d'un spasme à peine perceptible.

La jeune femme colla son oreille contre la bouche de l'ancien inspecteur, deux doigts sur son artère carotide. Il respirait à nouveau.

— Scott Dyce ! hurla-t-elle, tandis qu'au loin, dans le couloir, on entendait des pas se précipiter et des voix agitées.

Grace empoigna les épaules de l'homme et les secoua de toutes ses forces.

Ses paupières se décollèrent lentement et il ouvrit des yeux vitreux. Grace sut qu'il la reconnaissait. Elle recula, intimidée et même apeurée par le regard conscient que ce monstre plantait en elle, quand elle sentit une prise glaciale autour de son poignet.

– 13 –

Deux soignants firent irruption dans la chambre alors que Scott Dyce venait de refermer les yeux. Grace venait de raccrocher à l'instant : les secours envoyaient immédiatement une équipe.

— Il a fait un arrêt cardiaque, je l'ai défibrillé, son cœur est reparti, mais j'ignore dans quel état il se trouve, expliqua la jeune inspectrice, qui hésitait toujours à se lancer à la poursuite de l'infirmière.

Les deux hommes semblèrent surpris par le sang-froid et la précision de la jeune femme. Le plus âgé ordonna à son collègue, un grand garçon dégingandé, de courir chercher la directrice, avant de se précipiter pour examiner la victime.

— Il respire, mais il lui faut des soins intensifs, déclara-t-il après quelques secondes. Vous êtes une parente ?

— Inspectrice Grace Campbell de Glasgow, j'étais venue interroger le résident Scott Dyce dans le cadre d'une affaire, répondit-elle en montrant son badge. J'ai déjà contacté les urgences. Ils sont en route.

Grace ramassa la pochette orange que Dyce gardait toujours sur lui, puis appela elle-même les services de police pour demander du renfort : « délit de fuite avec suspicion de tentative de meurtre », précisa-t-elle.

— Mon Dieu ! s'écria la directrice qui venait d'arriver dans l'embrasure de la porte. Qu'avez-vous fait ?

— Ne rentrez pas, c'est une scène de crime, ordonna Grace en ramassant la chemise orange que Dyce gardait toujours sur lui.

— Mais…

L'enquêtrice lui résuma la situation en vitesse.

— C'est pourquoi il me faut toutes les informations que vous avez sur cette Kathy Hodges ! conclut-elle.

La femme d'une cinquantaine d'années n'avait jamais eu l'air aussi osseuse et rigide qu'en cet instant. Grace se plaça bien en face d'elle et vissa son regard dans le sien, avec toute l'autorité dont ses doux yeux étaient capables dans les cas impérieux.

— Madame la directrice, j'en ai besoin tout de suite !

Puis elle glissa sa main sous sa parka pour s'emparer de son arme et se précipita hors de la chambre en direction de l'issue de secours par laquelle l'infirmière s'était échappée.

Elle ouvrit prudemment la porte, prête à faire feu, le vent nocturne frigorifiant sa peau et éparpillant ses cheveux sur ses épaules. Sous elle s'entortillait un escalier en colimaçon. Elle dévala les marches et sonda l'obscurité autour du bâtiment. La jeune soignante avait pu aller n'importe où. Grace n'avait aucune chance de la retrouver seule et, déjà, elle entendait la sirène de l'ambulance. Aussi regagna-t-elle en hâte la chambre de Scott Dyce. La directrice paniquée lui confia un dossier d'une main tremblante et observa fébrilement les secours prendre le vieillard en charge.

Tandis qu'elle accompagnait dans le couloir de la résidence le brancard poussé à toute allure, Grace vit deux officiers de police se présenter à elle. Elle s'arrêta à leur hauteur :

— Merci d'être venus si vite, messieurs. La femme que vous voyez en photo sur ce dossier est suspectée d'avoir tenté d'assassiner cet homme, expliqua-t-elle en désignant la civière déjà au bout du couloir. Elle a pris la fuite il y a dix minutes environ par l'escalier de secours. Soyez prudents, elle n'est sans doute pas la gentille infirmière que l'on croit et il n'est pas exclu qu'elle soit armée.

Les deux agents acquiescèrent en dégrafant l'étui en cuir de leur pistolet et partirent aussitôt à sa recherche.

Grace se félicita de leur diligence. Elle rejoignit les brancardiers en train d'installer Scott Dyce dans l'ambulance. Elle se hissa dans le fourgon, sans quitter des yeux l'ancien inspecteur qui respirait sous un masque à oxygène.

L'un des urgentistes resta auprès de lui pendant que l'autre claquait les portes arrière avant de démarrer toutes sirènes hurlantes.

— Vous connaissez ses allergies ? demanda l'infirmier en achevant d'enfoncer une aiguille à perfusion dans le bras du patient.

— Non, mais je suis à peu près certaine qu'il a été victime d'un empoisonnement.

Le médecin, occupé à apposer les capteurs d'un électrocardiographe sur le torse de Dyce, sembla troublé par la révélation.

— Arythmie cardiaque, annonça-t-il quand la courbe s'afficha sur le petit écran de contrôle.

— Il va tenir le coup ? s'inquiéta Grace.

— Aucune idée. Il est âgé…

— Faites tout pour qu'il vive, répliqua-t-elle.

Elle était bien consciente de l'inutilité de son ordre, mais si l'homme mourait, c'en était terminé de sa quête de vérité, et l'idée lui était insupportable.

Malgré les cahots de la route, Grace parvint à parcourir le dossier de Kathy Hodges. Elle était célibataire, sans enfants, et s'avérait être une employée exemplaire, dévouée, aimable, en poste depuis dix ans. Aucun commentaire n'évoquait de comportement suspect.

Un virage serré les bouscula et Grace se surprit à retenir le corps du vieillard avant de penser à se cramponner à la poignée fixée à cet effet au plafond. Elle enlevait tout juste sa main quand son téléphone sonna. Elle décrocha aussitôt.

— Officier Knox pour inspectrice Campbell.

— Je vous écoute, répondit Grace en se bouchant une oreille pour étouffer le cri de la sirène.

— Nous avons retrouvé l'infirmière, morte. Elle est tombée ou a sauté d'un rocher dans la pente entre le bâtiment et la forêt.

Grace accusa la nouvelle avant de distribuer ses ordres. Elle demanda que l'on transporte le corps au service de médecine légale de l'hôpital d'Édimbourg.

— Inspectez le bureau et le domicile de Kathy Hodges, ajouta-t-elle en indiquant l'adresse qui figurait sur les documents fournis par la directrice. Saisissez son téléphone, son ordinateur si elle en a un, et fouillez partout. Chaque élément est important : compte bancaire, somme d'argent en liquide… Tout !

— Entendu, on vous tient au courant.

Pendant toute la discussion, le regard de Grace n'avait cessé de faire des allers-retours entre l'ancien inspecteur et l'électrocardiogramme dont l'irrégularité l'inquiétait de plus en plus.

— On arrive dans combien de temps ? s'impatienta-t-elle.

Comme pour lui répondre, une secousse fit trembler tous les appareils et la jeune femme se cogna l'épaule contre la paroi de l'ambulance. Sous le choc, Scott Dyce ouvrit péniblement les yeux.

Grace s'approcha immédiatement de lui.

— Pas si vite, lui lança l'infirmier.

Le vieillard sembla mettre quelques secondes à comprendre où il se trouvait. Puis il tourna la tête sur le côté et vit Grace. L'électrocardiogramme s'emballa aussitôt.

— Doucement, monsieur, le rassura l'urgentiste. On vous emmène à l'hôpital pour vous soigner. Ça va aller.

Mais le pouls ne ralentit pas. Au contraire, il s'accéléra un peu plus quand Dyce chercha à retirer son masque d'une main malhabile.

— Gardez-le, monsieur, pour votre bien.

Grace n'avait qu'une envie, le lui arracher du visage afin de pouvoir le questionner. Mais il s'en chargea pour elle, dans un effort dont elle ne l'aurait pas cru capable.

— Hendrike…, bafouilla-t-il dans un filet de voix rauque.

Grace frissonna en entendant son ancien prénom. Mais cette fois, elle n'avait plus aucun doute, il savait exactement à qui il s'adressait.

— Remettez ça tout de suite, s'agaça le soignant en tentant de replacer le masque à oxygène sur la figure de son patient.

Grace s'interposa.

— C'est sa décision, dit-elle avec fermeté. Et son témoignage est crucial.

— Et moi, je suis là pour sauver une vie.

Mais l'enquêtrice n'eut pas à argumenter plus longtemps. Scott Dyce venait de la saisir par le poignet sous le regard médusé de l'infirmier.

— Votre comportement est inadmissible, madame ! Ce sera noté dans le rapport d'intervention, menaça ce dernier.

Grace ne l'écoutait déjà plus. Penchée au-dessus de l'ancien inspecteur, elle guettait la moindre de ses réactions.

— Qui m'a fait ça ? Mon père était-il complice ? assena-t-elle en sachant qu'elle n'aurait que très peu de temps pour obtenir des réponses.

Scott Dyce abaissa ses paupières, frappé par une profonde faiblesse, mais les rouvrit soudainement. Ses lèvres tremblèrent. Grace se fit violence pour approcher son visage de la bouche du vieil homme.

— Je ne suis… pas… ce que… tu crois…, ahana-t-il.

— Trop facile, rétorqua-t-elle. Que saviez-vous de mes ravisseurs ?

Le rythme cardiaque du vieillard ralentit.

— Il fatigue, commenta l'infirmier irrité.

— Je vais… mourir, Hendrike… Pourquoi te mentir ?…

Grace grimaça légèrement, sensible à l'argument. Pendant un instant, on n'entendit plus que la sirène de l'ambulance et le signal inquiétant de l'électrocardiographe.

— Alors, je vous écoute, lâcha-t-elle.

La respiration rocailleuse se mua en paroles à peine audibles.

— On m'a fait taire… parce que j'allais tout découvrir… Cela… remonte si haut, Hendrike… N'aie pas peur d'eux… Tu dois continuer mon enquête… et révéler l'impensable vérité…

— Quelle vérité ? Peur de qui ? répliqua Grace, qui dut plaquer une main au plafond quand l'ambulance doubla à pleine vitesse.

— Ils ont fait ce qu'on n'avait jamais osé dans l'histoire de notre civilisation… à la vue de tous… mais je n'ai pas… toutes les preuves…

Sa voix s'éteignit et l'électrocardiographe émit un signal menaçant.

— Il ne va pas tenir ! s'alarma l'urgentiste.

— Qui ça, « ils » ? De qui parlez-vous ? Aidez-moi ! s'affola Grace.

— Tes premiers mots… quand… on t'a retrouvée… Tu répétais sans cesse…

Elle avait désormais son oreille qui touchait les lèvres de Scott Dyce. Toute son attention était concentrée sur ce qu'il tentait de lui dire, malgré le hurlement de la sirène et le grondement des pneus sur l'asphalte. La tête de l'ancien inspecteur roula mollement dans un dernier effort. Il sembla apercevoir Grace derrière le linceul de la mort.

— Qu'est-ce que je répétais ? insista la jeune femme, qui tremblait en voyant la vie quitter le vieil homme.

— La pochette… Regarde… Il y a tes premiers… mots… Tu ne répétais que ça… que ça…

Sa voix s'étrangla dans un filet d'air. Des larmes coulèrent au coin de ses yeux et sa poitrine se souleva à peine.

— Est-ce vous qui m'avez envoyé la lettre anonyme ?

Avec difficulté, il entrouvrit les yeux une dernière fois.

— Non, ce n'est pas moi… Pardon d'avoir échoué, Hendrike…

Grace saisit la main du vieillard dans un geste vain pour prolonger sa vie. Mais Scott Dyce, exsangue, avait déjà le visage figé en un masque mortuaire.

– 14 –

Il était six heures le lendemain matin quand Grace alluma l'ordinateur de son bureau.

La veille, après avoir signé toute une série de documents administratifs à l'hôpital et confié le corps de Scott Dyce au service de médecine légale d'Édimbourg, elle avait rejoint le poste de police dont dépendaient l'officier Knox et son collègue. Elle s'y était entretenue avec leur supérieur afin que tous les comptes rendus du légiste ainsi que les résultats de la perquisition dans le bureau et le domicile de l'infirmière lui soient transmis directement. Elle était ensuite rentrée chez elle pour essayer de dormir un peu en dépit de son agitation intérieure.

À son réveil, le chat était là, comme de coutume, derrière la fenêtre, et malgré son empressement, elle prit le temps de le remercier pour la variété de ses menus. Le félin lui offrait ce matin non pas un oiseau, mais un rat… En revanche, elle sauta son rituel sportif ainsi que sa lecture matinale pour filer au commissariat.

En attendant que son ordinateur se connecte au réseau, Grace ouvrit pour la énième fois la précieuse pochette orange de Scott Dyce. Elle l'étudia de nouveau sous toutes les coutures. En vain… Il avait pourtant dit qu'elle y trouverait les premiers mots qu'elle avait prononcés lors de sa réapparition. Seul un passage aux rayons X permettrait peut-être d'en savoir plus, mais le service n'avait pu lui accorder un rendez-vous que dans une demi-heure.

Son ordinateur opérationnel, Grace parcourut sa messagerie avec une certaine fébrilité : à sa grande satisfaction, le légiste avait dû travailler toute la nuit et lui avait déjà fait parvenir ses deux rapports. L'examen toxicologique de la dépouille de Scott Dyce révélait une forte concentration de Rivotril dans le sang. L'injection d'un tel produit, combinée à la défaillance cardiaque du vieil homme, identifiée et répertoriée dans le dossier médical que lui avait transmis la maison de repos, avait provoqué de façon prévisible un arrêt du cœur.

En conclusion, Scott Dyce avait bien été assassiné. Et le fait que ce meurtre ait eu lieu au même moment que la venue de Grace faisait penser à cette dernière que ce que l'ancien inspecteur risquait de lui divulguer était d'une importance capitale. Pour qui cela représentait-il une menace ? Seulement Kathy Hodges ? Cela semblait peu probable.

Avant de se mettre à échafauder des théories hasardeuses, Grace consulta le rapport du légiste sur l'infirmière, mais elle n'y lut rien qui la surprit. La jeune femme était décédée des suites d'une hémorragie interne sous-crânienne provoquée par un impact contre un rocher. Rien ne permettait de déterminer la cause de la chute. D'autant que le reste de son examen corporel était normal, sans aucune trace de comorbidités ni de stupéfiants. Il était peu vraisemblable que Kathy Hodges ait été victime d'un homicide ; dans la panique de sa fuite précipitée, elle avait dû faire un faux pas, ou bien elle avait mis volontairement fin à ses jours pour ne pas avoir à répondre de ses actes.

Grace s'apprêtait à envoyer un e-mail à l'officier Knox à propos des fouilles qu'il avait menées, lorsqu'elle fut interrompue par quelqu'un qui frappait à sa porte. À la résolution des coups, elle reconnut aussitôt son supérieur, Elliot Baxter. Elle l'avait appelé la veille, tard dans la soirée, pour lui expliquer brièvement la situation et lui demander de venir en discuter avec elle dès le lendemain matin.

— Bonjour, Grace, grogna-t-il en s'asseyant face à elle, les traits fripés de fatigue, les cheveux fraîchement lavés.

Il passa ses mains sur son visage pâteux, avala une gorgée de café après l'avoir fait circuler dans sa bouche, et considéra son inspectrice avec l'air de celui qui doit affronter un problème supplémentaire.

— Bon, si j'ai tout compris, tu étais en train d'enquêter sur une affaire personnelle quand tu as assisté au meurtre de ton témoin. Bien sûr, le crime n'a pas été commis dans notre secteur, mais dans une maison de repos paumée au sud d'Édimbourg. Et pour ne rien gâcher, l'une des infirmières de l'établissement, que tu suspectes d'être l'assassin, est morte en s'enfuyant. On en est là ?

— En gros, oui, approuva Grace, qui se rappela combien elle aurait craint un tel discours encore un an auparavant. Et pour être tout à fait précise, j'ajouterai que j'aimerais m'occuper officiellement de ce dossier.

Elliot Baxter posa son gobelet de café, se laissa glisser sur son siège, avant de croiser les bras sur sa poitrine.

— C'est non, finit-il par assener.

Grace leva un sourcil d'étonnement.

— C'est non, parce que tu sais comme moi qu'on n'enquête pas sur sa famille ou sur des proches aux frais du contribuable et sous l'emprise de la plus absolue partialité, expliqua-t-il. De plus, récupérer l'affaire auprès de nos collègues d'Édimbourg va nécessiter une masse de boulot administratif et diplomatique, et je préfère te confier d'autres dossiers plus importants.

Elliot Baxter fit de nouveau mine de se gargariser. Grace se souvenait qu'il avait eu ce même tic le jour où il lui avait signifié qu'elle était rétrogradée aux enquêtes de voisinage après avoir échoué à poursuivre un violeur en raison de son surpoids. Mais, aujourd'hui, elle n'avait plus peur d'Elliot. Au pire, il demanderait sa révocation.

Comme lui, elle s'affala un peu dans son fauteuil, croisa les bras sur sa poitrine, leva un instant les yeux vers le plafond, semblant y chercher l'inspiration, et la tête délicatement penchée sur le côté, de cette voix calme qui coulait avec la limpidité de l'évidence, elle formula son argumentation d'une traite.

— Je pense en fait que c'est plutôt un oui. Un oui à contrecœur, mais tout de même un oui. Premièrement, si tu confies cette enquête à quelqu'un d'autre, tu sais que je ne te le pardonnerai jamais, ce qui, en soi, n'est pas bien grave, sauf à présent que j'ai plus la cote que toi auprès des hauts fonctionnaires de la région. Deuxièmement, l'inspecteur à qui tu refileras l'affaire sera toujours moins motivé que moi pour débusquer le coupable et, en raison de la complexité du dossier, il se plantera et fera s'écrouler tes statistiques de réussite chéries. Enfin, au tréfonds de ton être subsiste une part d'humanité qui comprend l'enfer que j'ai vécu et qui souhaite me donner une chance de m'en sortir une bonne fois pour toutes. Ne serait-ce que pour éviter une rechute dans la boulimie de « la meilleure inspectrice de Glasgow depuis dix ans », dixit *The Herald*, dont tu serais sans aucun doute tenu pour responsable.

Grace était consciente d'avoir poussé les curseurs de l'arrogance bien au-delà de sa réelle personnalité, mais elle savait qu'elle devait se comporter ainsi pour avoir une chance d'obtenir le consentement de son supérieur.

Elliot Baxter se leva, tourna le dos à la jeune femme et, juste avant de quitter la pièce, lança :

— Trois jours. Après, star ou non, je te signale pour insubordination.

Il referma la porte derrière lui aussi délicatement qu'il avait frappé à son arrivée.

L'adrénaline redescendue, Grace songea que Naïs aurait été fière d'elle.

Une alerte de sa messagerie la tira de sa brève rêverie. C'était un e-mail de l'officier Knox intitulé « Fouille bureau et domicile Kathy Hodges », que Grace ouvrit sans attendre.

> Inspectrice Campbell,
>
> La fouille n'a pas permis de saisir d'ordinateur, la défunte n'en possédait pas. En revanche, nous avons trouvé la somme de 45 600 livres sterling en liquide cachée au fond d'un placard. L'argent était rangé dans

une petite valise ne contenant rien d'autre. Nous avons également mis la main sur son téléphone portable. Ci-joint la liste des appels reçus et émis.

À votre disposition.

Malcolm Knox

Cette femme était donc très certainement payée pour surveiller et éliminer Scott Dyce en cas de menace immédiate. Si Grace découvrait qui tirait les ficelles, son enquête ferait un bond en avant.

Elle examina le relevé envoyé par Knox et nota rapidement un élément perturbant. Kathy Hodges avait appelé deux fois le même numéro quelques minutes avant de mourir : à 18 h 33 pendant près de deux minutes et à 19 h 07 durant douze secondes à peine. Grace vérifia sur son portable l'heure à laquelle elle avait contacté les secours : 19 h 05. Elle repensa à l'infirmière s'énervant au téléphone, apparemment en désaccord avec son interlocuteur sur un traitement à administrer. Elle avait dû rappeler cette même personne durant sa fuite, juste avant sa chute fatale.

Grace entra le numéro dans le fichier informatique de la police, mais, comme elle s'y attendait, ne trouva aucune correspondance. Elle décida donc de transférer le relevé au département spécialisé dans l'analyse des fadettes afin qu'on lui fournisse l'identité des deux derniers appels passés par la victime.

Puis elle regarda sa montre : 6 h 32. Elle s'empara de la pochette orange et sortit en trombe de son bureau en direction du laboratoire d'analyse.

– 15 –

Grace pénétra dans l'antichambre du laboratoire de la police scientifique situé dans l'aile gauche de son bâtiment.

— Bonjour, inspectrice Campbell, commença-t-elle. Je viens pour…

Un homme d'une cinquantaine d'années, en blouse blanche, chauve, sans sourcils, terminait de glisser un CD-ROM dans une enveloppe. Il leva un doigt pour lui demander de patienter et griffonna quelque chose sur le papier kraft. Puis il tourna son regard hautain vers sa visiteuse, qui devina tout de suite que la conversation serait moins plaisante qu'avec le jeune Joan.

— Je sens au timbre de votre voix que vous êtes pressée, inspectrice.

Grace faillit lui répondre que du résultat de cette analyse dépendait la poursuite ou l'échec d'une enquête décisive pour sa vie. Mais elle jugea qu'il n'était pas nécessaire de se mettre ainsi à nu.

— À passer aux rayons X, s'il vous plaît, se contenta-t-elle de dire, en désignant du menton la pochette orange qu'elle tenait fermement serrée dans ses mains.

Le technicien scientifique lissa son arcade sourcilière imberbe.

— On cherche quoi, exactement ?

— *A priori*, quelque chose d'écrit à l'intérieur.

— Si c'est simplement écrit, on ne verra rien. Il faudrait une réflectographie infrarouge. Mais on va commencer par les rayons X, on ne sait jamais. Je peux ?

Grace lui tendit la chemise à contrecœur et le regarda partir dans la salle d'examen avec anxiété. De l'autre côté d'une vitre, elle le vit la positionner délicatement sur une table avant d'ajuster le bras mécanique de l'appareil de radiologie.

S'efforçant de ne pas imaginer le pire – un mauvais réglage de la machine ou un court-circuit détériorant irrémédiablement une pièce capitale dans sa quête de vérité –, elle prit place dans l'un des fauteuils faisant face à un moniteur tout juste éclairé par une petite lampe de bureau à la lueur tamisée.

Le technicien la rejoignit, et avant qu'elle n'ait le temps de reprendre sa respiration, il pressa sur un bouton rouge qui saillait du pupitre de contrôle.

Une seconde plus tard, la radiographie de la pochette s'affichait sur l'écran.

On y distinguait clairement les contours cartonnés, les plis plus foncés des rabats, les cercles noirs des attaches métalliques et les élastiques. Mais aucune trace d'écriture.

Son front calé dans la paume de sa main, Grace s'attendait déjà à ce que le scientifique lui annonce qu'ils allaient passer à l'infrarouge, mais elle le vit prendre sa souris pour zoomer sur un endroit bien précis.

— Vous voyez là ?

Il pointa de l'index le centre de la chemise.

Grace s'approcha de l'écran.

— C'est peut-être un tout petit peu plus sombre, finit-elle par dire sans conviction.

— Exactement, c'est subtil, j'en conviens, mais vous remarquez que cette atténuation lumineuse n'apparaît pas ailleurs. Soit il s'agit d'une irrégularité de la densité du carton original, soit quelque chose a été glissé entre les deux couches de la couverture.

Grace se leva sans attendre, récupéra la pochette et la tendit au technicien.

— Vous serez plus habile que moi.

— Suivez-moi.

Il ouvrit une porte et alluma une salle bien plus vaste, semblable à un bloc opératoire. Il plaça la pochette sur une table puissamment éclairée de spots blancs, se saisit d'un scalpel et s'attela à séparer en deux le carton de la pochette.

L'opération était minutieuse, et c'est le cœur battant que Grace observait chacun de ses gestes.

— Tiens, on dirait que ça a été recollé, souffla le policier de la scientifique, alors que les pans s'écartaient plus facilement que prévu.

Il poursuivit son travail en donnant des petits coups de lame pour remonter progressivement vers le milieu de la pochette.

Après une dizaine de minutes pendant lesquelles Grace s'était félicitée d'être une femme si patiente, notamment grâce à sa passion pour la lecture, le carton se scinda en deux.

Sous son regard médusé, le technicien troqua le scalpel pour une pince, avec laquelle il s'empara d'un minuscule rectangle de papier blanc quasi transparent.

Grace crut y voir une inscription. *Mes premiers mots lors de ma réapparition*, pensa-t-elle. *Qu'ai-je pu lui dire de si important qu'il ait caché comme un trésor toutes ces années ?*

— Une seconde, chuchota le scientifique, bien conscient de l'importance du moment. Là, vous verrez mieux.

Il plaça le papier pas plus grand qu'un timbre sous une loupe montée sur bras articulé. Derrière le hublot grossissant, l'écriture apparut.

Grace ne s'attendait pas à cela.

Dans une encre passée, quatre signes à peine lisibles se succédaient :

P G A 3

– 16 –

Grace répondait mécaniquement au salut des collègues qu'elle croisait dans les couloirs du commissariat pour rejoindre son bureau.

— Hey, j'adore quand tu me frôles comme ça ! lança un officier qu'elle manqua de bousculer devant la machine à café.

Elle n'entendit la remarque stupide que dans un lointain brouillard, l'esprit tendu vers la découverte qu'elle venait de faire. Si, comme l'avait affirmé Scott Dyce, elle n'avait cessé de répéter cette succession de trois lettres et un chiffre, c'était forcément parce qu'elle ne voulait pas l'oublier. Pourquoi avait-elle eu une telle importance à ses yeux ? Que signifiait-elle ?

Grace referma la porte de son bureau et, sans prendre le temps de s'asseoir, étala devant elle l'agrandissement de la radiographie qui venait de révéler les quatre signes. Elle fouilla ensuite dans la poche intérieure de sa parka posée sur une chaise et en sortit le sachet en plastique contenant le morceau de papier qu'elle avait trouvé derrière la prise électrique de sa chambre d'enfance. La série de sept symboles « S K 2 » puis

« P G A 3 » se déroula sous ses yeux. Les deux parties devaient être liées, mais comment interpréter cette étrange suite ?

Les mains calées sur le rebord du bureau, surplombant les deux documents, Grace s'agaçait d'être incapable de décrypter un message qu'elle s'était laissé à elle-même plus de vingt ans auparavant. Mais le traumatisme de son enlèvement avait parcellé sa mémoire. Une faille qu'elle avait dû sentir se développer très tôt en elle pour s'être empressée de répéter « P G A 3 » à l'inspecteur. Plus tard, elle avait probablement été surprise par une autre réminiscence et avait pris soin de consigner « S K 2 » sur un bout de papier.

Elle recopia chaque signe sur une feuille et les découpa un à un afin de les agencer librement, pour tenter de former quelque chose d'intelligible. Après dix minutes de manipulation fiévreuse, rien de cohérent n'était sorti de ses combinaisons.

Elle décida de revenir à l'ordre de départ. Si elle les avait mémorisés ainsi à l'époque, c'est que cela avait son importance. Elle replaça les papiers devant elle et les groupa par deux, puis par trois, et soudain, un flash. Grace n'eut pas le temps de s'asseoir. Le vertige fut si brutal qu'il la contraignit à poser un genou à terre.

Elle redevenait une enfant, accroupie, cachée derrière un arbuste, presque paralysée par la peur, tous ses membres engourdis. Elle avait la sensation d'avoir été enfermée, recroquevillée pendant des heures. Devant ses yeux qui souffraient de la lumière après avoir été longuement soumis à l'obscurité, une voiture s'éloignait, quittant l'aire de repos pour rejoindre le trafic bruyant de l'autoroute. Au-dessus de son pare-chocs arrière, oscillant au gré des cahots de la chaussée, on pouvait voir la plaque d'immatriculation du véhicule : « SK2PGA3 ».

– 17 –

Grace demeura quelques instants le regard vague. Elle revoyait cette petite fille perdue, mémorisant péniblement dans son cerveau d'enfant la plaque d'immatriculation d'un individu qui connaissait forcément son ravisseur. Cette présence d'esprit dans un tel moment l'émut tant qu'elle dut essuyer le coin de ses yeux, humide.

Elle s'assit à son bureau. Posément, elle reporta le numéro d'identification du véhicule sur son ordinateur et lança la recherche. Une seconde, deux secondes, trois secondes d'attente. Ce n'était pas bon signe. Quatre secondes. Grace inspira profondément. Cinq, six, sept secondes et la machine cherchait encore. Tant qu'il ne s'inscrivait pas « 0 correspondance » sur l'écran, on pouvait espérer, mais la probabilité ne cessait de diminuer. Huit, neuf, dix, et ce sablier qui n'en finissait pas de pivoter sur lui-même.

Et soudain, l'ordinateur afficha un résultat. Grace se redressa dans son fauteuil avec tout le contrôle dont elle était capable. La reconnaissance avait pris beaucoup de temps parce que cette plaque d'immatriculation n'était désormais plus attribuée et se trouvait dans les archives. Mais alors qu'elle s'attendait à voir enfin apparaître l'identité du propriétaire de la voiture, elle se retrouva avec le nom d'une société de location de voitures.

Amère, elle appela directement le siège social de l'entreprise. Après deux heures cumulées d'échanges téléphoniques et d'e-mails avec le service juridique, on la mit enfin en contact avec un employé susceptible de l'aider à retrouver qui avait loué le véhicule immatriculé « SK2PGA3 » en décembre 1998. Il la prévint que cela lui prendrait un peu de temps puisque les fichiers de l'époque n'étaient plus compatibles avec le système informatique actuel et qu'il allait devoir procéder de façon manuelle. Loin de s'énerver, Grace le remercia chaleureusement et l'impliqua dans son enquête en lui disant qu'il serait le premier à connaître l'identité d'un individu recherché par la police depuis plus de vingt ans.

En attendant qu'il la rappelle, Grace traversa l'open space organisé en labyrinthe cloisonné et repéra le bureau des deux officiers chargés des télécommunications. Elle fut soulagée de voir que Lorna, la plus efficace des deux, travaillait déjà sur la liste des appels de l'infirmière Kathy.

— Merci de vous y être mise si vite.

— Je fais de mon mieux, répondit la jeune analyste filiforme aux cheveux roux très courts. Malheureusement, impossible d'identifier l'individu auquel appartient le numéro composé deux fois par Kathy Hodges juste avant sa mort. Il est crypté avec une très haute sécurité.

— C'est à la portée de tout le monde, ce genre de brouillage ? s'étonna Grace qui commençait déjà à faire une déduction.

— Non, il faut une technologie particulièrement poussée.

— Qui possède de tels moyens ?

— Eh bien… soit la criminalité organisée de grande envergure, mais on parle là de gens très fortunés et surtout très équipés, soit…

Lorna eut l'air embarrassée.

— Un État ? proposa Grace.

La jeune policière hocha brièvement la tête en regardant son inspectrice par en dessous, comme si elle risquait de se faire repérer.

Grace repensa immédiatement aux paroles énigmatiques de Scott Dyce dans l'ambulance : « *On m'a fait taire... parce que j'allais tout découvrir. Cela remonte si haut, Hendrike... N'aie pas peur d'eux. Tu dois continuer mon enquête et révéler l'impensable vérité...* »

— Merci, Lorna. Où en êtes-vous avec les autres numéros ?

— Au début. Pour le moment, il semble qu'elle appelait surtout la maison de repos où elle travaillait. Je vous transmets la liste d'ici une heure si je n'ai pas rencontré de nouveaux obstacles.

— Si cela devait arriver, prévenez-moi.

Grace retourna dans son bureau, juste à temps pour répondre à l'employé de la société de location, qui avait apparemment fait plus vite que prévu. Celui-ci lui annonça d'une voix grave qu'il venait de retrouver le nom qu'elle recherchait. Il le lui envoyait tout de suite par e-mail, accompagné même d'un scan de la pièce d'identité fournie par l'individu à l'époque.

Grace n'oublia pas de le féliciter, bien qu'elle ne songeât qu'à raccrocher pour lire le message.

Elle ouvrit enfin sa boîte de réception et contempla pendant plus de dix minutes l'objet de l'e-mail fraîchement reçu : « Identité loueur véhicule SK2PGA3 ».

Elle plaça le curseur de sa souris sur le message et s'arrêta. Et si c'était son père ? Était-elle vraiment préparée à un tel choc ? Non.

Mais il était trop tard, son index avait déjà pressé le bouton.

Comme un étudiant cherche frénétiquement dans une longue liste la mention « admis » à côté de son nom, elle parcourut à toute vitesse le texte qui s'afficha. Soulagée, elle constata que l'homme ne s'appelait pas Darren Campbell, mais qu'il s'agissait d'un certain Klaus Brauner, quarante-six ans à l'époque, de nationalité allemande, résidant à Hamelin en Basse-Saxe.

— Klaus Brauner, murmura Grace, qui avait besoin de prononcer ce nom pour prendre pleinement conscience de sa réalité.

C'était donc lui qui conduisait le véhicule dont elle était parvenue à s'échapper. Mais qui était cet homme ? Son tortionnaire ? Un complice de ce dernier ? Grace n'en savait rien et il pouvait même s'agir d'un innocent qui ignorait tout des activités pédocriminelles de son hôte. Seule certitude, il était venu avec le petit garçon qui l'avait aidée à s'enfuir et qu'elle s'était juré de retrouver pour le remercier.

Grace hésita à prendre connaissance de la pièce d'identité de ce Klaus Brauner. Elle craignait de s'exposer à une réminiscence de terreurs. Mais, ne se laissant pas le temps de renoncer, elle déroula l'e-mail jusqu'au bout.

Son portrait apparut. C'était un homme aux yeux finement étirés et au regard portant loin, qui lui donnaient un air déterminé. Il y avait quelque chose de digne et militaire dans son allure. Mais elle eut beau l'observer, aucun souvenir ne refit surface. Ce visage ne lui disait absolument rien.

Elle chercha ses coordonnées sur Internet, en vain. Peut-être était-il sur liste rouge ? Ses collègues germaniques auraient sans doute pu l'aider, mais elle ne voulait pas prendre le risque de les voir interférer dans son enquête. Elle préférait se débrouiller seule. Elle avait son adresse de l'époque, la solution la plus sûre et la plus efficace était donc de s'y rendre. Elle nota cependant, par précaution, le numéro d'un contact de son commissariat dans la police allemande.

Puis tout s'enchaîna très vite. Elle trouva un vol à 11 h 15 de Glasgow jusqu'à Hanovre, à une cinquantaine de kilomètres au nord-est de sa destination. Après un rapide détour par chez elle pour récupérer quelques affaires, elle sauta dans un taxi.

Quand le chauffeur démarra, Grace remarqua par réflexe professionnel qu'une voiture garée dans sa rue quittait sa place pour prendre la même direction. Elle préféra ne pas s'alarmer de ce qui avait toutes les chances d'être une coïncidence, jusqu'à ce qu'elle aperçoive le véhicule s'arrêter quelques mètres derrière son taxi lorsqu'il la déposa à l'aéroport. Cette fois, Grace fut plus attentive et, bien qu'elle ne fût pas en avance, elle ralentit le pas pour vérifier qui en sortait. D'abord, ce fut un ballon, puis une peluche et enfin un homme qui tentait maladroitement d'empêcher une fillette de partir en courant avec son doudou, tout en attrapant un sac à dos mal fermé d'où dépassait un biberon sur le point de tomber. Suivit une femme en colère contre un jeune garçon d'environ dix ans qui ne décollait pas les yeux de son téléphone. Rassurée et à deux doigts de leur proposer son aide, Grace se dirigea finalement vers les écrans des départs et repéra sa porte d'embarquement.

Autour d'elle, la foule courait ou poussait des chariots comme si elle avait l'intention de tout écraser sur son passage. Elle détestait cette agitation et cette proximité forcée. Elle se réfugia un instant dans le poste des douanes afin de faire enregistrer son arme de service, qui fut directement envoyée en soute, puis gagna le salon d'attente.

Elle y patienta quelques minutes, puis se leva quand ce fut à son tour d'embarquer. Elle aperçut la petite famille dans une file à côté de la sienne, qui prenait un autre vol. Une fois à bord, Grace s'installa sur son siège pour trois heures et quart de trajet qui comprenait une escale à Amsterdam.

À côté du hublot, elle laissa reposer sa tête sur l'armature en plastique de la carlingue, alors que l'appareil reculait pour rejoindre la piste. Derrière les hautes vitres de l'aéroport, des badauds observaient les avions. Grace fut surprise de reconnaître parmi eux le couple et ses deux enfants. N'étaient-ils pas censés avoir embarqué ? Il lui sembla soudain que l'homme et la femme regardaient dans sa direction. Elle se tourna sur son siège pour essayer de les conserver dans son champ de vision. Elle aperçut alors le père, sa fille dans les bras, qui tendait le doigt vers le ciel. Leur vol avait dû être retardé, voilà tout. Sa suspicion s'évanouit et elle songea qu'elle devait cesser de se méfier de tout au risque de brouiller sa concentration.

Elle se coula dans son siège, l'esprit préoccupé par une question cette fois bien réelle : qu'allait-elle découvrir dans cette ville allemande ?

– 18 –

À en croire les affiches placardées dans le couloir d'arrivée de l'aéroport de Hanovre, la région ne cachait pas sa fierté d'offrir aux visiteurs un retour dans le passé. Ici, villes et villages n'avaient jamais vraiment quitté l'époque médiévale, en témoignaient les nombreuses photos de ruelles bordées de maisons à colombages tordus. Grace dépassa les touristes qui s'arrêtaient devant les panneaux explicatifs, s'empressa de récupérer son arme de service et de louer une voiture. Un peu plus tard, vers dix-sept heures, elle entrait l'adresse de Klaus Brauner dans le GPS de sa voiture de location et laissait la belle cité de Hanovre derrière elle pour s'aventurer dans la campagne allemande.

Elle abandonna rapidement la nationale et emprunta des petites routes qui menaient au nord de Hamelin, vers ce qui semblait être un lieu-dit à l'écart de la ville. À terre, elle retrouvait les épais nuages gris qui avaient agité l'atterrissage. Ces masses lourdes au ventre gonflé menaçaient de crever pour libérer une calamité. Autour d'elle, des collines obscurcies de forêts alternaient avec des plaines de givre où, tel un enfant craintif, se cachait parfois une vieille ferme derrière un bosquet. Pendant un moment, elle longea une rivière dont les eaux paraissaient inertes, tout comme l'ancestral moulin aux ailes immobiles planté sur ses bords glacés. Jusque-là seule à traverser ce paysage ensorcelé de sommeil, elle finit par remarquer une voiture dans son rétroviseur. Une Jeep noire qui aurait pu rouler bien plus vite qu'elle, mais qui se contentait de la suivre à distance prudente. Grace la perdait parfois dans un virage, mais seulement pour la voir resurgir quelques secondes après, semblant avoir accéléré pour combler son retard. La jeune femme ralentit de façon exagérée afin de vérifier si le véhicule allait la doubler. Celui-ci commença par adapter sa vitesse, avant de dépasser tranquillement Grace, ses vitres teintées empêchant de distinguer ses occupants. La Jeep poursuivit son chemin sans se presser, bifurquant finalement pour s'éloigner de la route principale.

À moitié rassurée, Grace resta attentive jusqu'à ce qu'elle rejoigne son étrange destination : une maison en rondins, perdue au creux d'un vallon brumeux.

Elle s'arrêta à une centaine de mètres, contemplant cette bâtisse aux allures de chalet avec sa cheminée fumante. Puis elle alla se garer devant le portail en bois, quitta l'abri de sa voiture et chercha en vain un nom sur la sonnette fichée dans la pierre d'un pilier. Le moment était venu de se confronter à la brutale réalité. Une cloche mélodieuse retentit dans la maison, dont la porte s'ouvrit, quelques secondes plus tard, sur un homme âgé et voûté. À première vue, il ressemblait peu à Klaus Brauner, mais la pièce d'identité qu'on lui avait envoyée datait de plusieurs dizaines d'années.

L'individu l'observait, attendant visiblement qu'elle s'adresse à lui.

— Monsieur Klaus Brauner ? lança-t-elle, le cœur fébrile.

Le vieillard fronça les sourcils et tendit le cou. Il n'avait pas l'air d'avoir bien entendu. Un grésillement métallique annonça que le portail était déverrouillé et Grace le poussa avec une légère hésitation.

Elle suivit un chemin dallé et remarqua des nains de céramique disséminés dans le jardin, tandis que le regard broussailleux du propriétaire ne la lâchait pas. Plus elle s'approchait de lui, plus Grace doutait d'être face à celui qu'elle avait vu sur la carte d'identité, même si, avec le temps, Brauner avait peut-être perdu la fière allure de sa jeunesse.

Elle était désormais en contrebas par rapport à l'homme, qui la dévisageait du perron. Grace dut faire un effort pour dénouer sa gorge et ces quelques secondes installèrent une atmosphère étrange. Si bien que le vieillard recula subrepticement vers l'intérieur de la maison.

— Je cherche M. Klaus Brauner, finit par dire Grace.

Cette fois, elle en était certaine, il avait bien compris. Il déclara quelque chose en allemand, que Grace ne sut pas traduire.

— Je suis écossaise, vous parlez un peu anglais ? demanda-t-elle.

L'homme fit jouer sa forêt de sourcils d'un air hésitant, puis il répondit dans un anglais très correct :

— Klaus Brauner… c'était il y a longtemps.

— C'est-à-dire ? questionna Grace, suspicieuse.

— Ce n'est pas moi. Je m'appelle Ludwig Freimann. Mais « Brauner », c'est un nom qui me renvoie plusieurs dizaines d'années en arrière. Entrez, il fait froid.

Effectivement, maintenant qu'elle était tout près de son interlocuteur, elle pouvait constater qu'il n'avait rien à voir avec Klaus Brauner. Grace s'était figée sur le seuil de la porte, si déçue qu'elle n'avait plus la force d'avancer. S'écroulait en elle le château de cartes de ses espoirs.

— Venez, vous allez attraper la mort à rester là sans bouger. Mademoiselle… ?

Grace frissonna, pénétrée par l'humidité et la rude déconvenue.

— Grace Campbell, répondit-elle sans conviction.

Puis elle se décida enfin à entrer, se disant que l'homme pourrait peut-être l'aider dans son enquête. Peut-être…

À l'intérieur, une prégnante odeur de feu de bois attira son attention vers un âtre noirci. Des petites flammes y survivaient à peine sur un tapis de braises rougeoyantes. Leur fard de forge projetait dans la pièce au mobilier rustique une lueur tremblante qui parvenait tout juste à saisir les ombres des lourdes poutres du plafond. En s'asseyant, le vieillard fit grincer l'armature en bois d'une des deux chaises de paille disposées devant le foyer. Grace l'imita et tendit machinalement ses mains vers la chaleur des charbons palpitants.

— Que savez-vous de Klaus Brauner ? demanda-t-elle en fixant les tommettes couleur brique qui bosselaient le sol.

— Dites-moi un peu qui vous êtes, mademoiselle Campbell… Vous m'avez l'air d'être quelqu'un de bien, mais vous comprenez que je me méfie.

Elle sortit son badge d'inspectrice avant d'ajouter qu'elle était à la recherche de Klaus Brauner dans le cadre d'une enquête.

— Eh bien, si vous vous êtes déplacée jusqu'ici, c'est que cette personne doit valoir son pesant d'or. Qu'importe, ça ne me regarde pas. C'est l'ancien propriétaire de cette maison. Mais c'est à son fils que je l'ai achetée il y a un peu plus de dix ans.

— Son fils ?

Grace ne put s'empêcher de repenser au petit garçon qui lui avait sauvé la vie.

— Oui, Klaus Brauner venait de décéder et le fils a mis la maison en vente. D'après ce que j'ai compris, le gamin, enfin le gamin, il devait avoir une vingtaine d'années, le jeune homme, plutôt, avait vécu toute sa vie ici et ne voulait pas y rester.

— Parlez-moi du fils de Klaus Brauner.

— Oh, j'ai le souvenir d'un garçon abattu, triste. Chaque fois que je l'ai rencontré, il avait l'air perdu, ailleurs. Il avait même oublié le jour de la signature chez le notaire. On a dû aller le chercher chez lui. Je ne sais pas s'il se comportait ainsi avant la mort de son père ou si c'est ça qui lui avait filé un coup, mais il faisait peine à voir.

Grace sortit délicatement de sa poche intérieure droite le portrait crayonné de son sauveur. Elle le tendit à Ludwig.

— Humm… c'est lui enfant ? demanda-t-il.

— Je ne sais pas, répondit Grace, prudente.

Une braise crépita brièvement dans le silence pendant que le vieil homme réfléchissait.

— Difficile à dire, mais c'est vrai qu'il y a quelque chose de semblable… dans la morosité du regard… Peut-être était-il déjà si sombre dès son plus jeune âge. Vous me direz, vu l'état des lieux quand j'ai acheté ici, ça ne m'étonnerait pas que ce gamin ait été atteint très jeune de profonde mélancolie.

— C'est-à-dire ?

— Déjà, cette maison était un taudis. Une odeur de crasse, des déchets partout, sous les meubles et dans les coins, des fuites d'eau, de la moisissure, du bois pourri, et des chats qui faisaient leurs besoins n'importe où. Mais si vous aviez vu la chambre du fils…

Le vieillard secoua la tête comme s'il n'y croyait toujours pas.

— Elle était dans un état pire que le reste de la maison ?

— Oh, non, à vrai dire, c'était le seul endroit à peu près bien entretenu. Non, c'était la décoration. D'un sinistre…

— Cela ressemblait à quoi exactement ?

— Ce garçon était visiblement obsédé par les contes de fées, voyez-vous. Et pas les plus gais. Tous les murs étaient tapissés de gravures toutes plus effrayantes les unes que les autres. Ma femme avait été tellement choquée, à l'époque, qu'elle n'avait plus voulu mettre les pieds dans cette pièce. Elle n'a été soulagée que lorsque tout a été démoli.

— Vous seriez capable de me décrire ces dessins ?

— Oh, je me souviens d'illustrations en noir et blanc du Petit Chaperon rouge allongé dans un lit à côté de ce loup glissé sous les couvertures, grossièrement déguisé en grand-mère avec ses minuscules lunettes posées sur un museau dévoilant des crocs affamés. Le gosse les avait accrochées face à son lit ! Et au-dessus de la tête, je crois qu'on voyait l'ogre aux yeux fous du *Petit Poucet*, sur le point de trancher la gorge de ses filles endormies. Il devait y avoir aussi une représentation de *Peau d'âne*... Oui, c'est bien cela : Peau d'âne en train de pleurer, fuyant le château de son père, si je me rappelle bien l'histoire.

Le vieillard contempla le foyer mourant doucement dans l'âtre, avant de reprendre.

— Toute la chambre était recouverte de ces images malsaines. Qui veut grandir dans un décor pareil ? Ce n'est pas normal, vous êtes d'accord ? D'autant qu'à vingt ans il habitait encore là, dans cette ambiance à la fois enfantine et morbide. Ça m'a tellement marqué, à l'époque, que j'en ai fait des photos pour montrer cette folie à mes amis.

— Vous les avez encore ? s'empressa de demander Grace.

— Ça se peut bien qu'elles soient avec les papiers du notaire.

Il se leva, alla ouvrir un tiroir d'un buffet en bois massif dans le fond de la pièce.

— Monsieur Freimann, poursuivit Grace en s'apprêtant à poser la question à laquelle elle redoutait le plus la réponse. Savez-vous où est parti vivre le fils Brauner après avoir vendu la maison de son père ?

— Malheureusement, je n'en ai aucune idée.

La sentence tomba dans l'atmosphère tamisée de la salle au plafond bas.

— Ah voilà les papiers du notaire. Tenez, le prénom du fils, c'était Lukas. Et les photos, zut, où je les ai mises ?

— Lukas.

Grace murmura pour la première fois de sa vie le prénom de celui qui avait peut-être été son ange gardien.

Un instant troublée, elle se ressaisit et entra le nom de Lukas Brauner sur Internet. Mais, comme elle l'anticipait, aucune correspondance ne s'afficha. Il ne lui restait plus qu'une option.

— Excusez-moi, dit-elle, je dois passer un appel.

Le vieillard leva le bras, comme pour signifier qu'elle était bien libre de faire ce qu'elle voulait.

Grace s'éloigna un peu et téléphona au contact que son commissariat avait avec la police allemande. Après s'être identifiée et avoir expliqué la raison de son appel à une officière qui parlait anglais, elle demanda qu'on l'aide à retrouver l'adresse de Lukas Brauner. Son interlocutrice semblait consigner sur son ordinateur tout ce que Grace lui disait au fur et à mesure de la conversation, ce qui ne manqua pas de l'agacer. Mais c'était la procédure et elle devait s'attendre à ce qu'on la rappelle dans quelques jours ou quelques heures pour lui poser davantage de questions sur son enquête sur le territoire allemand.

— Je suis désolée, inspectrice Campbell, finit par déclarer l'officière de police. La dernière adresse connue est celle où vous êtes actuellement. Je n'ai rien d'autre.

— Comment est-ce possible ?

— L'individu n'a pas retrouvé de logement ou il a quitté le pays.

Quand Grace raccrocha, son état psychique était aussi éteint que le feu de la cheminée. Elle n'avait plus aucune piste.

— Merci de votre aide et de votre accueil, s'efforça-t-elle de dire sans montrer son désarroi.

— Je vois bien que vous êtes déçue, inspectrice, je suis désolé de ne pouvoir en faire davantage, confessa le vieil homme en sortant une pile de papiers sur le buffet. Vous pouvez peut-être essayer d'aller demander à l'hôtel *Zur Börse* de Hamelin. Je me souviens que le fils Brauner y est resté quelques jours avant de quitter la ville. Ils en sauront peut-être plus. Je dis bien « peut-être », car c'était il y a presque quinze ans…

Grace nota le nom de l'établissement sans se faire aucune illusion.

— Ah, enfin, voilà les photos ! Je savais bien que je les avais gardées. Ça me fait tout drôle de les revoir. À cette époque, Amelia était encore là, marmonna-t-il sombrement.

Pudiquement, Grace laissa au propriétaire des lieux le temps de se recueillir et observa avec attention les photographies qu'il venait de lui donner. Le vieil homme n'avait pas noirci le tableau. La chambre de Lukas était tout bonnement effrayante, tapissée de gravures anciennes représentant des visages grimaçants et des créatures dérangeantes mi-humaines mi-bêtes aux yeux injectés de cruauté.

Elle reconnut des scènes du *Petit Chaperon rouge*, du *Petit Poucet* et de *Peau d'âne*. En examinant plus attentivement les clichés, elle remarqua que seuls ces trois contes étaient illustrés. Aucune trace de *Blanche-Neige*, de *La Belle au bois dormant* ni même de *Hansel et Gretel*. Pourquoi Lukas avait-il fait ce choix ? Préférait-il simplement ces histoires ou leurs personnages avaient-ils pour lui une symbolique particulière ?

Loin d'être essentielle, la question éveilla, malgré tout, la curiosité de Grace. Elle s'apprêtait à regarder avec sa loupe de poche l'une des gravures qui représentait une sinistre chaumière perdue au fond des bois, quand Ludwig lui déposa un dépliant touristique entre les mains.

— Gardez-le, c'est un plan de la ville de Hamelin, je n'en ai plus besoin, dit-il. L'hôtel *Zur Börse* doit être indiqué.

Grace le repéra effectivement. Elle refermait le prospectus qui vantait aussi les lieux de la cité à visiter, quand une image transperça son cerveau, lui écrasa la poitrine et lui broya le ventre. Tétanisée, sous l'emprise de l'épouvante, la jeune femme eut à peine le temps de saisir le rebord de la cheminée. Ses doigts devenus brutalement moites et raides glissèrent sur le bois, ses jambes la trahirent et elle s'effondra sur les tommettes, tandis que la pièce se vidait de son oxygène et tournait autour d'elle.

– 19 –

Le dépliant gisait, ouvert, à ses pieds. Dans le maelström de sa crise de panique, Grace ne pouvait détacher ses yeux du personnage mis en avant dans le prospectus touristique. Le costume multicolore qu'il portait était identique à celui dont était vêtue la silhouette qu'elle était persuadée d'avoir vue dans sa chambre lors de cette nuit d'angoisse. Le même que celui de son tortionnaire quand il venait lui rendre visite dans sa cellule, le même qu'elle avait couché sur le papier pendant toutes ces années : une longue robe multicolore qui tombait jusqu'aux pieds assortie d'un chapeau mou à pointe tombante bariolé des mêmes couleurs. L'homme marchait d'un pas alerte dans une ruelle médiévale, tenant entre ses doigts une flûte dont il avait l'air de jouer avec passion, alors que dans son sillage suivait une légion de rats.

— Mademoiselle ? entendit Grace dans la confusion de son émoi.

Elle sentit qu'on essayait de la relever et elle croisa le regard compatissant de Ludwig.

— Venez vous asseoir, vous avez fait un malaise.

Elle parvint à peine à se remettre debout, les jambes en coton, une boule de terreur nouant sa gorge. Ses doigts tremblaient, l'air ne remplissait pas ses poumons, ses mâchoires s'étaient crispées et elle n'arrivait même plus à parler. Le choc de la réminiscence l'avait terrassée.

— Qu'est-ce qu'il s'est passé ? s'enquit son hôte qui la soutenait pour la conduire jusqu'à une chaise.

Il fallut de longues minutes à Grace avant de pouvoir répondre. Les braises hypnotiques et la présence apaisante du vieillard l'aidèrent à reprendre lentement le contrôle de ses émotions.

Se sentant capable de marcher, elle se leva pour aller ramasser le prospectus près de la cheminée, puis retourna s'asseoir pour montrer l'illustration qui avait provoqué sa crise.

— Le légendaire joueur de flûte de Hamelin, maugréa le vieil homme. C'est lui qui vous a mise dans cet état ? demanda-t-il en remuant ce qu'il restait du feu, avant de jeter une bûche dans l'âtre.

Grace contempla les étincelles incandescentes qui virevoltèrent dans la pénombre lorsque le rondin percuta les braises. Ravivées, les flammes léchèrent le bois sec en crépitant.

— Expliquez-moi, dit-elle.

Elle avait un vague souvenir de ce conte qu'elle se rappelait avoir lu quand elle n'était encore qu'une petite fille, mais le récit n'était pas clair dans sa tête.

— C'est une histoire, racontée notamment par les frères Grimm, que l'on prétend destinée aux enfants, commença-t-il. Mais à mon sens, elle est terrifiante.

Ludwig Freimann sembla songeur. Il gratta ses épais sourcils, avant de se lancer.

— Il y a bien longtemps, la cité de Hamelin subit une infestation de rats. Il y en avait tant qu'ils dévoraient les récoltes, effrayaient les chats et attaquaient même les nourrissons dans leur berceau. C'est alors que se présenta un individu aux portes du bourg. Vêtu d'une tunique bariolée des plus voyantes, n'appartenant à aucun village alentour, il assura aux habitants qu'il pouvait les débarrasser de la vermine. Le prix du service fut fixé à mille florins, qui seraient versés lorsque les rongeurs auraient tous disparu. Sans attendre, l'attrapeur de rats, c'est ainsi qu'on le nommait, interpréta un air étrange avec sa flûte. Au son de cette mélodie, tous les rats sortirent de leur cachette et rejoignirent le musicien. Sans cesser de jouer, celui-ci les entraîna jusqu'à la tumultueuse rivière qui bordait la ville, dans laquelle ils se jetèrent et se noyèrent jusqu'au dernier.

— C'est la suite qui est terrifiante, n'est-ce pas ? émit Grace, qui commençait à se rappeler l'impression malsaine que ce vieux conte avait laissée en elle.

— Effectivement, reprit Ludwig d'une voix lente et nimbée d'une profonde tristesse. Les habitants refusèrent de payer le joueur de flûte, allant jusqu'à l'accuser d'avoir lui-même provoqué l'infestation de rats pour se présenter ensuite en sauveur grassement rémunéré. Chassé sans ménagement, l'homme promit froidement qu'il reviendrait pour se venger. Menace qui fit ricaner tout le monde : comment pourrait-on craindre un simple musicien ? Mais le jour de la Saint-Jean-et-Saint-Paul, à l'heure où les adultes se trouvaient à l'église, une étrange mélodie se fit entendre dans les rues de Hamelin, attirant tous les enfants, qui se mirent à suivre le joueur de flûte en dansant au rythme de la musique. Cent trente bambins lui emboîtèrent ainsi le pas au-delà des murs de la ville, jusqu'au sommet d'une montagne, puis à l'intérieur d'une grotte…

Le vieil homme soupira.

— Personne ne les a jamais revus, acheva-t-il.

Le silence retomba dans la pièce. Les crépitements du feu de bois résonnaient sous la lourde charpente où flottait désormais un voile de fumée.

Son doux visage rougeoyant à la lueur de l'âtre, Grace était plongée dans ses pensées. Elle se demandait comment il pouvait exister un lien entre cette lugubre histoire et ce qui lui était arrivé. Quelques hypothèses lui traversaient l'esprit, mais elle ne leur accorda guère de crédit. Ce récit n'était qu'un conte, une légende, et il lui fallait du concret pour espérer faire progresser son enquête.

— Maintenant, dites-moi pourquoi ce joueur de flûte a eu cet effet sur vous…

— C'est aussi une longue histoire, monsieur Freimann, et je ne suis pas encore prête à la raconter. De plus, j'aimerais me rendre à Hamelin, tenter ma chance dans l'hôtel dont vous m'avez parlé.

Grace se leva, désormais un peu plus assurée sur ses jambes, et se dirigea vers la porte d'entrée de la maison.

— Merci de votre aide, et toutes mes excuses pour vous avoir exposé à cette… crise.

— Ne vous en faites pas. J'en ai vu d'autres. J'espère que vous trouverez ce que vous cherchez, acheva le propriétaire en ouvrant la porte.

— À ce propos, où puis-je aller pour en apprendre plus sur ce conte du joueur de flûte ? Il y a un musée ou quelque chose d'approchant ?

L'hôte de Grace esquissa un rictus amer.

— Toute la communication touristique de Hamelin est centrée autour de cette histoire : statues, jouets, enseignes de restaurants, babioles, horloges animées… À chaque coin de rue, on vous rappelle ce conte épouvantable. On assiste même à des défilés de gamins déguisés en rats qui suivent un type habillé en joueur de flûte, et tout le monde trouve ça amusant…

Grace sentit plus qu'un mécontentement chez son interlocuteur. L'ironie initiale du ton de sa voix s'était muée en colère. Il avait maintenant les poings serrés, et sa mâchoire inférieure avait glissé vers l'avant dans un mouvement de dégoût.

— Toutes les villes exploitent la moindre légende pour favoriser le tourisme…, tenta la jeune femme pour aider Ludwig à aller au bout de sa pensée.

— Ces gens ont-ils conscience de l'objet de leur divertissement ? Ce joueur de flûte, c'est le diable. Comment peut-on rire et s'amuser d'un être démoniaque qui conduit des petits êtres innocents dans une danse de la mort ? Comment ose-t-on festoyer autour d'une histoire qui se termine par plus d'une centaine d'enfants disparus ?

Son regard avait quelque chose d'effrayant et d'effrayé à la fois.

— Ce n'est qu'une légende, monsieur Freimann. Qu'est-ce qui vous met tant en colère ?

Il la fixa. Dans ses yeux tremblait une lueur de peur.

— La vérité, mademoiselle, c'est que ce n'est peut-être pas une légende. Bien au contraire.

Grace sentit revenir l'angoisse qui l'avait terrassée un peu plus tôt.

Ludwig Freimann lui adressa un dernier mot avant de refermer sa porte.

— Allez à l'église, et vous verrez.

– 20 –

Comme elle le redoutait, le *Zur Börse* se révéla être une voie sans issue. L'établissement ne conservait pas ses registres au-delà de cinq ans, et quand bien même Grace aurait voulu retrouver ceux qui y travaillaient à l'époque, le directeur actuel lui expliqua que l'hôtel était passé entre les mains de tellement de gérants, depuis quinze ans, qu'il était impossible de retrouver le personnel attaché à chaque direction.

Grace avait donc définitivement perdu la trace de celui qu'elle pensait être son sauveur, le fils de Klaus Brauner, et ainsi la seule piste tangible qui aurait pu l'aider à remonter jusqu'à ceux qui l'avaient kidnappée et violée.

Sur le trottoir devant l'hôtel, seule sous le ciel nocturne, elle entendit au loin sonner les cloches d'une église. C'est ainsi que s'achevait donc sa folle journée d'espérance. Elle eut envie de se moquer d'elle-même, ne serait-ce que pour amortir la douleur d'un échec prévisible. Partie tête baissée dans cette enquête, fière de sa résolution, si convaincue qu'elle allait enfin connaître la vérité sur son passé, elle avait été aveuglée par son désir de retrouver une vie apaisée où l'amour et même le désir ne seraient plus tabous. Mais dans son enthousiasme, elle avait refusé de s'avouer qu'il était sans doute trop tard pour mener cette enquête : après une vingtaine d'années, les chances de dénicher des indices étaient quasi nulles.

Une bruine glaciale, annonciatrice de neige ou de grésil, lui piqua le visage. Elle glissa ses mains dans les poches de sa parka et effleura alors le prospectus que Ludwig lui avait donné. Grace se ressaisit. En réalité, il restait une piste à explorer : le possible lien entre son calvaire et la légende du joueur de flûte de Hamelin. L'hypothèse était vaporeuse et avait tous les attributs d'une quête illusoire. Le choix de cette tenue multicolore de la part de son bourreau n'était peut-être qu'un hasard. Le fait que Klaus Brauner vive près de Hamelin pouvait fort bien être ce qu'on appelle dans le métier une coïncidence faussée.

Mais que pouvait-elle faire d'autre ? À part rentrer chez elle et se maudire jusqu'à la fin de ses jours en se disant qu'elle n'avait pas tout tenté pour découvrir la vérité. Il lui semblait désormais impossible d'éteindre le feu de la vengeance qu'elle avait tellement attisé. Elle n'aurait de repos qu'après avoir fait payer son tortionnaire. Par conséquent, même si elle n'y croyait guère, elle devait vérifier si la légende du joueur de flûte avait une base historique. Si ce n'était qu'un conte pour enfants, elle refermerait immédiatement cette piste chimérique, voire ridicule.

Elle se fia au conseil de Ludwig Freimann et prit la direction de l'église de la ville, telle une adulte à qui l'on a promis d'apporter la preuve de l'existence du Père Noël.

Morose, elle remonta son col et traversa une route pour franchir une massive arche de pierre séparant la cité moderne de la ville historique.

L'impression de changer d'époque fut radicale et la força à s'arrêter. Devant elle, une large promenade conviait le visiteur à entrer comme on fait ses premiers pas dans un parc d'attractions, dévoilant un peu en contrebas un enchevêtrement de toits sombres et pointus, parfois de travers, qui se succédaient comme autant de chapeaux de lutin cabossés. À son terme, l'allée centrale lâchait la main du voyageur pour se démultiplier en un dédale de ruelles pavées, chacune invitant au mystère et à l'exploration. Alors qu'elle se remettait en marche, Grace vit avec plus de netteté les charpentes irrégulières des maisons à colombages penchant si bien de part et d'autre de ces voies étroites, que les sillons piétonniers semblaient s'être frayé leur propre passage entre les bâtisses. Les halos couleur de flamme de lanternes suspendues aux encadrements des portes médiévales en bois se reflétaient sur la chaussée luisante d'humidité ainsi que sur les façades aux teintes sablées. De-ci de-là, des enseignes en forme de chope, de grappe de raisin ou de clé ouvragée se balançaient en grinçant au gré des coups de vent, encourageant à pousser la porte de ces masures enfantines d'où émanaient de chaleureuses lumières tamisées par des rideaux de dentelle.

L'atmosphère pourrait être féerique si les rues n'étaient pas si désertes, pensa Grace, parvenue à l'endroit où la voie principale se séparait en ruelles labyrinthiques. Un seul couple de touristes passa rapidement devant elle en bravant le mauvais temps et la fraîcheur de la nuit. Sans présence humaine, la ville n'avait plus rien de magique, elle en devenait presque inquiétante. Comme si tous les habitants avaient abandonné leur logis en catastrophe.

Grace consulta un panneau gravé d'une silhouette du joueur de flûte indiquant plusieurs directions, dont celle de l'église, qu'elle suivit sans attendre. Elle s'engouffra dans une venelle au dallage tordu qui grimpait. Aux balcons, des roses de Noël dépassaient parfois des maisons inclinées comme des sourcils mal taillés et, au sommet des toitures vermoulues de mousse, des girouettes en forme de coq geignaient en suivant les orientations versatiles du vent. Seuls ces petits cris aigus accompagnaient le martèlement des pas de Grace. À plusieurs reprises, elle se retourna, persuadée d'avoir entendu quelqu'un marcher derrière elle, sans rien voir d'autre que la fine bruine qui s'était mise à tomber dru. Instinctivement, elle repensa à la famille de l'aéroport, puis à cette voiture qui ne la lâchait pas sur la route de l'ancienne adresse de Klaus Brauner. Se faisait-elle des idées ou avait-elle raison de s'inquiéter ?

Aux aguets, prête à réagir, elle accéléra et déboucha sur une vaste place pavée où s'élevait un bâtiment de pierre dont l'architecture crénelée, de style Renaissance, tranchait avec les maisonnettes médiévales. En passant devant, elle aperçut une enseigne métallique sur laquelle le joueur de flûte de Hamelin était forgé dans un médaillon doré. Puis son regard glissa sur une inscription gravée dans une plaque marbrée scellée dans le mur de l'édifice. Grace la parcourut d'un œil, pressée de rejoindre l'église, avant de prendre la mesure de ce qu'elle était en train de lire. Elle s'attendait à une narration folklorique, chargée de détails attrape-touristes pour entretenir la légende. Mais un préambule écrit en plusieurs langues lui apprit que la citation présentée ici était extraite du manuscrit de Lüneburg, datant de 1440-1450, rédigé par un moine. L'un des premiers documents écrits à rendre compte du funeste passage du fameux joueur de flûte à Hamelin. Grace le parcourut en essayant de le déchiffrer avec ses quelques notions d'allemand.

Anno 1284 am Dage Johannis et Pauli
war der 26. Juni
Durch einen Pieper mit allerley Farve bekledet gewesen
CXXX Kinder verledet binnen Hameln geboren
To Calvarie bi den Koppen verloren

Le texte était trop compliqué et peut-être même pas en allemand moderne. Elle lut donc avec attention la traduction anglaise qui se trouvait sur une plaque à côté.

En l'année 1284, le jour de Jean et Paul
Soit le 26 juin
Par un flûtiste tout de couleurs vêtu,
130 enfants nés à Hamelin furent séduits
Et perdus au lieu du calvaire près de Koppen.

Jamais elle n'avait lu de textes évoquant des contes avec des lieux, des dates et des chiffres si explicites. Cette version quasi historique se télescopait de façon étrange avec le récit mythique et celui des frères Grimm.

Mais tous les doutes étaient encore permis : ce témoignage avait été rédigé près de deux cents ans après les événements décrits. À cette époque bercée par les croyances les plus fantasmagoriques, la légende avait eu le temps de prendre le pas sur la vérité, si vérité il y avait eu.

Dans le silence de la place déserte, une cloche sonna un coup, signalant qu'il était 19 h 30, et Grace s'empressa de rejoindre l'église, curieuse de vérifier si cette visite allait confirmer le texte de l'inscription. Elle s'engouffra dans une voie encaissée qui sillonnait entre de vieilles demeures déséquilibrées. Un écriteau indiquait qu'elle s'appelait Bungelosenstrasse, autrement dit la « rue sans tambours ». En lisant pourquoi cette rue avait été baptisée ainsi, Grace ne put s'empêcher de réprimer un frisson de malaise : il s'agissait du dernier endroit où les enfants avaient été vus, et depuis lors, la musique et la danse y étaient interdits.

Grande lectrice, habituée à s'imprégner d'univers imaginaires, Grace ne put s'empêcher de se figurer ces cent trente filles et garçons déambulant exactement là où elle foulait le pavé, il y a un peu plus de sept cents ans. Ces âmes insouciantes, heureuses, suivant dans une admiration presque hypnotique ce joueur de flûte, qui les conduisait vers leur destin funeste.

L'image du costume bariolé à capuche s'imposa de nouveau à elle avec toute la terreur qu'elle lui inspirait. Elle se hâta plus que de raison pour fuir l'étau de cette ruelle qui la contraignait au souvenir. Elle se fia à plusieurs panneaux qui la firent serpenter entre les maisons et finit par arriver sur une autre place, face à l'église de Hamelin, au clocher de cuivre aussi effilé qu'une lance de chevalier. Elle poussa la lourde porte en bois à double battant et, grimaçant à l'odeur d'encens qu'elle supportait mal, elle ne fut pas longue à trouver ce pour quoi Ludwig Freimann lui avait indiqué cet endroit. Au fond de l'édifice religieux, dans un renfoncement de l'aile droite, un grand vitrail représentait nettement le joueur de flûte. De profil, en habits multicolores, il devançait quelques garçons et filles vêtus de gris en arrière-plan.

Grace traversa la nef déserte et se posta sous l'œuvre de verre, qui malheureusement la laissa indifférente. Pire, le vitrail rinça son diffus espoir de découvrir là une preuve de l'historicité de la légende. Elle avait le sentiment d'être devant une joyeuse illustration enfantine. Toute la dimension inquiétante et même réaliste du joueur de flûte était effacée au profit d'une sympathique célébration carnavalesque. *Ludwig Freimann est bien naïf*, se dit-elle.

Sur le point de rebrousser chemin, Grace baissa les yeux sur une inscription qui lui avait échappé à son arrivée, et comprit son erreur. Ludwig avait vu juste.

On y apprenait que la verrière actuelle était une version moderne et totalement réinterprétée d'un ancien vitrail qui avait été détruit. Des sources, entre le XIVe et le XVIIe siècle, attestaient que l'œuvre originale, très différente, avait été installée dans l'église aux environs de 1300, soit peu de temps après la date fatidique de 1284, et qu'elle en constituait donc le premier témoignage historique. Pourquoi les habitants de Hamelin auraient-ils raconté un événement si sombre sur les murs d'un lieu sacré s'il n'était pas avéré ?

Grace s'approcha de la pancarte explicative et découvrit avec fascination un vieux dessin aux couleurs jaunies accompagné d'une légende : « Voici à quoi ressemblait le vitrail original, reproduit ici dans une aquarelle d'Augustin von Mörsberg, en 1592, venu d'Alsace jusqu'à Hamelin pour enquêter sur la véracité de l'affaire du joueur de flûte et de la disparition des enfants. »

À des lieues de la vague représentation figurative actuelle, la peinture était d'une précision et d'un niveau de détail saisissants. Au premier plan, sur la gauche, occupant près d'un quart de l'espace, le joueur de flûte, habillé de vêtements de couleurs rayés, se tenait debout, son instrument aux lèvres. On devinait une espèce d'armure qui dépassait du col de son costume. Dans un paysage de collines en arrière-plan, on distinguait deux cerfs et une biche couchés devant un bois, ainsi que le petit village de Hamelin, déjà flanqué de son fier clocher. Une colonie de rats s'en échappait, se précipitant vers la rivière, où une barque accueillait le musicien dessiné en miniature. Au-dessus, à droite, s'achevait l'histoire sans laisser guère de place à l'interprétation. Gravissant une colline plus haute que les autres, le joueur de flûte suivait un chemin jusqu'à une crevasse menant dans le tréfonds de la montagne. Une multitude de petits êtres marchaient derrière lui, tels des somnambules aux bras tendus. À l'arrière du groupe, un peu en retrait, l'un des enfants, tombé sur le dos, la main levée, semblait crier un dernier avertissement à ses camarades condamnés. Près du gouffre mortel, proche du sommet, se dressaient une croix et un gibet, symboles funèbres de la destinée qui attendait les âmes innocentes.

Grace n'avait plus l'impression de regarder une illustration d'un livre de contes, mais plutôt la transcription minutieuse d'un événement si terrible que l'histoire devrait à tout jamais en conserver la mémoire dans ses moindres détails.

Bien qu'ébranlée, la jeune femme ne pouvait s'empêcher de douter. Il lui manquait une preuve supplémentaire pour qu'elle décide de poursuivre son enquête sur le seul fondement de cette piste.

Et alors qu'elle lisait la fin du texte explicatif qui se trouvait sous le dessin original, sa résolution bascula. Ce qu'elle venait d'y apprendre la bouleversa.

Le texte du panneau précisait qu'au-delà de la légende peinte et perpétuée oralement, les tout premiers registres administratifs de la ville de Hamelin commençaient en 1384, avec cette phrase, simple, factuelle, glaçante :

« Il y a cent ans que nos enfants sont partis. »

– 21 –

Secouée par cette dernière révélation, Grace avait désormais acquis la conviction qu'elle devait creuser cette piste de la légende noire de Hamelin. Le faisceau d'indices en faveur de l'authenticité de l'événement était suffisamment étoffé pour qu'elle puisse envisager une réalité historique sur laquelle appuyer son enquête personnelle. Afin de recueillir des informations plus précises, elle décida de se rendre au musée de la ville, dont l'adresse figurait au bas de chaque panneau touristique.

Il était précisément 20 h 12 et le musée fermait ses portes ce soir-là à 20 h 30. En se géolocalisant sur son téléphone, elle constata qu'elle ne se trouvait qu'à une minute à pied de l'établissement. Grace sortit en trombe de l'église, manquant de renverser un couple qui entrait. Le même qu'elle avait croisé dans les rues de la ville une demi-heure plus tôt. Ils se dévisagèrent un bref instant et elle poursuivit sa course pour gagner Osterstrasse, une avenue piétonne. Du coin de l'œil, elle notait l'accumulation d'enseignes dorées des cafés et restaurants traditionnels devant lesquels, lors des beaux jours, s'étalaient sans doute de vastes terrasses égayées de touristes. Mais en cette période hivernale, la rue était presque vide, et seules quelques rares silhouettes évoluaient sous les lueurs discrètes de petits lampadaires qui avaient ici remplacé les lanternes accrochées aux murs des maisons. La figure et les yeux mouchetés par la bruine, Grace aperçut enfin la façade du musée, bien éclairée par des spots. Elle poussa la porte abritée sous une arche de pierre sculptée et tomba nez à nez avec le joueur de flûte drapé de son habit de couleurs. Sous le choc, elle recula brutalement.

Derrière un comptoir, une jeune femme aux cheveux violets la regarda, interloquée.

Grace se ressaisit et tenta de jouer la carte de l'ironie.

— Ah ce n'est pas le vrai, un instant, j'ai cru que… enfin bon.

L'hôtesse d'accueil la dévisagea, l'œil vide, avant de lui répondre en anglais :

— Je crains que vous n'ayez pas le temps de faire le tour du musée. Nous fermons dans moins de quinze minutes.

— Je ne suis pas là pour faire du tourisme, mais dans le cadre d'une enquête de police, reprit Grace plus sérieusement en présentant son badge. J'aimerais voir celui ou celle qui dirige cet établissement, s'il vous plaît.

La réceptionniste à la chevelure colorée semblait indécise. Elle donnait l'impression de ne pas trouver l'embranchement intellectuel qu'elle devait suivre dans le cadre de la procédure.

— Maintenant, si possible, insista Grace avec un sourire.

— Euh, oui… J'appelle M. Brawekod.

Moins d'une minute plus tard, un homme d'une petite quarantaine d'années, aux cheveux blonds coupés court, s'approchait de Grace en lui tendant la main. L'inspectrice trouva fort élégants son pull bleu marine bien ajusté et ses fines lunettes dorées.

— Nate Brawekod. Que puis-je pour vous ? demanda-t-il dans un anglais parfait.

— Grace Campbell de la police nationale d'Écosse. Vous pouvez peut-être m'aider à avancer dans une affaire un peu particulière. Cela ne concerne pas votre musée, s'empressa-t-elle de préciser devant la mine soudain inquiète du directeur. Puis-je m'entretenir avec vous en privé, s'il vous plaît ?

— Bien sûr, venez dans mon bureau. Merci, Gersh, dit-il à la réceptionniste, qui continuait à fixer l'enquêtrice avec un mélange de fascination et de crainte.

Ils traversèrent une première salle, dans laquelle une abondante série de représentations picturales mettait en scène la légende du joueur de flûte. Chaque artiste avait injecté une dimension menaçante dans ce qui semblait pourtant s'apparenter à un défilé festif. Les enfants étaient confiants, tout aux réjouissances, le musicien lui-même paraissait enjoué, pleinement concentré sur son instrument. Mais en s'attardant plus avant, on décelait le mauvais regard en biais du flûtiste s'assurant que ses victimes restaient bien dans son sillage, ou encore le visage paralysé de peur d'un des bambins, conscient du sort qui leur était réservé et de son incapacité à arrêter le drame.

Un peu plus loin, l'attention de Grace fut attirée par des présentoirs blancs sur lesquels reposaient des cloches de verre baignées de lumière. À l'intérieur se trouvaient différents objets qui piquèrent sa curiosité. Sous la première, on voyait une antique carte de l'Europe ; sous la deuxième, une paire de bottines rouges ; et, sous la troisième, un tas de gravier.

— Qu'est-ce que c'est ? s'enquit-elle en désignant la petite collection éclectique.

— C'est notre exposition permanente sur la légende du *Pied Piper*, autrement dit le joueur de flûte. Mon bureau est par là. Si vous voulez bien…

— Ce qui m'intéresse est ici, répondit Grace en se rapprochant des vitrines. Je suis à la recherche de toutes les informations qui pourraient attester l'éventuelle dimension historique de ce sombre récit.

— Ah… vous n'êtes pas la seule.

Le directeur allait développer mais se ravisa.

— Puis-je vous demander quel lien il y a avec… ?

— Mon enquête ?

— Oui, afin que je puisse être plus précis dans mes explications.

— C'est confidentiel. J'ai surtout besoin de savoir jusqu'à quel point cette partie de l'histoire de Hamelin est vraie ou non.

L'homme remonta ses lunettes sur son nez.

— Humm… C'est bien là toute la question. Même après deux ans passés ici à étudier le sujet, je n'ai toujours pas acquis de conviction. Les principales sources sont le registre de la ville de 1384, conservé au musée, qui évoque la disparition des enfants, le manuscrit de Lüneburg, datant de 1440-1450, que vous voyez là et qui apporte d'autres détails, et enfin l'aquarelle d'Augustin von Mörsberg de 1592, dont vous trouvez ici une copie.

J'ajoute à ces traces historiques cette dalle provenant de l'ancienne porte fortifiée de Hamelin, généralement moins connue des touristes, qui montre combien cet événement était une véritable obsession pour tous les habitants au fil des siècles.

Il s'accroupit devant un bloc de pierre beige d'au moins un mètre de haut placé sur un présentoir, et suivit du doigt l'inscription qui y était gravée en lettres gothiques.

— « En l'an 1556, deux cent soixante-douze ans après que le magicien eut conduit cent trente enfants hors de la ville, ce portail a été érigé », traduisit-il.

Presque trois siècles après, les habitants continuaient à commémorer le drame, pensa Grace. *Comment ne pas y voir la manifestation d'un traumatisme collectif ?*

— Et quelle est la signification des objets dans les vitrines ?

— C'est une mise en scène un peu ludique de toutes les hypothèses des historiens qui tentent d'expliquer ce qu'il a réellement pu arriver à ces enfants le 26 juin 1284.

Le directeur s'approcha de la première cloche.

— Cette carte illustre la théorie de l'émigration. À cette époque, la région baltique de l'Europe de l'Est était fort peu peuplée et les grands propriétaires de ces territoires avaient besoin de main-d'œuvre. Ils envoyaient donc régulièrement des messagers à travers les villes surpeuplées d'Allemagne pour recruter du sang neuf. Or les familles les plus démunies ne s'opposaient pas à vendre certains de leurs enfants pour avoir moins de bouches « inutiles » à nourrir. C'est ce qui a pu se passer à Hamelin et plus d'une fois d'ailleurs. Et l'on peut imaginer que les recruteurs ambulants, pour attirer l'attention, s'habillaient de façon voyante et jouaient d'un instrument.

— On a des preuves pour étayer cette thèse ? demanda Grace.

— Oui et non. Certes, on a constaté que l'on retrouvait des noms de famille similaires à ceux de Hamelin dans ces régions éloignées de la Baltique. Mais ces patronymes sont en réalité très communs dans tous les pays de l'Est. Cette explication *a priori* convaincante est donc sans doute erronée.

— D'autant qu'on peut se demander pourquoi les habitants de Hamelin auraient fait de cet événement une tragédie, puisque, d'une part, ce genre de pratique avait l'air courant d'après ce que vous me dites et que, en outre, les habitants étaient consentants.

— C'est juste.

— Et les chaussures rouges ?

— Ce ne sont pas des chaussures d'époque, mais ces bottines illustrent une hypothèse un peu farfelue. Avez-vous déjà entendu parler de la danse de Saint-Guy ?

— Non…

— Il s'agit d'une maladie qui se manifeste chez les enfants entre cinq et quinze ans après une contamination par un certain type de streptocoque. Celui-ci atteint le système nerveux et provoque des mouvements involontaires. Notamment des contractions des muscles du tronc, des torsions des bras et des jambes, qui donnent l'impression d'exécuter en permanence une danse saccadée et désarticulée. Or, au Moyen Âge, on pensait que les airs de flûte pouvaient apaiser ces spasmes incontrôlés…

Grace hocha la tête, réfléchissant.

— Donc les enfants de Hamelin auraient été contaminés en même temps par cette danse de Saint-Guy et un joueur de flûte les aurait emmenés on ne sait où en essayant de les calmer…

Le directeur haussa les épaules.

— Vous allez me rétorquer que cent trente petits frappés par une même maladie dans le même village, cela semble quelque peu exagéré.

— Je ne suis pas historienne de la question et peut-être était-ce à l'époque une pathologie courante, je n'en sais rien. En revanche, de ce que j'ai pu lire jusqu'ici de la légende et des textes historiques y faisant référence, je n'ai rien vu sur la maladie des enfants ou le rôle de soigneur du joueur de flûte. Les écrits de l'époque semblent au contraire poser une énigme : les enfants sont partis mais personne n'a jamais su où ni pourquoi. Le ton, laconique, fatal, n'explique rien, il questionne l'impensable.

— Effectivement. Reste l'hypothèse d'une épidémie de peste qui aurait décimé les plus jeunes, le musicien symbolisant alors la mort emportant les âmes des petits.

Grace était dubitative.

— Si la peste était arrivée à Hamelin, les enfants n'auraient pas été les seuls touchés. On aurait parlé d'une hécatombe dans toute la ville, il me semble ?

— Oui…

— L'idée qui semble revenir à la fois dans les écrits historiques et dans la légende, c'est le départ des enfants. Si je me souviens bien, le manuscrit de Lüneburg est encore plus précis, assena Grace en revenant sur ses pas. Je crois avoir aperçu le témoignage du moine sur l'un de vos panneaux explicatifs.

Grace ne mit pas longtemps à retrouver ce qu'elle cherchait.

— Ah voilà, c'est ici : « Cent trente enfants nés à Hamelin furent séduits et perdus au lieu du calvaire près de Koppen. » Où est-ce, Koppen ?

— On pense qu'il s'agit d'une colline près de Coppenbrügge, à quelques kilomètres d'ici. Là-bas, il y a des parois rocheuses couvertes par la forêt, et au bout d'un long chemin grimpant au sommet se trouve une dépression en forme de crâne appelée *locum calvaria* depuis l'Antiquité. Cette expression latine, qui fait donc référence à ce « lieu du calvaire », signifie « la place du crâne ».

— Les enfants auraient donc été conduits et perdus à cet endroit ?

En y réfléchissant, Grace prit conscience qu'un élément de l'histoire la perturbait depuis le départ.

— Monsieur Brawekod, quelque chose m'échappe dans tout cela. Comment peut-on savoir où ils sont partis si personne ne les a vus et qu'aucune victime n'est revenue ?

— Il y a une explication toute simple. Peut-être ne vous a-t-on pas raconté la légende *in extenso*, mais dans la plupart des versions, deux enfants ne seraient pas allés au bout du chemin et seraient retournés auprès de leurs parents. Et il y a une bonne raison à cela, l'un était sourd et aurait suivi les autres sur une partie du sentier sans toutefois succomber à la mélodie envoûtante de la flûte jusque dans la grotte. L'autre était estropié et n'a pas réussi à grimper jusqu'au sommet de la fameuse colline. Leur handicap les a sauvés et a fait d'eux les témoins du drame.

Grace jeta un coup d'œil vers l'aquarelle d'Augustin von Mörsberg accrochée un peu plus loin et comprit ce que l'auteur avait voulu signifier en dessinant cet enfant à l'arrière du groupe, tombé sur le dos, et tendant le bras vers ceux qui continuaient inexorablement leur ascension de la colline. Mais à présent qu'elle avait résolu cette question, un autre détail de l'histoire l'intriguait.

— Je vais sans doute vous paraître tatillonne, mais pourquoi cent trente petits habitants de la ville ont suivi, en toute confiance, un homme qu'ils n'avaient vu qu'une seule fois ? Et de surcroît si loin de chez eux ? On parle d'une musique ensorcelante, mais je n'y crois pas.

Grace surprit une brève lueur d'inquiétude dans le regard du directeur avant qu'il ne reprenne un air un peu blasé.

— Vous savez, les enfants étaient beaucoup plus indépendants à l'époque. Et les distractions probablement rares. Un saltimbanque qui vous faisait la promesse d'une danse joyeuse entre copains était une aubaine pour oublier un moment la dureté de l'existence.

La jeune femme n'était pas tout à fait convaincue par cette explication, mais elle n'avait pas de contre-argument à opposer. Elle mit de côté ce détail et considéra que le reste du récit était désormais assez cohérent. Mais elle n'était pas là pour faire une thèse sur le joueur de flûte. Et il lui manquait l'essentiel : trouver un élément concret qui lui permette de relier son histoire personnelle à la légende. C'est sur cette base si fragile que reposait son dernier espoir de remonter la piste vers son tortionnaire.

— Que trouve-t-on dans ce « lieu du calvaire » ?

Brawekod laissa échapper un petit sourire sardonique.

— La Teufelsküche, la cuisine du diable. Un creux dans le sol, où s'entremêlent des écroulements de roches vermoulues. On raconte que le diable faisait cuire ses victimes dans cette grande marmite de pierre.

Instinctivement, Grace lança un regard vers la troisième vitrine qui abritait un tas de gravier.

— C'est l'une des dernières hypothèses et la plus probable, enchaîna le directeur. Le joueur de flûte aurait attiré les enfants là-haut pour faire une belle frayeur aux parents, mais avec certainement l'intention de leur rendre leur progéniture après leur avoir donné une bonne leçon. La blague aurait malheureusement mal tourné lorsqu'un tremblement de terre aurait provoqué un éboulement accidentel. Cette thèse est d'autant plus crédible que cette partie de la colline de Coppenbrügge se situe sur une faille tellurique.

Grace remarqua alors que des jambes et des bras de Playmobil dépassaient du monticule miniature.

— J'ai toujours eu un doute à propos de cette mise en scène, déclara Brawekod, dubitatif. Je me demande si la présence de jouets figurant les petites victimes décédées n'est pas plus violente qu'on ne le pense pour un enfant…

Grace lui confirma sa crainte dans un acquiescement silencieux, tout en faisant le triste bilan de son entretien. Rien de ce qu'elle avait appris ne permettait de rattacher le récit du joueur de flûte à sa propre enquête. Avant d'enterrer définitivement ses espoirs, il lui restait néanmoins une question fondamentale à poser.

— Des fouilles ont-elles été entreprises sur ce « lieu du calvaire », pour y dénicher des ossements, par exemple ?

— Oui, bien sûr, en 2016.

Grace ne s'attendait pas à cette réponse. Rien dans l'exposition n'y faisait allusion.

— Et qu'ont découvert les archéologues ? s'enquit-elle fébrilement.

— Des preuves d'un éboulis et des restes... de chèvres. Il y en a encore quelques-unes qui bondissent de rocher en rocher là-haut. Mis à part cela, rien. Sinon, croyez bien qu'on se serait empressé de le faire savoir. Vous imaginez le bénéfice touristique pour le musée ?

La jeune inspectrice laissa échapper un profond soupir, sans pour autant se départir de son professionnalisme.

— Vous avez le compte rendu de ces recherches, que je puisse y jeter un coup d'œil ?

— Je dois avoir la synthèse quelque part dans mon bureau. Un instant, je reviens.

Cinq minutes plus tard, le directeur tendit à Grace un dossier relié qui ne devait pas comporter plus de quatre pages. On y voyait quelques photos des lieux explorés et notamment la fameuse « cuisine du diable ». Le texte expliquait doctement que les blocs de pierre entassés avaient une composition minérale similaire à celle du rocher et que les fractures étaient typiques d'un effondrement qui avait dû être la conséquence d'un séisme. Le rapport se concluait sur l'absence d'ossements humains et n'apportait aucune autre information qui puisse évoquer le propre calvaire de Grace.

Minée par la déception, elle referma le dossier et le rendit à Brawekod.

— Merci pour votre temps, monsieur.

— Cela vous a-t-il aidée ?

— Je sais maintenant que je fais fausse route.

— Ah, je suis désolé. Mais cette histoire est si… brumeuse. Bonne chance.

Découragée, Grace salua une dernière fois le directeur et tourna les talons. Elle était allée au bout de son idée. Son enquête était dans une impasse.

– 22 –

Grace aperçut la porte du musée se refermer sur la jeune femme de l'accueil qui quittait les lieux. Alors qu'elle pressait le pas pour sortir à son tour, elle entendit Nate Brawekod l'interpeller.

— Inspectrice, attendez.

Surprise, elle se retourna.

Le directeur sembla attendre d'être sûr que la réceptionniste ne reviendrait pas sur ses pas, avant de se lancer.

— Écoutez, je dois vous faire une confidence.

— Je suis là pour vous écouter, répondit Grace, plus attentive que jamais.

— Autant que possible, cela doit rester entre nous, d'accord ?

— Autant que possible, c'est promis.

Nate Brawekod desserra son col de chemise, comme pour se laisser le temps de formuler sa pensée.

— En fait, à titre personnel, je suis convaincu que cette histoire de disparition d'enfants tire son origine d'une catastrophe bel et bien réelle. Sinon, le récit ne serait pas resté ainsi gravé dans la mémoire collective.

Quelque chose de terrible et hors du commun s'est produit, c'est certain. Mais surtout, contrairement à ce que l'on dit ici dans le musée, je pense que les gens de l'époque savaient très bien ce qui était arrivé à leur progéniture…

Grace fut surprise par cet aveu de dernière minute du directeur, qui avait soudain abandonné son attitude quelque peu scolaire au profit d'une expression affectée, presque grave.

— S'ils savaient, pourquoi n'ont-ils pas révélé cette vérité ?

— Parce qu'ils ne pouvaient pas la dire.

La voix de Nate Brawekod se perdit dans le silence du musée. Grace ne le relança pas. Il lui sembla que l'homme avait besoin de prendre la mesure de ce qu'il allait avancer.

— Les cent trente enfants n'ont pas simplement disparu, ils ont été tués. Et celui qui a perpétré ce crime de masse n'était pas un étranger pour les habitants de Hamelin. C'est pour cette raison que les petites victimes ne se sont pas méfiées et qu'elles ont suivi leur bourreau, vous aviez raison de mettre en doute cette partie de l'histoire, tout à l'heure.

Il s'arrêta un instant et inspira profondément.

— Ce fameux joueur de flûte n'était en réalité rien d'autre qu'un meurtrier pervers et probablement pédocriminel.

Grace reçut cette assertion comme un coup de poing dans l'estomac.

— Qui était-ce ? demanda-t-elle, encore sous le choc.

— Une personne de pouvoir, forcément. Et dont l'identité est clairement révélée dans la représentation que nous avons sous les yeux, dit-il en désignant la copie de l'aquarelle d'Augustin von Mörsberg. Il suffit juste de savoir décoder les signes. Approchez.

Grace se posta juste à côté du directeur.

— Là, en plein milieu de l'œuvre, se trouvent trois cerfs dont un très jeune qui n'a pas encore ses bois et qui pourrait passer pour une biche. Généralement on n'y prête pas attention parce que ces trois animaux ne figurent pas dans le récit du joueur de flûte. Et pourtant, c'est autour d'eux que se construit tout le récit de cette iconographie ! Car, à l'époque médiévale, dont l'aquarelliste s'est inspiré, le centre d'une image véhiculait le message principal, celui qui devait à tout prix être transmis aux spectateurs.

— Et à quoi font donc allusion ces trois cerfs ?

— Pour nous, à rien, mais pour les gens de l'époque, le message était très clair. En 1284, trois comtes, trois frères, résidaient non loin d'ici : Nikolaus, Moritz et le tout jeune Hermann von Spiegelberg. Et devinez quoi ? Ces trois frères qui n'avaient pas bonne réputation puisqu'on les surnommait les barons voleurs avaient le cervidé pour emblème sur leurs armoiries. Et d'après vous, où se trouvait leur château ?

Grace ne fut pas longue à répondre.

— À Coppenbrügge, au pied du calvaire ?

— Exactement. Il y est encore, d'ailleurs. Maintenant, regardez le joueur de flûte dessiné en grand sur la gauche. Au premier abord, on voit surtout son habit multicolore, mais observez de plus près son cou…

— Oui, j'avais remarqué, un plastron dépasse un peu, comme s'il portait une armure sous son costume.

— Qu’est-ce qu’un joueur de flûte classique ferait avec une armure ? Seuls les soldats ou les hommes de pouvoir revêtaient une telle protection. En outre, on a retrouvé des documents du duc Bogislaw de Poméranie, un parent des Spiegelberg, qui racontent que Nikolaus et Hermann ont comparu comme témoins dans une affaire le 8 juillet 1284, soit deux semaines après la disparition des petits de Hamelin. Malheureusement, on ne connaît pas les détails du procès, mais la coïncidence est trop évidente pour être le fruit du hasard.

— Les deux comtes auraient été amenés à témoigner contre leur frère Moritz suspecté d’avoir pris les enfants ?

— Je ne sais pas. Les sources s’arrêtent à ce que je vous ai dit. Mais on peut aisément supposer que l’un des frères a été brièvement inquiété, avant que l’affaire soit vite étouffée en raison de son statut privilégié. Ensuite, les parents, sous le joug des trois hommes, n’ont eu d’autre choix que de rendre hommage à la mémoire de leurs petits sous une forme allégorique, sans jamais directement nommer les coupables. Voilà pourquoi, dans tous les textes, le départ des enfants est décrit de façon si énigmatique. C’est par peur des représailles. Mais à Hamelin et dans la région, tout le monde connaissait la vérité. Seul Augustin von Mörsberg, en 1592, après enquête, accuse frontalement les comtes dans son aquarelle grâce à ce code pictural. Plus qu’un témoignage ou un support de mémoire, il a offert aux générations qui ont suivi une œuvre cathartique leur permettant de désigner les coupables sans pour autant être inquiétées par les héritiers des comtes.

Cette fois, Grace sentait qu’elle n’était plus très loin de toucher au but. Mais il lui fallait remettre dans l'ordre les pièces du puzzle avant de continuer son investigation. *Peut-être jusqu'à Coppenbrügge.*

— Pardon d'être triviale, mais où sont les rats, dans cette histoire ?

— C'est assez simple, reprit Brawekod. En tant que seigneurs de la région, les comtes avaient pour mission de protéger les paysans des environs en échange d'un impôt. Les invasions de rongeurs étaient fréquentes à l'époque, et certaines personnes avaient secrètement développé des instruments capables d'imiter les cris appelant à l'accouplement de ces animaux. Déguisé en joueur de flûte pour faire croire aux habitants qu'il détenait un talent particulier, l'un des comtes aurait pu facilement attirer les rats hors du village. Pour le service rendu, il aurait demandé à être payé non pas en monnaie sonnante et trébuchante, mais en enfants, comme il avait certainement l'habitude de le faire en récupérant les pauvres gamins abandonnés ou handicapés des environs. Cependant, cette fois-là, il se serait montré trop gourmand et les habitants auraient refusé. Furieux, le comte serait revenu dans ses habits de gentil flûtiste alors que les adultes étaient tous à la messe. Promettant aux enfants douceurs ou autres récompenses joyeuses, il les aura conduits en musique au lieu du calvaire, probablement une grotte, où je n'ose imaginer le sort qu'il leur a réservé…

Cette version de l'histoire pouvait tout à fait être liée à ce que Grace avait vécu. Si son bourreau avait aussi porté le costume du joueur de flûte pour lui faire subir les pires sévices, c'est que lui-même connaissait cette interprétation cachée de la légende de Hamelin. Peut-être même était-il un descendant des comtes von

Spiegelberg ou, à tout le moins, faisait-il partie de leur cercle d'intimes.

— Vous ne voulez pas me faire part de la teneur de votre enquête, inspectrice, mais si vous souhaitiez, comme je l'imagine, vous rendre au château des barons voleurs afin d'y découvrir les preuves de cette version, sachez que vous n'y trouverez rien. J'ai personnellement fouillé le bâtiment, des oubliettes au grenier, pendant quatre ans. Tout le mobilier d'origine a été détruit ou vendu au cours des siècles. Il ne reste que quelques documents officiels, dont aucun ne fait référence à la tragédie de Hamelin.

— Et les descendants des comtes ?

— La lignée s'est éteinte en 1557.

— Merde ! siffla Grace.

Ni sa voix jusqu'ici posée et profonde, ni son corps tout en courbes douces n'avait préparé le directeur du musée à cette manifestation de colère. Grace comprit qu'elle l'avait mis mal à l'aise.

— Excusez-moi, dit-elle. Cela m'a échappé.

— Ce n'est rien. J'aurais aimé vous aider. Mais mener une enquête sur une affaire vieille de plus de sept cents ans et de surcroît scellée par le tabou est… loin d'être simple…

— Mais si ce drame a réellement eu lieu, je ne parviens pas à croire que l'on n'en ait retrouvé aucune trace. L'histoire du joueur de flûte est très connue. Des amateurs ont tout de même dû s'amuser à grimper au lieu du calvaire et y faire des découvertes.

— Quelques curieux ont fait des fouilles, mais sans résultat, répondit Nate Brawekod en haussant les épaules. Il y a bien ce groupe de jeunes montés faire la fête, mais ça date d'il y a près de dix ans, qui a déclaré au commissariat avoir entendu des bruits venant de la grotte. Mais ils étaient si imbibés d'alcool que les policiers n'ont accordé aucun crédit à leur témoignage.

— Et vraiment rien à tirer des recherches effectuées en 2016 ?

— Vous avez lu la synthèse comme moi…

— Oui, effectivement, je…

Grace suspendit sa main en l'air alors qu'une question venait de lui traverser l'esprit.

— Attendez, quand vous dites « synthèse », vous laissez entendre qu'il existe un compte rendu plus exhaustif ?

— Euh, oui…

— Vous l'avez consulté ?

— Non, à l'époque, j'étais en stage au journal local à la rubrique « Histoire ». J'avais contacté l'ancien commissaire de la ville, Harald Schmidt, chargé de la sécurité et du bon déroulement des travaux de l'équipe archéologique, qui m'avait affirmé que le rapport complet était barbant, bourré de considérations techniques qui servaient uniquement à faire du remplissage et à masquer l'absence totale de découverte.

— Et vous n'avez pas eu envie de vérifier par vous-même ?

— Il a assuré qu'il me transmettrait le document original, et puis le temps a passé et je ne l'ai jamais reçu. Je l'ai relancé une ou deux fois, mais il était toujours très occupé. J'ai même tenté de joindre directement les archéologues, qui n'ont jamais donné suite à mes demandes. Et, à cette époque, j'étais débordé avec ma thèse d'histoire et mes démarches pour chercher du travail. J'ai fini par laisser tomber.

— Le rapport est donc sans doute en train de moisir au fond d'un placard.

— Oui, c'est tout à fait probable. D'autant que Harald Schmidt est décédé.

— Où se trouve le commissariat ?

— À dix minutes à pied d'ici. À gauche en sortant, tout droit jusqu'à Lohstrasse, où vous prendrez à droite, le poste de police est au bout de la rue.

— Merci pour toutes ces explications, monsieur Brawekod.

S'apercevant que le directeur paraissait perturbé par tout ce qu'il venait de divulguer de façon officieuse, Grace s'efforça de lui adresser un sourire.

— Et j'espère que tout ce que vous m'avez raconté n'est pas du pipeau…

La bouche du directeur s'arrondit lentement pour former une expression d'étonnement, avant de se muer en un rictus amusé.

Grace quitta cette fois-ci pour de bon le musée et pressa le pas vers le poste de police.

– 23 –

Une nuit sans lune avait jeté son linceul sur la ville médiévale de Hamelin, et des carrés de lumière parsemaient les maisonnettes à colombages, promesses d'intérieurs chaleureux abrités de l'humidité grasse qui rendait les pavés glissants. Dans le dédale des ruelles, Grace n'aurait pas été étonnée d'apercevoir une petite fille vêtue d'un capuchon rouge se faufiler sous un porche, ou une femme aux interminables cheveux descendre du sommet d'une tourelle couverte de lierre. Flottait dans ce lieu cette atmosphère irréelle et si ambivalente des contes de fées, où le merveilleux côtoie l'épouvante. Là où Grace aurait voulu s'abandonner à une rêverie délicieuse et rassurante, elle ne pouvait s'empêcher d'imaginer que, quelque part dans l'ombre d'une alcôve, des yeux menaçants l'épiaient, et qu'au-delà des murs protecteurs de la cité des créatures cruelles rôdaient au pied des remparts. Dans cette ambiance fantomatique, la jeune femme réfléchissait. *Pourquoi un policier s'est-il tant intéressé à une histoire de fouilles archéologiques ?* Cette question la taraudait.

Anxieuse, Grace poussa la porte du commissariat et se présenta à l'accueil, où un officier de garde bien portant était en train de jouer à Candy Crush sur son téléphone. Elle pensa avec amertume à tout ce qu'elle avait appris sur ce type d'application au cours de son enquête précédente.

— Alors, niveau combien ? demanda-t-elle d'un ton enjoué en anglais.

— Oh, 58... ce n'est pas fameux. Que puis-je pour vous ?

— J'arrive de Glasgow, je suis venue dans le cadre d'une enquête sur... vous allez trouver cela bizarre... sur le joueur de flûte de Hamelin.

— Vous êtes journaliste ?

— Non, inspectrice de police, répondit Grace en présentant son badge. Je sais que ça peut paraître saugrenu, mais l'affaire sur laquelle je travaille actuellement pourrait être reliée d'une façon ou d'une autre à la légende.

L'officier parut dubitatif.

— Alors ça, c'est bien la première fois que j'entends une chose pareille. Qu'espérez-vous trouver ici ? Vous devriez plutôt aller au musée.

— Justement, j'en viens, et j'y ai appris que le commissaire Schmidt avait encadré la sécurité, il y a des années, des fouilles archéologiques sur la colline de Coppenbrügge. Le compte rendu est certainement encore dans vos archives et j'aimerais le consulter, s'il vous plaît.

— C'est en effet une demande un peu bizarre, reprit l'officier en rendant à Grace sa carte de police, qu'il avait examinée avec attention. Mais je n'y vois pas d'inconvénient, ce n'est pas un sujet sensible. De quand date le dossier ?

— 2016, je crois.

— Je vais voir. Patientez ici, s'il vous plaît, dit-il en désignant une rangée de chaises en plastique noir.

Il revint une dizaine de minutes plus tard, soufflant sous l'effort, une lourde boîte dans les bras, qu'il laissa aux pieds de Grace.

— Tous les dossiers de l'année 2016, hors délits et crimes, sont là-dedans. Je vous laisse regarder.

— Merci. Et je vous conseille de regarder cette vidéo en attendant, dit-elle en lui tendant son téléphone. Vous apprendrez notamment comment les applications et les réseaux sociaux vous font perdre du temps et votre vie[1]…

L'officier considéra la jeune femme d'un œil méfiant mais, n'ayant rien de mieux à faire, il prit le portable et retourna derrière son comptoir.

Grace s'accroupit près du carton rempli de paperasserie qu'elle commença à éplucher. Mais il s'agissait principalement de litiges de voisinage ou de plaintes déposées par des habitants contre la mairie pour des manquements sur l'aménagement de la voirie.

— Tout est là, j'imagine ? demanda-t-elle à l'agent, qui semblait absorbé par le film qu'elle lui avait recommandé.

— Euh, oui…

Où peut bien être ce compte rendu ? s'interrogea Grace. *Pourquoi ne se trouve-t-il pas là-dedans ?*

Elle porta la boîte jusqu'à l'accueil et la déposa un peu brutalement sous le nez du policier, afin d'attirer son attention.

1. Allusion au tome précédent, *Le Dernier Message* (XO Éditions).

— Pouvez-vous me donner le registre d'archivage des dossiers de 2016 ? quémanda-t-elle de son plus charmant sourire.

L'homme soupira, mais accepta d'aller fouiller dans une grande armoire métallique de laquelle il tira un porte-documents, qu'il remit à cette inspectrice décidément bien exigeante.

— Merci, officier.

Elle ouvrit la chemise beige et suivit du doigt les lignes consignées.

Mois par mois, le registre indiquait le nom des dossiers archivés, leur numéro, le nombre de pages, et parfois la date de sortie et de retour ainsi que l'identité de l'emprunteur. Elle ne découvrit rien d'intéressant en parcourant cette liste fastidieuse, jusqu'à l'entrée du 22 janvier 2016, où apparaissait clairement la mention : « "Dossier fouilles archéologiques Teufelsküche", 163 pages ». Le compte rendu comportait donc près de cent cinquante pages de plus que la synthèse qu'elle avait consultée. Grace avait désormais la certitude qu'un rapport plus complet existait et elle pouvait légitimement se demander si celui-ci n'était consacré qu'à des relevés topographiques sans conséquence comme le supposait le directeur du musée. Pourquoi les auteurs se seraient-ils amusés à faire du remplissage ?

Intriguée par cette découverte, Grace le fut encore davantage quand elle constata que le dossier avait été emprunté le jour même de son archivage par quelqu'un qui n'avait inscrit qu'un point d'interrogation à la place de son nom et de la date de retour.

— Excusez-moi, dit Grace en faisant un petit signe de la main à l'officier toujours concentré sur son téléphone.

— Moui ?

— J'imagine que tout le monde ici est obligé d'enregistrer avec soin ses emprunts aux archives ?

— Affirmatif.

— Alors, pourquoi cette section est-elle vide ? demanda Grace en pointant du doigt la ligne qui aurait dû indiquer l'identité de l'emprunteur.

— Effectivement, ce n'est pas normal. De quand date l'emprunt ?

— Janvier 2016…

L'officier sembla réfléchir.

— Bah oui forcément ! Début 2016, c'est le commissaire Harald Schmidt qui était encore là. Il a d'ailleurs pris sa retraite bien plus tard que prévu. Et s'il y en a un qui se croyait au-dessus des règles, c'était bien lui ! À coup sûr, c'est votre emprunteur mystère.

— De quoi le commissaire est-il mort ? ajouta Grace innocemment.

— D'une crise cardiaque.

— Il était marié ?

— Oui, sa veuve, Germaine, vit toujours à Hamelin, si c'est ce que vous voulez savoir.

— Vous auriez son adresse, s'il vous plaît ?

L'homme fit une recherche sur son ordinateur et griffonna quelque chose sur un papier.

— Voilà…

— Merci du coup de main. C'est sympa.

— J'ai eu le temps de regarder votre vidéo, c'est flippant, dit-il en rendant le téléphone à Grace.

L'enquêtrice acquiesça d'un signe de tête plein d'empathie et rangea l'appareil dans la poche intérieure de son manteau.

— Bon courage pour la désintoxication, lui lança-t-elle en quittant le poste de police.

Sur le chemin qui la menait au domicile de l'ancien commissaire, elle repéra un hôtel, où elle comptait passer la nuit, puisqu'il était maintenant près de vingt-deux heures. D'ailleurs, était-ce bien raisonnable d'aller rendre visite si tardivement à la veuve de Harald Schmidt ?

Évidemment que non, mais Elliot Baxter ne lui avait laissé que trois jours. Vingt minutes plus tard, Grace sonnait donc à la porte d'une modeste maison aux murs de crépi, à l'écart du vieux Hamelin. Le temps que quelqu'un réponde, elle en profita pour se redonner une apparence plus avenante. Mais lorsqu'elle se vit dans son téléphone grâce à la caméra inversée, elle leva un sourcil dubitatif. La bruine avait légèrement fait onduler ses cheveux, offrant d'elle une image sympathique, mais bien loin de celle, sérieuse, qu'elle s'évertuait à entretenir avec sa stricte coiffure. Et à force de parcourir la ville en tous sens, son visage s'était teinté de couleurs vivifiantes pour luire d'une fine couche de transpiration. *Super, je ressemble à une joggeuse de bord de mer... L'idéal pour une première rencontre*, songea Grace avec ironie, quand une ombre passa devant l'œilleton.

— Qui êtes-vous ? s'inquiéta une voix de femme en allemand.

— Bonsoir, madame, parlez-vous anglais ?

— Un peu, mais pas très bien, répondit la veuve dans un anglais un brin rouillé.

— Parfait. Je m'appelle Grace Campbell, je suis inspectrice de police à Glasgow, en Écosse. Je suis navrée de vous importuner à une heure si tardive, mais je suis venue de loin pour enquêter sur une affaire qui pourrait être liée à un dossier qu'Harald a suivi il y a cinq ans, expliqua-t-elle en plaçant son badge devant le judas.

— Que voulez-vous exactement ? se renseigna la femme sans ouvrir la porte.

Grace décela dans ses paroles, derrière la méfiance, une pointe de curiosité.

— J'ai de bonnes raisons de penser que votre mari a rapporté un document chez vous, il y a cinq ans, et qu'il s'y trouve toujours. Il s'agit d'un rapport important, qu'il aurait emprunté aux archives du commissariat.

— Vous pourriez peut-être revenir demain ?

— Je comprends votre réticence, mais ce dossier pourrait grandement m'aider dans mon enquête qui concerne la disparition d'un enfant… Le temps presse, mentit-elle.

— Vous auriez dû me le dire tout de suite.

On déverrouilla la porte, et Grace fut invitée par une petite dame d'environ soixante-quinze ans aux cheveux agencés à la façon d'une coiffe médiévale et à l'air épuisé. À travers ses imposantes lunettes à la monture en plastique transparente, elle regardait l'inspectrice en se penchant en arrière et en plissant le nez.

— Vous êtes grande et bien bâtie, remarqua-t-elle.

Grace ne sut comment interpréter le « bien bâtie », mais puisqu'elle ne se trouvait pas « grande » non plus, elle en conclut que cette femme avait une grille d'évaluation qui lui était propre.

— Merci beaucoup de m'accorder un peu de temps.

— Excusez le désordre, je n'attendais personne.

Grace pensa que les Allemands devaient avoir une notion fort peu tolérante du rangement. Le hall dans lequel elle venait de pénétrer sentait la cire, deux parapluies étaient déposés pile à la perpendiculaire sur un support en bronze brillant et pas une tache ne mouchetait le carrelage blanc.

— Comme vous êtes pressée, je vais vous conduire directement à l'ancien bureau de mon mari. Il s'y enfermait parfois des heures pour travailler. Mais je vous préviens, Harald n'a jamais été fichu de classer ses papiers, il se contentait de les entasser sur sa table de travail, des sardines tombées du filet. C'était le bazar là-dedans.

La dame entama l'ascension de l'escalier qui faisait face à l'entrée et Grace la suivit, prête à rattraper son hôtesse, dont chaque enjambée semblait un miracle.

— J'ai tout rassemblé dans un grand carton, sans rien trier. Je n'avais jamais mis le nez dans les enquêtes de mon mari, je n'allais pas commencer après sa mort. Mais je n'ai pas pu me résigner à tout jeter… Que voulez-vous, c'est comme ça. En conservant ses affaires, j'ai l'impression qu'il n'est pas complètement parti. Même après le cambriolage, j'ai remis les papiers dans leur boîte alors que c'était un sacré capharnaüm.

Grace s'arrêta au milieu des marches.

— Quand a eu lieu ce cambriolage ?

— Oh, c'était bien ma veine. Le lendemain de l'enterrement de Harald, le 14 septembre 2016. On aurait cru qu'ils n'attendaient que ça. Heureusement, ils n'ont pas pris grand-chose.

— Qu'est-ce qui vous a été volé ?

— Oh, un ou deux bijoux, c'est tout.

— Et vous disiez que le bureau de votre époux avait été fouillé ?

— Oui, tous ses papiers étaient étalés par terre. Mais du peu que j'en sais, il n'y avait rien de valeur, alors je suppose qu'ils ont tout laissé. Et puis, comme mon mari avait fait installer une alarme peu avant de mourir, les malfaiteurs ont pris peur et ont fui en catastrophe. Ah, voilà, nous y sommes, conclut Germaine Schmidt, essoufflée, en posant un pied sur le palier de l'étage. C'est la pièce juste à droite. Vous pouvez y aller. Je suis dans ma chambre, si vous avez besoin. Il y a un film à la télévision, ce soir, que j'ai déjà vu trois fois, mais bon, il faut bien se distraire quand on est toute seule !

— Merci de votre confiance, madame.

Grace foula la moquette vert pâle du petit bureau de l'ancien commissaire, l'esprit en effervescence. Les questions se bousculaient : pourquoi le rapport des archéologues avait-il été sorti le jour même de son entrée aux archives ? Était-ce bien Harald Schmidt qui l'avait emprunté ? Si c'était le cas, pourquoi l'avait-il conservé pendant plusieurs mois sans le rapporter au commissariat ? Voulait-il garder le secret ? Pouvait-on aller jusqu'à supposer que le cambriolage était destiné à récupérer ce dossier ?

Suspicieuse, la jeune femme s'avança dans la pièce qui sentait le renfermé. Un secrétaire rustique en cerisier laqué était posé contre un mur couvert d'un papier peint jauni en partie décollé. Sous le meuble se trouvait un carton dans lequel avaient été empilés des documents, sans logique ni aucun soin.

Grace en renversa tout le contenu par terre. Dissipant les particules de poussière qui virevoltaient dans l'air, elle commença à piocher dans le monticule de paperasse. L'officier et l'épouse du commissaire n'avaient pas menti, c'était un chaos administratif : rien n'était agrafé, ni rassemblé par un trombone, si bien qu'une déclaration fiscale écornée se glissait dans un prospectus touristique froissé, lui-même collé à un relevé bancaire ou à une ordonnance médicale à moitié déchirée. Mais, pour le moment, aucune trace de ce qu'elle convoitait.

Grace poursuivit son tri méticuleux, allant même jusqu'à examiner des petits morceaux déchiquetés. L'énergie que lui demandaient les efforts de traduction avec son téléphone finirent par provoquer des vertiges et des maux de tête que l'émulation de la recherche parvenait tout juste à apaiser.

Lorsque, soudain, un lambeau de feuille provoqua dans son corps une décharge d'adrénaline. On pouvait y lire les lettres « *äologie* », sans doute la fin du mot « *Archäologie* » en allemand. Les cambrioleurs, surpris par l'alarme, avaient probablement agi dans la précipitation, et déchiré par mégarde une page du rapport en le tirant du tas de paperasse. Grace en était convaincue, à présent, c'était bien cela qu'ils étaient venus récupérer. Et peut-être avaient-ils laissé derrière eux d'autres bribes du précieux document.

Grace fouillait désormais fiévreusement, sans précaution pour les archives de l'ancien commissaire. Elle avait l'impression d'être une machine un peu folle qui ne voyait plus très clairement. Les lignes de mots et de chiffres se chevauchaient, son cerveau saturait et, à mesure que la pile diminuait, le nœud de son angoisse se resserrait. Elle n'entendait même plus le son de la télévision provenant de la pièce au bout du couloir. Le sang bouillonnait avec une telle intensité dans ses oreilles qu'elle était sourde à son environnement.

Et, alors qu'elle consultait les tout derniers documents, son cœur manqua un battement.

Dans sa main tremblante vibrait un papier froissé qu'elle venait de décoller du dos d'une facture d'électricité. L'en-tête était celui de la société d'archéologie de Hanovre, et un large bandeau « confidentiel » barrait toute la feuille en semi-transparence. Il s'agissait de la page 143 du rapport sur l'exploration de la « cuisine du diable ».

Le texte, évidemment rédigé en allemand, était illustré d'un schéma très précis qui représentait un amas de rochers ainsi que des coordonnées géographiques. Une flèche semblait indiquer un lieu, mais Grace ne comprenait pas l'explication qui l'accompagnait. Elle s'empressa d'entrer le texte dans son application de traduction automatique et n'en crut pas ses yeux.

> Comme nous l'avons déjà noté à plusieurs reprises, nous avons identifié à cet endroit, aux coordonnées 52.107236, 9.537143, ce qui s'apparente à une ancienne ouverture naturelle vers l'intérieur d'une des cavités de la colline répertoriée sous le numéro 33-56. L'autorisation d'opération archéologique n'ayant pas été accordée, nous ne sommes pas en mesure d'en produire ici une description. Mais le sondage par électroacoustique a révélé la présence d'un goulet menant à une chambre souterraine, qui selon les courbes rocheuses observées pourrait avoir été aménagée par l'action humaine.

– 24 –

Dans la fade lumière du petit jour, les troncs décharnés de la forêt tentaient d'échapper à la brume comme autant de poils hérissés sur une peau de feuilles mortes. Guettant sans cesse le signal de son GPS, Grace progressait lentement sur le tapis d'humus qui craquelait sous ses pas. Sa démarche était ponctuée du cliquetis du piolet et du pied-de-biche attachés à sa ceinture. Équipement dont elle avait fait l'acquisition le matin même avant de rejoindre en voiture le village de Coppenbrügge. Chaque effort pour gravir la colline se muait en buée qui se mêlait au brouillard. Dans cette nébuleuse, elle distinguait mal les pièges de la pente percée de trous boueux et encombrée de rochers aux angles effilés et de troncs d'arbres vermoulus.

Les mains sur les sangles de son sac à dos, Grace se retourna un instant pour reprendre son souffle et écouter attentivement. Il lui avait semblé entendre plusieurs fois des bruits en contrebas. Quelque chose qui pouvait ressembler à des craquements de branches. S'agissait-il d'animaux comme le laissaient entendre les nombreux panneaux interdisant la chasse ? De simples randonneurs ? Ou devait-elle envisager que quelqu'un de moins bien intentionné la suivait à distance ?

Ne percevant rien d'autre qu'un battement d'ailes d'oiseau et l'aboiement lointain d'un chien au fond du vallon, elle reprit sa marche en repensant aux questions qui s'étaient, la veille, imposées à elle, quand elle avait quitté le domicile de la veuve de Harald Schmidt. Pourquoi ce dernier avait-il soustrait le rapport concernant la fouille archéologique de la Teufelsküche et fait circuler une simple synthèse ? Était-ce uniquement pour sauver la ville du scandale ou pour une raison moins avouable ? Et qui avait volé le dossier à la mort du commissaire ?

Tout en tentant de répondre à ces interrogations, Grace s'assura que son arme était bien accessible. Après une demi-heure d'effort, l'air se refroidit, les rochers sur le chemin se mirent à suinter et les troncs couchés qu'elle contournait un peu plus tôt s'amoncelèrent en une marée de membres brisés et rongés par une végétation humide. Devant elle, une ombre écrasante s'arrachait peu à peu de l'étreinte du brouillard. Une vingtaine de mètres plus loin, la pente se fit plus douce, pour se creuser au pied d'une imposante muraille minérale. Dans une fosse mal dégrossie, des rocs s'entassaient pêle-mêle, semblant avoir été jetés là par une main puissante et rageuse. Abandonnés depuis des siècles, barbus de mousse, étaient-ils les pierres tombales de cent trente petites victimes innocentes et de l'homme qui les avait perdues il y a plus de sept cents ans ? Troublée, Grace n'en oublia pas la raison de sa présence ici et vérifia de nouveau son GPS, qui indiquait plus haut la zone qu'elle cherchait à atteindre. Elle fit un détour pour éviter la dépression emplie d'éboulis et parvint à se faufiler dans un couloir étroit pour poursuivre son ascension.

Glissant sur le sol boueux, s'agrippant à des anfractuosités trempées qui trahissaient ses prises, elle se fraya péniblement un chemin entre les épaisses racines qui s'enroulaient autour des géants de pierre. Là, après s'être hissée sur un promontoire, elle s'aperçut que la paroi était percée de plusieurs grottes. Mais, selon le rapport archéologique, celle qu'elle cherchait n'était pas déblayée et restait donc invisible à l'œil nu. Pourtant, son téléphone signalait que la mystérieuse cavité n'était plus qu'à cinq mètres, juste devant elle. Grace remarqua que des arbustes avaient obstrué un passage très étroit sous un gros rocher. *Un passage que seuls des enfants peuvent emprunter facilement*, pensa-t-elle.

Elle se baissa et parvint laborieusement à s'y couler, pour se retrouver face à un tas de pierres massives qui montait jusqu'à hauteur d'homme. Dans sa poche, son portable vibra. Le GPS lui indiquait qu'elle était arrivée à destination.

Prudemment, elle tenta de faire bouger les énormes cailloux qui se trouvaient au sommet de l'amoncellement. Et là où elle s'attendait à un scellement immobile, elle sentit un peu de jeu. Elle répéta l'opération à plusieurs endroits et comprit que ce mur avait été érigé récemment, sans doute au cours des dernières années. Contrairement aux autres pierres de la forêt, celles-là étaient en effet dépourvues de mousse.

Faisant levier avec son piolet et son pied-de-biche, Grace réussit à déloger chaque rocher un à un. Le cœur battant d'une excitation rare, elle vit se dévoiler l'entrée d'un couloir souterrain. Repoussant avec empressement les derniers blocs qui faisaient obstacle, Grace rangea le pied-de-biche dans son sac et attacha de nouveau le piolet en le laissant pendre le long de sa cuisse. Elle saisit ensuite sa lampe torche et franchit le seuil du goulet pour s'enfoncer dans les ténèbres.

L'hygrométrie monta un peu plus et, malgré sa parka, Grace frissonna en sentant l'humidité appliquer ses doigts glacés sur son visage et son cou. Le crissement de ses semelles sur les cailloux résonnait contre la paroi et la vapeur qui sortait de sa bouche flottait devant le faisceau de sa lampe. Le conduit étroit l'obligea à avancer de biais, jusqu'à ce qu'il s'élargisse pour déboucher sur une vaste cavité. Les archéologues ne s'étaient pas trompés, il y avait bien une chambre enfouie sous la colline. Mais ils n'avaient peut-être pas prévu ce qui apparut à la lueur de la torche de Grace. À quelques mètres d'elle, dans la roche qui lui faisait face, une porte en bois massif renforcée de plaques de métal dessinait une arche.

Fascinée, elle ne prit pas le temps d'inspecter le reste de la grotte et progressa avec précaution sur le sol inégal qui semblait avoir été recouvert de terre battue. Arrivée devant la porte, elle la poussa, mais le pan résista. Elle y glissa alors son pied-de-biche et dut s'y prendre à trois fois pour faire céder le panneau. Le craquement du bois arraché se répercuta en écho dans la caverne et la porte s'entrouvrit.

Malgré la fraîcheur, Grace sentit une larme de sueur couler dans son dos. Les mains moites, la respiration rapide, elle entra en retenant son souffle. Les gonds gémirent dans un grincement lugubre. Peu à peu, l'abîme se dévoila à la lumière, et Grace s'immobilisa, pétrifiée d'effroi. Dans cette deuxième chambre plus petite s'empilaient des ossements humains jaunis par le temps. Les crânes s'étaient parfois désolidarisés des bustes, tandis que des tibias ou des humérus se mélangeaient à des cages thoraciques. À certains endroits pendaient des lambeaux de vêtements, donnant à ces squelettes des allures de morts-vivants. Le bras tremblant, la gorge nouée, Grace se pinça les lèvres pour ne pas pleurer lorsqu'elle prit conscience que ces os, au vu de leur taille, étaient sans aucun doute possible ceux d'enfants. Même si elle ne pouvait pas compter précisément le nombre de squelettes, elle était sûre qu'il y en avait plus d'une centaine. *Probablement cent trente...*

Elle demeura plusieurs minutes sans bouger. L'horreur qui s'était jouée ici salissait son âme et son cœur en d'épouvantables tableaux de détresse et d'agonie qui traversaient son esprit. Dans chaque recoin de la cavité, la lumière de sa torche révéla de macabres traînées verticales. *Des marques de griffures de pauvres petits désespérés qui ont gratté la roche.* À côté de ces traces, on distinguait des dessins représentant naïvement ici une chaumière, là un arbre ou un chien. Probablement les derniers souvenirs auxquels les victimes innocentes avaient essayé de se raccrocher. Il lui sembla entendre les cris, les pleurs et même les paroles des plus grands qui, dans un courage qui n'aurait jamais dû être de leur âge, rassuraient les plus jeunes en leur promettant une fin heureuse. Mais quel sort leur avait-on réservé avant leur mort ? *Comment une âme humaine a-t-elle pu commettre une telle atrocité ?*

Bouleversée, Grace n'eut pas tout de suite la force de se frayer un chemin à travers ce charnier et se décida à aller explorer la première salle. En passant la porte, elle vit des entailles autour de la serrure, témoins des tentatives éperdues de petites mains qui s'étaient battues jusqu'au bout.

Envahie par une peine qu'elle n'avait jamais éprouvée au cours de ses enquêtes, Grace éclaira les parois de la grotte principale et sut qu'elle se trouvait incontestablement au bon endroit. Partout, des peintures rupestres racontaient la légende du joueur de flûte. Si les styles étaient divers, toutes avaient un point commun : le musicien, toujours représenté en couleur avec force détails, dominait de toute sa taille les petites formes noires et mal dégrossies des enfants qui le suivaient. Cette mise en scène rappela à Grace la façon dont les Grecs ou les Égyptiens marquaient la différence entre les dieux et les hommes dans leurs œuvres.

Mais ce qui la frappa surtout, c'est que certains de ces dessins, en partie effacés ou délavés, paraissaient très anciens, tandis que d'autres semblaient bien plus récents. Comme si l'histoire avait été illustrée par plusieurs générations à travers les âges. Grace frémit en essayant de comprendre ce que cela signifiait. Et si le joueur de flûte de Hamelin avait été l'initiateur d'une communauté, d'une secte même, qui avait célébré son acte diabolique au cours des siècles ? Abasourdie par sa découverte, Grace relâcha la main qui soutenait sa torche. Elle eut alors la confirmation que les adeptes de ce monstre du Moyen Âge ne s'étaient pas contentés de commémorer son crime, lorsque le faisceau glissa sur la partie basse de la paroi, dévoilant cinq petits squelettes, les bras attachés au-dessus de leur crâne par des chaînes et des anneaux fixés dans la roche.

Cinq squelettes d'enfants, à première vue bien plus contemporains que ceux derrière la porte.

Grace avait du mal à respirer. Elle voulait quitter cette chambre des supplices, retrouver l'air du dehors. Elle se dirigea vers la sortie, se retournant pour balayer une dernière fois la grotte de sa torche. C'est alors qu'elle éclaira une partie de la caverne restée jusqu'ici dans l'ombre, mettant au jour des alcôves abritant des bougies fondues ainsi qu'une malle en bois. Malgré son impression de suffoquer, elle s'en approcha et l'ouvrit de la pointe de son piolet. À l'intérieur, proprement pliés, se trouvaient trois larges costumes bariolés, en tous points similaires à celui du joueur de flûte.

Grace laissa retomber le couvercle avec répulsion, le cœur palpitant d'une angoisse qu'elle ne contrôlait pas. La silhouette de son cauchemar se dessinait dans l'embrasure de la porte de son cachot, immense, menaçante, frôlant le sol dans un bruissement d'étoffe avant de se pencher sur elle. Elle serra les mâchoires pour ne pas crier et écrasa ses mains sur ses yeux.

Quand elle regarda de nouveau, les costumes étaient toujours là, dans leur malle, preuves de l'intuition qui l'habitait depuis la veille : le crime si célèbre du joueur de flûte ne s'était pas éteint avec lui il y a plus de sept cents ans. Il avait au contraire donné naissance à une ignoble confrérie de pédocriminels. Le réseau avait survécu jusqu'à aujourd'hui et elle-même en avait été l'une des victimes.

Ne se sentant plus très ferme sur ses jambes, Grace s'accroupit pour prendre la mesure de sa découverte. Il lui suffisait désormais de faire analyser les traces d'ADN qu'on détecterait sans doute dans la caverne, et notamment sur les costumes, pour identifier et retrouver ceux qui avaient œuvré ici, et qui œuvraient peut-être encore. Cette piste en or la conduirait forcément à ses propres bourreaux. Voire jusqu'à Lukas ?

Elle tourna la tête vers l'entrée de la grotte, se laissant aller à imaginer que la lumière qui y filtrait était celle qui brillait au bout du tunnel de sa quête de vérité.

Pourtant, un sentiment étrange l'empêcha de se relever pour sortir et respirer l'air frais dont elle avait tellement besoin. *Tu vas trop vite en besogne*, lui chuchotait à l'esprit une petite voix qu'elle avait appris à écouter. Elle songeait à Scott Dyce, qui lui avait parlé d'une « *impensable vérité* ». Faisait-il allusion à ce réseau ancestral ? Elle aurait pu y croire s'il n'avait pas ajouté cette phrase énigmatique : « *Ils ont fait ce qu'on n'avait jamais osé dans l'histoire de notre civilisation, à la vue de tous…* »

À la vue de tous ? Les atrocités commises dans cette caverne avaient, au contraire, été cachées aux yeux de la société… Quelque chose lui échappait. Mais quoi ?

Elle sortit de ses réflexions. Il était temps pour elle de regagner la ville et d'informer son supérieur de sa macabre découverte. Elliot Baxter devait se mettre au plus vite en relation avec les autorités allemandes afin qu'elles procèdent à l'expertise scientifique de cette grotte, qui serait sans aucun doute historique.

Grace se releva et, sa lampe à la main, observa une dernière fois les lieux pour s'assurer de n'avoir rien manqué. Le pinceau de lumière décrivit lentement un cercle sur les contours inégaux de la roche, glissa sur la malle, la porte de l'antichambre, révéla de nouveau les squelettes suppliciés attachés à leurs chaînes, et découpa soudain une silhouette, qui fondit sur elle.

– 25 –

Grace eut le réflexe de se détourner juste avant qu'un coup de feu n'éclate. Assourdie par l'écho de la détonation, elle se courba et se précipita vers la paroi droite de la grotte, en cherchant à dégainer son arme. Une balle siffla au-dessus de sa tête et fit voler en éclats la roche à quelques centimètres d'elle. Elle projeta la lumière de sa torche en direction de l'agresseur, discerna furtivement une silhouette en mouvement, et tira à deux reprises. Au son de l'impact, elle devina que ses projectiles n'avaient pas atteint leur cible et, la seconde d'après, elle était percutée par son adversaire. Sous le choc, elle lâcha son pistolet et sa lampe. Mais sa sangle abdominale, sensiblement renforcée depuis qu'elle faisait ses exercices de Pilates tous les matins, lui permit d'encaisser la charge et d'éviter la chute. Dans un rugissement d'effort, son assaillant la repoussa contre la paroi et lui assena un coup de poing au visage avant de l'étrangler. Sonnée, Grace étouffait sous la pression hargneuse des mains qui écrasaient sa gorge. Elle frappa de toutes ses forces sur les bras meurtriers pour essayer de se libérer. L'entreprise ne fit que l'épuiser un peu plus.

Elle suffoquait, ses poumons comprimés, ses yeux gonflés, prêts à éclater. Elle tendit les mains vers la figure de son agresseur, cherchant à le griffer, arracher nez, lèvres, tout ce qui dépassait. En vain. Sa vision se troublait et ses attaques n'avaient plus assez de vigueur pour blesser. Elle tenta d'attraper le piolet qui pendait le long de sa cuisse, mais, les muscles privés d'oxygène, elle n'était plus qu'une poupée de chiffon. Elle allait mourir d'une seconde à l'autre.

Alors, dans un dernier espoir, elle se relâcha complètement pour se faire le plus lourde possible. L'assaillant la soutint tant qu'il put, avant de céder sous le corps de la jeune femme et de la laisser sombrer par terre. Il se penchait certainement déjà sur elle pour l'achever quand Grace, électrisée par l'ultime pulsion de survie permise par l'air entrant peu à peu dans ses poumons, parvint à agripper le manche du piolet. Elle frappa alors à l'aveugle avec toute la rage de la mort imminente. Le coup n'était pas très puissant, mais l'outil, neuf, s'avéra suffisamment aiguisé. Un mugissement de douleur retentit dans la caverne. Grace tapa encore et encore, laissant exploser sa hargne en des cris étranglés. Soudain, on entendit le bruit d'un corps qui s'écroule.

Grace lâcha le piolet pour porter la main à son cou martyrisé. Reprenant à peine son souffle, elle se remit debout maladroitement en s'appuyant sur la roche, et tituba jusqu'à sa lampe torche, qui gisait sur le sol. Puis elle ramassa son arme et éclaira son adversaire.

L'homme d'une trentaine d'années, vêtu comme un touriste, ne respirait plus. Du sang s'écoulait par deux trous de son crâne.

Grace tomba à genoux, une main à terre, l'air sifflant dans sa gorge, sa poitrine se soulevant par saccades. C'est là, dans la pénombre, qu'elle prit conscience d'une odeur étrange. Une odeur d'essence. Le temps qu'elle se redresse, c'était l'enfer : toute la grotte était en feu. La peau de son visage semblait collée à une plaque de cuisson. Un bras devant sa figure pour se protéger de la fournaise, elle aperçut quelqu'un se diriger vers le conduit étroit menant vers la sortie. Encore frêle, elle s'efforça de lui emboîter le pas, mais la silhouette atteignait déjà le passage qu'elle avait dégagé à son arrivée. Arme au poing, Grace pressa la détente, mais la chaleur, l'épuisement, les flammes aveuglantes lui firent rater sa cible.

Elle tira de nouveau, avant de s'éloigner des flammes. Elle distingua alors une forme féminine se glisser sous le gros rocher de l'entrée. Grace parcourut de toutes ses forces la distance qui la séparait du couloir souterrain. Elle s'y engouffra à son tour. Quand elle fut enfin à l'air libre, elle vit s'enfuir une femme en treillis, qui se retourna soudainement en la visant avec un pistolet. Mais Grace ouvrit le feu la première. La balle fonça droit vers le cœur de son assaillante, qui s'écroula, sa tête percutant l'énorme bloc de pierre.

Grace dérapa sur le sol pentu et trouva sa victime inerte, déjà morte.

Exténuée, elle s'adossa contre un roc. Le visage brûlant, elle ressentit un élancement dans sa pommette gauche. Du bout des doigts, elle palpa la zone douloureuse et grimaça. Sa gorge la faisait également souffrir et un goût de sang l'écœurait. Mais sa misère physique n'était rien en regard de l'accablement moral qui l'étreignait.

Un peu plus haut, face à elle, la bouche de la caverne dévoilait entre ses dents de pierre la fournaise de son gosier. Grace regardait le feu détruire les très probables traces d'ADN qui lui auraient permis de retrouver son bourreau et de faire tomber le réseau pédocriminel sévissant là depuis des siècles.

En quelques instants, elle avait effleuré la mort, et son enquête, sur le point d'aboutir, avait été réduite en cendres.

Désemparée, Grace retourna le cadavre reposant à ses pieds. Elle ne fut pas longue à reconnaître la touriste se promenant avec son compagnon dans Hamelin, qu'elle avait croisée par deux fois la veille. Ses craintes étaient donc légitimes. Elle était bien suivie depuis son départ de Glasgow. Nul doute que la petite famille de l'aéroport était également dans le coup.

Qui la faisait surveiller et cherchait à la faire assassiner ? Là était toute la question.

Grace appela les pompiers en numéro masqué pour les alerter de l'incendie dans la grotte, dont elle leur fournit les coordonnées géographiques, puis fouilla la jeune femme.

Elle trouva dans le poche intérieure de son blouson un téléphone portable, qu'elle glissa dans sa parka. Puis, non sans mal, elle tira le corps et le dissimula sous un épais tas de feuilles. Il n'était pas nécessaire que la police allemande lance tout de suite une enquête qui pourrait remonter jusqu'à elle.

Elle s'éloigna ensuite afin de s'épargner toute question des pompiers. Les jambes frêles, encore sous le choc, elle escalada difficilement les rochers et dut s'arrêter à plusieurs reprises pour reprendre son souffle. Mais au bout d'une dizaine de minutes, le battement vrombissant d'un hélicoptère l'avertit que les secours étaient sur le point de débarquer. Évitant le chemin de randonnée, elle se laissa glisser à flanc de colline entre les pierres et les arbustes, contrôlant plus ou moins bien son équilibre et s'écorchant les mains. Au loin, leurs grésillements étouffés par le brouillard, elle entendit des talkies-walkies de la police qui devait à son tour rejoindre le lieu du sinistre. Elle s'immobilisa un moment pour empêcher la chute d'un gros caillou et reprit sa descente vers le village de Coppenbrügge.

L'agitation qui y régnait n'avait plus rien à voir avec la torpeur de l'aube. Amoncelés sur les trottoirs, les gens discutaient en jetant des regards inquiets vers la colline, et des sirènes hurlaient de tous côtés.

Grace se fit le plus discrète possible pour ne pas attirer l'attention avec sa blessure et ses vêtements maculés de terre. Elle récupéra vite sa voiture et retourna à Hamelin où elle s'arrêta dans une pharmacie après avoir pris soin de bien remonter la capuche de sa parka pour cacher ses blessures au cou et au visage. Puis elle loua une chambre dans un hôtel bas de gamme à réception automatisée pour limiter les risques de se faire repérer.

Assise dans le seul fauteuil de la pièce, elle s'occupa de sa pommette qui ne cessait d'enfler, désinfecta les coupures sur ses mains, passa un onguent sur les traces d'étranglement qui bleuissaient son cou, avant de masser sa gorge qui lui faisait terriblement mal. Puis, éreintée, elle se laissa retomber contre le dossier de son siège.

Les yeux fermés, elle réfléchit à l'enchaînement des derniers événements, notamment à la façon dont elle avait été suivie. Quand la filature avait-elle commencé ? À quel moment était-elle allée suffisamment loin dans son enquête pour attirer l'attention de ces personnes dont elle ne savait rien ? L'alerte avait dû être déclenchée par l'infirmière lors de sa visite à l'ancien inspecteur Scott Dyce. La raison de l'ultime coup de téléphone passé par Kathy Hodges, peu avant sa mort, ne faisait désormais plus guère de doute.

Grace réfléchit plus avant. Il semblait évident à présent qu'il ne s'agissait pas d'un simple réseau pédocriminel, si ignoble soit-il, qui n'aurait pas eu les moyens d'engager une surveillance poussée sur plusieurs pays. Cette conclusion faisait écho à ce que l'analyste des télécommunications de son commissariat lui avait dit à propos de la manière dont les appels de l'infirmière avaient été cryptés : ce genre de brouillage était loin d'être courant, une telle technologie ne pouvait appartenir qu'à une organisation très riche, et surtout très équipée.

Qui se cachait derrière ce réseau ? Ces gens cherchaient-ils seulement à protéger leurs funestes activités ou, comme l'avait laissé entendre Scott Dyce, étaient-ils coupables de forfaits encore plus terribles ?

Combien de temps lui restait-il pour trouver des réponses avant que d'autres poursuivants soient lancés à ses trousses ?

Grace se redressa et alluma le portable qu'elle avait récupéré sur le corps de la jeune femme. Évidemment, son ouverture nécessitait un mot de passe, mais les inspecteurs de Glasgow étaient depuis peu équipés d'une application de « piratage » sur leur propre téléphone professionnel. Ils étaient si souvent amenés à vérifier le contenu de smartphones au cours de leurs enquêtes que les services informatiques de la police écossaise avaient développé un logiciel capable de les déverrouiller.

Elle connecta son appareil à celui de la tueuse et lança son programme. Quand le travail de décodage fut achevé, une clochette retentit et Grace put accéder aux données.

Malheureusement, aucun numéro n'était enregistré et l'historique des appels était vide. En revanche, huit photographies étaient mémorisées.

Grace les ouvrit et se reconnut sur les cinq premières. On la voyait sortir de chez elle à Glasgow, à l'aéroport passer le portillon pour prendre son vol en direction de Hanovre, quitter la demeure de Ludwig Freimann, entrer dans l'église de Hamelin, puis partir du domicile de la veuve du commissaire Schmidt.

Les trois autres clichés lui parurent au contraire tout à fait étrangers. Il s'agissait d'une cabane, ou plutôt une chaumière isolée dans la pénombre d'une épaisse forêt. Les branchages flous au premier plan prouvaient que les photos avaient été faites d'une cachette. Où se trouvait cet endroit ? Pourquoi ces clichés étaient-ils enregistrés à côté de ceux de Grace ?

La seule façon de le savoir était de retrouver cette maisonnette, qui constituait désormais son unique résidu de piste.

Sans attendre, Grace accéda au menu du téléphone, activa le service de localisation et, *via* l'application de piratage de son propre appareil, trouva les coordonnées GPS du lieu où les photos avaient été prises. Elle entra la succession de chiffres dans une application de cartographie en ligne.

Son téléphone moulina bien moins longtemps qu'elle ne l'avait anticipé. Et pour cause, la zone identifiée était proche et se situait dans le sud-ouest de l'Allemagne, en plein cœur de la Forêt-Noire. Grace se rappela ce qu'elle savait de cette région baptisée si sombrement. Selon le folklore ancestral, c'était dans ces bois tordus et profonds, hantés pour certains, que s'étaient déroulés les plus sinistres faits divers des époques anciennes. Drames sordides et effrayants que l'on avait sournoisement renommés contes de fées.

– 26 –

En contrebas de la route en lacets qu'elle suivait depuis plusieurs heures, Grace aperçut l'écume d'un torrent. Ses méandres bouillonnants conduisaient le regard jusqu'aux toits couverts de neige des habitations nichées au creux de la vallée. Il n'était que quatorze heures, mais le ciel était si gris que, dans le village de Hornberg, les lumières brillaient déjà derrière les fenêtres des maisons à colombages, comme autant de pièces d'or.

Grace se gara sur un parking situé au pied d'un relief menant à l'ancien château fort qui dominait les lieux. Selon son GPS, elle avait quatre heures de marche à travers la forêt enneigée pour rejoindre l'endroit où avaient été prises les photos de la chaumière. La raison aurait voulu qu'elle reporte son expédition au lendemain matin, mais elle n'avait pas ce luxe : demain soir, l'ultimatum des trois jours arriverait à son terme et Elliot Baxter lui ordonnerait de regagner Glasgow. Si risquée soit sa décision, Grace n'hésita donc pas.

Elle s'acheta quelques provisions, un petit réchaud à gaz, y ajouta de solides chaussures de marche, une couverture de survie, un bonnet, des gants, et remplit son Thermos de thé brûlant. Puis elle traversa un pont de pierre qui enjambait le torrent aux rives glacées et fendit la poudreuse du chemin de randonnée qui serpentait dans la forêt.

Les cinq premiers kilomètres furent presque enchanteurs. Elle n'entendait que le crissement de ses pas, se mêlant de temps à autre à la mélodie d'un rouge-gorge qui l'observait sur une branche cristalline avant de s'envoler dans un saupoudrage neigeux. Parfois se laissait deviner le murmure lointain du cours d'eau creusant son lit bien plus bas, tandis que la forêt s'ouvrait pour dévoiler les flancs de la montagne opposée garnis de sapins blancs. Mais au fur et à mesure que la lumière diminuait, des croassements de corbeaux imposants remplacèrent les gazouillis des rares petits oiseaux, et le sentier se fit plus étroit et sinueux. Dans une pénombre à laquelle ses yeux s'habituaient difficilement, Grace franchit une rivière sur un pont de bois mal ajusté, d'où pendaient des stalactites qui se décrochèrent à son passage pour éclater sur les rochers qui émergeaient des eaux. Laissant derrière elle cette passerelle branlante et grinçante, Grace dut alors quitter la voie balisée pour couper à travers la forêt. Elle s'enfonçait parfois jusqu'aux chevilles dans la poudreuse, et en l'espace d'une demi-heure, il lui sembla errer au cœur d'une terre désertée, hors du temps. Seul le profil furtif d'une biche aperçu dans le brouillard naissant lui prouva que la vie existait encore.

Peinant, le sang palpitant de nouveau dans sa pommette, Grace suivait les indications du GPS avec l'impression qu'elle n'avançait pas. La neige et la brume unifiaient le paysage dans un décor éthéré sans aucun point de repère. En plus de lutter contre la fatigue physique, elle eut alors à se battre contre l'absurde question qui tournait dans sa tête : que faisait-elle ici ? Elle s'arrêta pour reprendre sa respiration. Entre les branches griffues qui s'étendaient au-dessus d'elle, elle vit le ciel bas et gris qui virait au noir. Il lui restait très peu de temps avant la tombée de la nuit. Éperonnée par cette perspective inquiétante, elle accéléra le pas jusqu'à déboucher sur une improbable clairière endormie par le brouillard où elle fut saisie de peur : au centre de la trouée se dressait un aigle géant aux ailes immenses à moitié dépliées, sa haute tête penchée dans sa direction, ses deux yeux perçants larges comme des hublots surplombant la courbe aiguisée de son bec. Le temps qu'elle prenne conscience du piège tendu par son imagination, Grace s'était vraiment crue en présence d'une créature fantastique issue des profondeurs des âges.

Cela dit, l'arbre nimbé de brume qui trônait au centre de la clairière n'en était pas moins intimidant. De son tronc massif, de volumineuses racines s'engloutissaient sous le sol neigeux avec une telle puissance qu'elles semblaient elles-mêmes soutenir la terre. Mais c'était surtout sa tête qui imposait le respect. Ses branches, à peine moins grosses que le tronc, décrivaient des courbes noueuses qui avaient dû voir défiler l'histoire de l'humanité sur des siècles. S'il existait un dieu des arbres, Grace était certaine d'être en sa présence. Émue par la taille et la prestance de ce géant au cœur de la forêt silencieuse, elle n'osa s'en approcher. Elle le contourna en faisant taire ses réflexes de grande lectrice lui chuchotant que l'arbre l'observait et la mettait en garde contre les bois qu'elle s'apprêtait à pénétrer. Sans un regard par-dessus son épaule, elle s'enfonça dans une futaie de sapins qui paraissaient plus hauts et plus larges que la normale.

La pente se durcit nettement, sollicitant son cœur, la faisant cracher des volutes de fumée blanche. La végétation se fit si dense que Grace percutait sans cesse des branches, libérant des monceaux de neige qui glissaient dans son cou et glaçaient sa peau brûlante d'effort. Les jambes chancelantes de fatigue, les poumons enflammés, sa volonté la conduisait enfin au sommet de la colline, et elle déboucha sur un promontoire à ciel ouvert qui offrait un vaste panorama. Le crépuscule avait jeté son voile sombre, mais on distinguait encore les vallons couverts par la forêt enneigée s'étendant dans toutes les directions, à perte de vue. Et là, au loin, jaillissant du brouillard telle une manifestation fantomatique, elle entrevit un donjon crénelé cerné par une série de toits pointus nappés d'une mousse immaculée. Surgi du passé, un château aux murs abrupts et aux tours élancées émergeait de la brume sur un pic rocheux.

Grace mit du temps à décoller son regard de cette apparition tout droit sortie d'un conte de fées. Pour être certaine de ne pas être victime d'une hallucination due au froid ou à l'épuisement, elle agrandit la carte de son téléphone et constata qu'un édifice ancien se trouvait bien à plusieurs dizaines de kilomètres de là. Le château de Lichtenstein.

S'extrayant difficilement de cette image fantasmagorique, elle avala une gorgée de thé chaud et allait reprendre sa route, quand elle aperçut un modeste sentier semblant partir de la pierre plate sur laquelle elle était montée et qui suivait la direction qu'elle devait emprunter pour rejoindre la chaumière.

Elle s'y engagea et fut contrainte d'allumer sa lampe torche, dont le halo créa autour d'elle une fausse impression de sécurité, rendant invisible, et donc suspect, tout ce qui était au-delà du cercle de lumière. Des craquements se firent entendre, un oiseau de nuit s'envola juste au-dessus de sa tête dans un claquement d'ailes qui la fit sursauter. Elle arrêta sa marche et perçut comme des souffles qui émanaient des ombres environnantes. Refusant de céder à la peur préhistorique de l'obscurité, elle se concentra sur son objectif. Au bord de l'épuisement, elle sentit alors son téléphone vibrer dans sa poche pour lui indiquer qu'elle était enfin à moins de vingt mètres de sa destination.

Méfiante, elle éteignit sa lampe de poche et avança prudemment en observant entre les arbres. D'abord, elle ne vit rien, mais elle respira une odeur de feu de bois, et, continuant à progresser avec précaution, elle finit par distinguer une pâle lueur filtrer devant elle, à travers les branchages. Le temps que ses pupilles se dilatent, se dessinèrent les contours d'une chaumière dont l'une des minuscules fenêtres diffusait une lumière tremblante.

Grace s'empara délicatement de son arme glissée dans son holster. Le frottement de son manteau glissa dans le silence, précédant le crissement affaibli de ses semelles se déroulant avec retenue. Elle se rapprochait de la cabane, s'assurant de rester à l'abri des arbres.

À présent, elle pouvait voir que les murs de la maisonnette étaient construits en pierres grises mal ajustées. Certaines dépassaient plus que d'autres, donnant l'impression que les parois étaient légèrement de travers.

Le toit de paille recouvert de neige paraissait lui aussi vaguement tordu, tel un chapeau mou un peu trop grand. Une porte en bois brut sculptait un arc de cercle imitant la forme des fenêtres décorées de petits rideaux en dentelle.

Qui pouvait bien vivre ici, au fin fond de cette forêt ?

Grace écarta discrètement les branchages pour poursuivre son approche féline. Sans lumière, elle n'avait pour point de repère que la lueur émanant de la demeure. Elle fit un détour pour ne pas s'avancer frontalement, et s'adossa bientôt à la chaumière, une main devant la bouche pour masquer la buée qui s'en échappait.

Elle progressa centimètre par centimètre, jusqu'à arriver à la lisière de la lucarne éclairée. Agrippée aux aspérités du mur pour ne pas glisser, elle retint son souffle et s'inclina. Dans un scintillement tamisé, elle découvrit une pièce dans laquelle se trouvaient une lourde commode et ce qui ressemblait à l'extrémité du cadre d'un lit. La chandelle dont on devinait la danse de la flamme devait être posée un peu plus loin, peut-être sur une table de nuit.

Grace s'accroupit et passa sous la fenêtre afin d'avoir un autre angle de vue. Elle attendit que son rythme cardiaque se calme, prit une grande goulée d'air glacé et bloqua sa respiration. Serrant son arme dans sa main, elle se pencha de nouveau. Elle vit d'abord une couverture en damier qui recouvrait des jambes. Puis son regard remonta lentement jusqu'au torse et enfin à la tête d'une personne allongée. Grace ne pouvait distinguer son visage, mais sans doute était-ce celui d'une vieille dame, si l'on se fiait au bonnet de nuit suranné et à la chemise blanche à dentelle.

La seconde d'après, le sang de la jeune femme se glaça. L'individu, qui avait dû entendre ou deviner une présence, se tourna dans un mouvement vif en direction de la fenêtre. Mais, au lieu des traits innocents d'une grand-mère auxquels Grace s'attendait, la chandelle venait de dévoiler la gueule d'un loup dont les yeux jaunes, terrifiants, la fixaient.

– 27 –

Paralysée par cette vision cauchemardesque, Grace recula maladroitement et entendit un remue-ménage brutal dans la maison. Reprenant le contrôle d'elle-même, elle courut se remettre à l'abri des arbres et fit volte-face une fois à couvert, son arme braquée en direction de la chaumière. La porte demeura close pendant un temps interminable que Grace évalua au nombre de palpitations qui cognaient dans sa poitrine. Et soudain, une forme déboula dehors. La jeune femme ne discerna que les contours vagues d'une silhouette humanoïde.

Une légère brise s'était levée, faisant bruisser les branches, mais son oreille fine perçut le crissement de la neige sous des pas lourds et lents. En se fiant uniquement à son ouïe, elle tenta de suivre la progression de la créature. Cette dernière se dirigea d'abord vers la fenêtre près de laquelle Grace était cachée un peu plus tôt, puis remonta la piste qui s'en éloignait. Avec une minutie tétanisée, Grace contourna l'arbre derrière lequel elle se trouvait, pour essayer de garder la chose dans son viseur. Les pas se rapprochaient par saccades.

Puis… plus rien. Seulement le faible souffle du vent et le chuintement des volutes de neige glissant sur le sol.

Cette fois, Grace ne put contenir sa peur de l'obscurité. Elle était de nouveau une proie, terrifiée, comme lorsqu'elle avait été attaquée par un ours polaire au Groenland. La différence était qu'à cet instant elle ne voyait pas son adversaire.

Et, brusquement, un bruit de chute dans son dos, un coup entre les omoplates si violent qu'elle bascula à plat ventre. La seconde d'après, un canon se plaquait contre son crâne.

— Je ne suis pas venue en ennemie ! cria-t-elle. J'ai vu votre maison sur des photos prises par une femme qui a tenté de me tuer… Je ne sais même pas ce que… qui vous êtes… ni ce que je suis censée trouver ici…

La tête contre la neige, une lumière braquée sur elle, elle sentit qu'une main lui prenait son pistolet.

— Qui êtes-vous ? demanda une voix masculine.

— Je m'appelle Grace Campbell…

— Levez-vous.

Le canon de l'arme se retira et Grace put se redresser.

— Retournez-vous.

Elle s'exécuta, un bras levé à hauteur des yeux pour ne pas être éblouie.

— Qui êtes-vous *exactement* ? insista la voix.

Grace hésita. Elle ne savait absolument pas à qui elle avait affaire. Mais elle se dit que, s'il avait dû la tuer, il aurait mille fois eu le temps de le faire. Elle paria sur l'honnêteté.

— Je suis inspectrice de police, je viens d'Écosse, j'enquête sur un réseau pédocriminel… J'ai mon badge, là, dans ma poche. Je vais vous le montrer.

Tout doucement, elle fouilla dans sa parka et en sortit sa carte officielle.

Quelques secondes plus tard, le faisceau qui l'éblouissait s'abaissa, et elle put distinguer la silhouette d'un homme qui la tenait en joue avec un fusil. Ses traits demeuraient néanmoins plongés dans la pénombre.

Grace alluma sa lampe torche, qu'elle orienta face à elle.

— Baissez ça immédiatement ! ordonna-t-il.

Mais Grace avait aperçu fugacement son visage. Elle n'en croyait pas ses yeux.

Évidemment, il avait bien vieilli, mais c'était lui, aucun doute là-dessus. Cette douceur dans son regard... Ce regard à jamais gravé dans sa mémoire.

— Lukas ?

Il ne répondit pas tout de suite.

— Comment connaissez-vous mon nom ?

Il était donc vivant. Une joie explosa dans le cœur de Grace avec l'émerveillement d'un enfant perdu qui retrouve ses parents. Bouleversée, elle ne parvint à parler qu'en balbutiant.

— Lukas, c'est moi, Hendrike... la petite fille que tu as sauvée il y a plus de vingt ans, en Écosse...

Le visage de l'homme s'ouvrit comme s'il était témoin d'une apparition divine. Il observa Grace avec un étonnement mêlé d'incrédulité.

— Tu... Tu as survécu..., souffla-t-il.

— Grâce à toi.

Le vent redoubla, secouant les branches, léchant la neige pour la transformer en volutes glaciales.

— Comment m'as-tu retrouvé ?

— C’est un peu long à expliquer, et j’ai moi-même beaucoup de questions à te poser, répondit Grace, émue.

Et encore plus à présent, pensa-t-elle lorsque l’étrange tenue dans laquelle elle l’avait surpris lui revint à l’esprit. Elle s’efforça donc de rester sur ses gardes malgré l’enthousiasme des retrouvailles. Rien ne lui assurait que l’individu qui lui faisait face avait la même bonté que le petit garçon qu’elle avait connu vingt ans plus tôt.

— Veux-tu entrer ? demanda-t-il d’une voix un peu timide.

— Volontiers.

Il pivota et prit la direction de sa demeure.

Sur le chemin, Grace put voir que tous les arbres autour de la maison étaient reliés entre eux par une série de passerelles en bois. Lukas avait probablement dû les emprunter pour la surprendre. Arrivé devant la chaumière, il se retourna et rendit son arme à Grace. Puis il tira sur un morceau de bois cylindrique enfoncé dans la porte, on entendit quelque chose basculer derrière et il poussa le battant.

Surprise, Grace se remémora soudain la célèbre formule du conte du *Petit Chaperon rouge* : « Tire la chevillette, la bobinette cherra. » C’est précisément ce qu’elle venait de voir. Que se passait-il ici, exactement ?

Un début de réponse lui vint à l’esprit en découvrant l’intérieur de la maison. Du bois de toute part, mais du bois courbe, noueux et irrégulier, qui donnait l’impression que les murs, la table et les deux chaises avaient poussé directement là, sous cette forme, plus qu’ils n’avaient été sculptés. Seule exception, la cheminée en pierre, dans laquelle crépitait un feu chaleureux, qui projetait une lueur orangée dans la douillette pièce basse de plafond. À côté de l'âtre reposait une vieille marmite en fonte.

Lukas laissa son fusil dans l'entrée et invita Grace à rejoindre un fauteuil recouvert d'un plaid. Elle s'y installa, remarquant une porte qui devait conduire à la chambre dans laquelle elle avait surpris cet homme déguisé en loup.

— Alors, tu vis seul ici ? demanda-t-elle pour s'assurer que c'était bien lui qu'elle avait vu dans le lit.

— Oui, répondit-il avant de s'asseoir face à elle et de la dévisager longuement en silence.

Grace le laissa faire, bien consciente du choc que devait produire son apparition.

— Je te reconnais maintenant, murmura-t-il. Tu es la même, sauf que tu n'as plus la peur dans ton regard.

— Cela fait des années que je te cherche, Lukas… pour te remercier.

Il ne dit rien, la tête baissée, les épaules voûtées. Elle se rendit compte combien ses cheveux étaient gris et ses yeux creusés. À quel point son visage anguleux témoignait d'une souffrance interminable qui lui donnait trente ans de plus que son âge.

— J'ai eu tellement peur de t'avoir envoyée à la mort, en te faisant monter dans cette voiture…

Lukas fixait le sol en refaisant le geste de celui qui tient le capot d'un coffre, scrute à l'intérieur et le referme avec délicatesse.

Grace eut un vertige en le voyant réinterpréter la scène vingt ans plus tard.

— Après que tu m'as sauvé la vie, j'ai décidé d'être inspectrice pour éviter que des enfants soient de nouveau victimes de cette horreur… et peut-être un jour retrouver les coupables qui nous ont fait subir… ça. À toi, moi et certainement bien d'autres.

Il hocha la tête.

— C'est toi qui as déposé un message devant ma porte ? demanda Grace, quasi certaine d'avoir enfin trouvé le mystérieux expéditeur.

Lukas afficha un air surpris.

— Non, ce n'est pas moi. Je ne savais même pas que tu étais encore en vie.

— Tu n'as pas une idée de qui aurait pu me faire parvenir une lettre disant que je n'étais pas seule à chercher la vérité ?

— Non… Maintenant, il faut que tu partes, annonça-t-il abruptement.

— Quoi ? Attends, j'ai besoin de te parler…

Il fronça les sourcils, une expression douloureuse sur le visage.

— Si je suis venu ici, c'est justement pour ne plus jamais entendre parler de tout cela, déclara-t-il en se levant. Je vais t'accompagner jusqu'à une route, je connais un chemin rapide. Après, tu oublieras tout ce que tu as vu ici, pour toujours.

Il était de plus en plus nerveux. Quelque chose d'imprévisible émanait de lui. Mais Grace ne pouvait pas s'en aller comme ça. Elle avait tant de questions à lui poser sur Klaus Brauner, sur le joueur de flûte et ses complices, et à propos de l'impensable vérité que Scott Dyce avait évoquée avant de mourir.

— D'accord, Lukas, ne me parle pas du passé. Mais dis-moi comment je peux t'aider…

— En disparaissant.

Grace comprit qu'il n'y avait plus que la provocation pour tenter de sauver la situation.

— Tu es surveillé, Lukas ! Par des gens qui tuent ceux qui les gênent ! Tôt ou tard, ils te tomberont dessus.

— Tu ne m'apprends rien. Je sais qu'ils m'observent. Mais tant que je reste ici et que je me tais, ils ne me feront rien. Ils n'ont pas envie de s'encombrer inutilement d'un cadavre de plus.

— Qui ça, *ils* ?

— Va-t'en, Hendrike. Va-t'en avant de tout gâcher !

Il la poussa autoritairement, mais sans méchanceté, vers la porte.

Elle se dégagea d'un mouvement de bras, consciente qu'elle n'était pas allée suffisamment loin.

— Tu as besoin d'aide ! Tu es malade ! assena-t-elle alors.

— Je vais très bien !

— Lukas, tu vis dans cette chaumière tout droit sortie d'un conte de fées, tu te grimes pour rejouer une scène du *Petit Chaperon rouge*. Je sais que tu es encore sensé, je vois bien que tu luttes de toutes tes forces contre la folie. Mais comment un tel décor peut-il t'aider ? Ces légendes sont pour la plupart atroces ! Tu aimes donc te faire du mal, comme on t'en a fait pendant toute ton enfance ? C'est bien cela ? Tu reproduis le schéma qui t'a détruit ! Tu leur donnes raison ! Tu te complais à rester leur esclave ! Et tu trouves que tu vas *très bien* ?

Lukas crucifia Grace du regard, la nuque raide, le buste tremblant.

— Ne dis pas ça ! Ce n'est pas vrai ! s'emporta-t-il.

— Tu es lâche et tu fais honneur aux ordures qui ont brisé nos vies, en t'enfermant dans cette atmosphère sordide !

— Tu ne sais pas de quoi tu parles !

— Tu es fou !

Grace prit peur au moment où Lukas lui saisit le bras, mais elle sentit qu'il ne cherchait pas à lui faire mal. Elle se laissa entraîner vers la porte qui devait conduire à la chambre. À l'intérieur, elle vit aussitôt le masque de loup posé sur le lit à côté de la chemise et du bonnet de nuit. Cette fois, sa vision n'était donc pas le fruit de son imagination. Lukas la lâcha et s'empara du costume.

— Le Petit Chaperon rouge, commença-t-il d'une voix fiévreuse. Violée par le méchant loup qui l'invite à se coucher nue à côté de lui avant de la dévorer. Un chasseur, sur la piste du loup, tue l'animal et sauve ainsi la petite fille et sa grand-mère.

Il rejeta les accessoires sur le lit et ouvrit brutalement une armoire. Il en tira une peau de bête grise qui se terminait par une tête d'âne, qu'il brandit sous les yeux effarés de Grace.

— Peau d'âne, pour échapper à son père incestueux qui veut se marier avec elle, s'enfuit, trouve l'amour auprès d'un prince et son père lui demande pardon.

La tunique grotesque rejoignit masque, chemise et bonnet sur sa couche. Il se saisit alors d'une bourse, dont il vida le contenu par terre. Une multitude de petits cailloux blancs se déversèrent dans une pluie minérale. Par-dessus, Lukas jeta une haute paire de bottes en cuir.

— Le Petit Poucet, victime d'un ogre qui aime la chair fraîche des jeunes enfants, échappe à son bourreau et réussit à retrouver le chemin de sa maison grâce à ses cailloux et à ses bottes de sept lieues. Il vit ensuite heureux auprès de ses frères et de ses parents !

Lukas prononça ces derniers mots la voix cassée par l'émotion. Puis, se reprenant, il fixa de nouveau Grace, qui n'osait dire mot.

— Oui, les contes sont terrifiants parce qu'ils dépeignent les sévices et les horreurs que les adultes font subir aux enfants sans défense ! Trop faibles pour se battre, trop innocents pour même vouloir meurtrir leur bourreau ! Mais dans les contes, les situations ont beau paraître parfois désespérées, le miracle qui sauve les petites victimes est possible. Dans les contes, le Bien peut triompher du Mal absolu, la lumière chasser les ténèbres à jamais. Et ce qu'il y a de plus beau encore, malgré les blessures, la vie normale reprend son cours ! Tu comprends ça ? Tu comprends pourquoi je vis dans ce monde déconnecté du vôtre ? Parce que les contes m'offrent un espoir.

Grace hocha la tête. Oui, bien sûr qu'elle comprenait.

— C'est au prix de cet énorme mensonge que je me raconte à moi-même que je survis, Hendrike ! s'emporta-t-il, les veines du cou palpitantes. En rejouant chaque jour l'épouvante qui fut la mienne et cette résolution magique que je n'ai pas connue, je parviens à entretenir la petite flamme fragile du sens de mon existence. C'est à ce prix du travestissement absurde de mon monde, de cette folie apparente, que je ne meurs pas de désespoir. Alors, ne me dis pas que je perpétue la torture de… de…

Il s'arrêta, les mots bloqués dans sa gorge.

— Chaque seconde, reprit-il, les poings serrés, je me bats contre le souvenir de ce qu'ils m'ont fait. Et tout ça…, ajouta-t-il en désignant sa chaumière et les costumes. Tout ça, c'est la canne de cette résilience que j'attends de tout mon être.

Il tomba à genoux, la tête enfouie dans ses bras sur la couverture..

Grace voyait son dos se soulever à la cadence ardente de sa respiration.

Elle s'assit au bord du lit et, délicatement, posa une main sur son épaule.

— Je ne pensais pas ce que j'ai dit, Lukas. J'ai conscience que l'image que l'on donne aux autres est bien loin de qui on est vraiment à l'intérieur. Comme toi, je me suis éloignée du monde. Oui, j'ai un métier, mais je n'ai ni amis, ni parents. Je vis seule avec mes livres, lui confia-t-elle en triturant nerveusement l'anneau qu'elle avait au pouce. Tu as choisi une autre façon de composer avec… ton passé. Ce qui compte, c'est que cela t'aide…

Ils demeurèrent tous les deux ainsi unis, en silence, à l'abri de cette chaumière perdue dans un autre univers, un autre temps.

— Tu as été plus forte que moi, Hendrike… tu as eu le courage d'affronter la réalité.

— Je crois un peu en la destinée, et si je peux accomplir cette mission de justice, c'est parce qu'un jour un petit garçon a ouvert la porte de ma cellule et m'a cachée dans le coffre d'une voiture… au péril de sa vie. Sans toi, je ne serais rien. La bravoure dont tu as fait preuve à l'époque est encore en toi. C'est simplement que tu n'as eu personne à tes côtés pour te le rappeler.

Lukas se redressa, les yeux rougis, mais le regard bon et doux, brillant d'une lueur de profonde reconnaissance.

— Je regrette d'entendre que tu n'as pas rencontré quelqu'un avec qui faire ta vie…

Le cœur de Grace se serra à l'évocation involontaire de Naïs.

— Ce n'est pas avec cette tête que je vais augmenter mes chances, de toute façon, ironisa-t-elle en pointant l'hématome gonflé et bleui qui déformait sa pommette. Mais, plaisanterie à part, je crois que la vie à deux ne sera pas pour moi tant que je n'aurai pas trouvé la paix. Une paix que j'atteindrai peut-être en menant à bien cette enquête.

Dans la pièce d'à côté, le feu continuait à crépiter dans la torpeur de la nuit. Lukas ne dit rien pendant un long moment. Puis il posa sa main sur celle de Grace.

— Si pour toi le salut est dans la vérité, alors je vais essayer de t'aider. Ne m'en veux pas si, parfois, j'ai du mal à parler… mais j'imagine que tu n'es pas au courant de tous leurs agissements… Dis-moi d'abord ce que tu sais.

Assise au bord du lit, elle lui raconta tout ce qu'elle avait découvert au cours de ses recherches.

Lukas écouta attentivement, puis il tourna la tête vers elle, le visage si triste que Grace eut presque peur de ce qu'il allait lui dire.

— Alors, non, tu ne sais pas, Hendrike. Tu ne sais pas jusqu'où ils ont osé aller.

– 28 –

Lukas s'était assis au bord de son fauteuil, les mains jointes en prière sous son menton, fixant les flammes du feu de bois. Il venait de confier à Grace qu'avant de se réfugier ici, dans cet univers parallèle, lui aussi avait cherché à comprendre ce qui lui était arrivé et à faire condamner les coupables. Pendant plus de dix ans. Mais il avait fini par renoncer, trop faible psychiquement pour affronter ce qu'il avait découvert.

— Mon père nous a violés, moi, mon petit frère et ma grande sœur, durant dix-huit ans, commença-t-il. Ils sont morts tous les deux. Mon frère a succombé à treize ans à une pneumonie non soignée après avoir été enfermé dans la cave pendant deux semaines parce qu'il s'était débattu lors du dernier rapport sexuel imposé. Ma sœur s'est suicidée le jour où les services sociaux ont refusé de l'aider à porter plainte.

Grace inclina la tête, comme si elle recueillait la souffrance de Lukas dans ses yeux.

— Mon père faisait partie de deux réseaux. Le premier est effectivement celui de l'ancestral joueur de flûte de Hamelin, considéré comme le plus prestigieux, si je peux m'exprimer ainsi, parmi les pédocriminels. Il est réservé, en quelque sorte, à l'élite qui se sent investie d'un héritage sacré et voue un culte à cet homme du Moyen Âge parvenu à voler cent trente enfants au nez et à la barbe des parents et à en avoir abusé à sa guise pendant des années.

Lukas se tourna vers Grace.

— C'est un membre de ce réseau qui t'a kidnappée… et c'est à lui que nous avons rendu visite il y a vingt ans en Écosse. Mon père était universitaire et devait intervenir dans une conférence organisée à Glasgow. Il a prétexté ce voyage professionnel pour nous emmener avec lui, car il avait l'habitude de nous prêter à ses amis en échange d'autres enfants pour quelques jours ou quelques heures. Cette fois-ci, tes ravisseurs…

— Tu as vu leur visage ?

— Oh oui, ils ne se cachaient pas, certains de nous tenir sous leur joug. Il y avait un homme et son épouse.

Grace n'avait jamais imaginé qu'une femme ait pu faire partie de ses bourreaux.

— Était-elle au courant de ce qui se pratiquait sous son toit ?

— Sans aucun doute, puisqu'elle nous a même dit que nous étions des enfants chanceux de participer à cette expérience épanouissante.

L'enquêtrice ferma les yeux un instant pour reprendre ses esprits.

— Tu as leurs noms ?

— Malheureusement, non. Ils ont fait attention à ne même pas s'appeler par leurs prénoms devant nous.

— Comment as-tu su que j'étais là, enfermée au sous-sol ?

— Parce que le mari a proposé à mon père de lui faire goûter une nouvelle recrue que sa femme lui avait suggérée récemment et qu'il conservait au frais dans la cave.

— Mon père a décliné l'offre parce qu'il se sentait un peu fatigué après le voyage, mais il n'a quand même pas pu résister à l'invitation de son hôte qui voulait lui montrer sa récente capture. Et comme ces deux pervers puisaient un plaisir sadique à nous voir contempler des petites victimes comme nous, on a su où tu étais enfermée.

Lukas regarda un instant dans le vague, perdu dans ses souvenirs.

— Je me souviens qu'il y avait une chaise roulante à côté de l'endroit où il t'avait emprisonnée. Le mari a dit que c'était pour te transporter jusqu'à sa chambre quand tu étais sous calmant.

Voilà donc d'où me venait ce cauchemardesque souvenir, pensa Grace. *Ce n'était pas mon bourreau mais moi qui me déplaçais en fauteuil.*

— Ensuite, reprit Lukas, le mari a ouvert la porte devant nous afin que mon père puisse t'examiner de plus près. Nous, on est restés à l'écart, mais je me souviens t'avoir entraperçue, recroquevillée dans un coin, dans le noir, la tête tournée vers le mur. Mais j'ai surtout prêté attention à la clé de ta cellule que cet homme rangeait dans la poche gauche de son pantalon. Plus tard, pendant que mon père et ses hôtes discutaient dans le salon et qu'on attendait dans le couloir, j'ai dit à mon frère et à ma sœur qu'il fallait qu'on t'aide à t'enfuir. Ils ont tout de suite accepté et on a mis en place un plan. Le lendemain, nous devions partir pour

Glasgow. L'ami de mon père comptait bien abuser de nous jusqu'à la dernière minute. En passant tour à tour dans sa chambre, on a réussi à s'organiser pour lui voler la clé. Un peu plus tard, au moment des adieux, nous nous trouvions tous devant la maison. Prétextant avoir oublié quelque chose à l'étage, j'ai filé au sous-sol te délivrer à l'aide du précieux sésame caché à l'intérieur de mon sac à dos. Pendant ce temps-là, mon frère et ma sœur avaient pour mission de faire durer la conversation avec mon père et ses amis. Je t'ai fait sortir discrètement par la porte de derrière. Je craignais tellement que les adultes nous surprennent, mais ces trois ordures étaient bien trop occupées à écouter leurs petites proies s'enthousiasmer pour ce merveilleux séjour. Bref, je t'ai conduite vers la voiture louée par mon père. Je t'ai fait monter dans le coffre que j'ai laissé entrouvert. Je me suis précipité dans la maison. J'ai vu la veste de ton bourreau posée sur une chaise. J'ai glissé la clé dans l'une des poches. Peut-être penserait-il qu'il avait fait erreur en la rangeant. Peu importait pour moi à cet instant quelle serait la réaction de cet homme quand il se rendrait compte de ta disparition. J'avais une seule idée en tête : ne pas me faire prendre. J'ai couru rejoindre tout le monde en essayant d'avoir l'air le plus naturel possible. Nous avons enfin pris congé de cet horrible couple et nous sommes montés dans la voiture pour nous rendre à Glasgow. Mon père s'est arrêté à la première station-service pour faire le plein d'essence. Quand il est parti payer à la caisse, je me suis dépêché de te faire sortir du coffre. Et nos routes se sont séparées à ce moment-là, Hendrike.

Grace eut un haut-le-cœur en se représentant les événements et le courage inouï de ces enfants.

— Alors, je vous dois la vie à tous les trois..., souffla-t-elle.

— Tu n'as vu que moi, parce que j'étais le dernier... mais oui, Marco et Helga ont aussi voulu te sauver. Pendant quelques années, cela nous a aidés d'imaginer que, grâce à notre petit miracle, tu avais retrouvé tes parents et repris une vie normale, comme dans les contes de fées...

Grace inspira longuement pour desserrer l'étau qui étreignit son cœur.

— Et vous, vous n'avez jamais essayé de vous enfuir ?

Lukas passa une main sur ses cheveux gris.

— Je sais que cela peut paraître bizarre, mais c'était... notre père. On n'avait rien connu d'autre. Et même si on savait que tout cela n'était pas normal, lui nous assurait qu'il nous aimait, qu'il se battait pour qu'on ait une belle vie confortable et un épanouissement que les autres enfants n'avaient pas. Et puis parfois, il s'excusait et nous disait que, sans nous, il ne survivrait pas... On était sous son emprise, Hendrike. Un mélange de peur et de loyauté masochiste. Jusqu'à ce que ma sœur demande l'aide des services sociaux qui ont refusé d'intervenir...

— Quoi ? Mais pour quel motif ?

— Parce que notre père faisait partie d'un autre réseau en plus de celui de Hamelin : le réseau Kentler.

— Avant de mourir, l'inspecteur qui a enquêté il y a vingt ans sur ma disparition a fait allusion à des actes que personne dans l'histoire de notre civilisation n'avait jamais osé pratiquer…

— Il avait bien raison. C'est une véritable abomination.

— Tu peux y aller, je suis prête, dit Grace.

— Helmut Kentler était sexologue, psychologue et enseignant en pédagogie sociale dans ce qui fut l'Institut universitaire technique de Hanovre. Il est mort en 2008, mais il a fait partie des personnalités les plus influentes d'Allemagne pendant trente ans, en gros, des années 1970 aux années 2000. Et son cheval de bataille a toujours été le même : la liberté sexuelle absolue et notamment la promotion des rapports sexuels entre adultes et enfants.

— Tu veux dire qu'il défendait ouvertement la pédophilie ?

— On était en plein contexte post-soixante-huitard, et ce genre de discours s'intégrait dans la pensée « antifasciste » proclamant fièrement qu'il était interdit d'interdire. Tu as entendu parler de cette formule, non ?

Grace hocha la tête, attentive.

— Kentler, lui-même pédocriminel, a ainsi publié des articles et en particulier un livre pour aider les parents à offrir à leurs enfants l'éducation la plus épanouissante possible.

Le jeune homme parlait d'une voix monocorde, comme s'il était devenu insensible au récit qu'il déroulait.

— Je me souviens encore par cœur de quelques passages, que j'ai lus il y a longtemps maintenant, à l'époque où j'essayais comme toi de retrouver les coupables. « Les parents doivent avoir conscience qu'une bonne relation de confiance avec leurs enfants ne peut être maintenue si les enfants se voient refuser la satisfaction de leurs besoins les plus urgents tels que les besoins sexuels. En cas de contact sexuel entre les enfants et leurs parents, la pire des choses serait pour les parents de paniquer et de se présenter auprès des services de police. Si l'adulte a été attentionné et tendre, l'enfant pourrait même ressentir un plaisir sexuel de ce contact avec lui. » Et il terminait en plaidant pour la dépénalisation de la pédophilie par ces mots : « Si de telles relations n'étaient pas discriminées par l'environnement légal, alors plus les aînés se sentiraient responsables des plus jeunes, plus les conséquences à attendre pour le développement de leur personnalité seraient positives. » L'ouvrage sorti en 1975 était évidemment illustré par de multiples photos d'enfants et de parents nus. Et plusieurs journaux en ont fait la promotion.

Il se leva pour ajouter une bûche dans la cheminée et se rassit en laissant échapper un bref soupir.

— La pédophilie comme moyen d'aider les jeunes enfants à s'épanouir. C'était son credo, ou en tout cas le montage intellectuel qu'il avait mis en place pour justifier sa déviance criminelle. Mais là où tout bascule, c'est lorsque Kentler décide de mettre en pratique sa théorie…

Lukas déglutit avec difficulté et commença à avoir des mouvements nerveux tordant ses mains et agitant ses pieds. Parler semblait lui demander un effort de plus en plus grand.

— En 1969, Kentler est membre de l'université Leibniz de Hanovre, mais surtout, il occupe un poste important au Centre pédagogique de Berlin qui est notamment chargé de placer les enfants en institution. Et c'est là qu'il va profiter de son statut pour mener une expérience. Celle-ci consiste à faire adopter des garçons abandonnés de Berlin, de treize à quinze ans, par des pédophiles.

Il posa un poing sur sa lèvre supérieure, ses mains tremblant d'une rage sourde.

— Kentler revendiquait la nécessité d'une telle expérience pour prouver que les contacts sexuels entre enfants et pédophiles étaient équilibrants pour les deux parties. Il a donc fait placer ces jeunes chez des collègues du Centre de recherche pédagogique de Berlin, de l'université libre de Berlin, de l'Institut Max-Planck et de l'école hessoise d'Odenwald. Ces intellectuels et grands pédagogues choisis dans son cercle de connaissances étaient tous pédocriminels. Puis Kentler a étendu le réseau de « familles d'accueil » à d'autres couches, mais tout aussi déviantes de la société : des travailleurs ouvriers, des concierges déjà condamnés pour délits sexuels ou connus comme pédophiles par Kentler… Et cela a duré jusqu'en 2003.

Grace n'en revenait pas qu'une entreprise si monstrueuse ait pu être menée. Cela semblait totalement impossible qu'une perversion d'une telle envergure soit passée entre les mailles des filets de la justice.

— Lukas, comment ce Kentler a-t-il échappé aux autorités ? Comment a-t-il fait pour garder ce réseau secret si longtemps ?

Le jeune homme regarda le plafond et souffla par saccades avant de répondre.

— Tout ce projet était public et légal, Hendrike. La protection de l'enfance berlinoise, la mairie et les associations chargées des placements ont toutes approuvé et financé ce programme, qui était même soutenu par le Sénat berlinois. Toutes ces administrations ont défendu en parfaite connaissance de cause l'expérience de Kentler, en se ralliant avec enthousiasme à l'idée que des pères pédophiles tomberaient amoureux de leurs enfants adoptifs et s'occuperaient donc assurément mieux de leur progéniture que ne pourraient le faire des familles d'accueil plus classiques, parfois négligentes.

Grace avait porté une main à sa poitrine, une pesanteur l'empêchant de respirer normalement. Ce qu'elle entendait dépassait l'imagination. Mais elle n'eut pas le temps de reprendre son souffle. Lukas, dont les larmes coulaient à présent, lui assena la suite du récit.

— De hauts fonctionnaires ont loué leur collègue et ami pour la réussite de ce projet innovant et libérateur, et Kentler a fini par attirer l'attention des tribunaux… Mais pas pour l'arrêter, au contraire, pour lui proposer le poste d'expert auprès des juges pour enfants de Berlin !

Son visage se barra d'un rictus nerveux.

— Des filles et des garçons parvenaient à dénoncer leurs bourreaux, au prix de mille souffrances, mais, chaque fois, Kentler s'attelait à défendre les accusés devant des magistrats béats d'admiration, en plaidant du haut de sa science universitaire que ces hommes n'avaient pas pu agresser ces soi-disant victimes, parce que, je le cite, « un vrai pédophile n'est pas violent, mais au contraire très sensible au mal que subissent les enfants ». Selon lui, ces gamins avaient en fait une chance unique de grandir auprès de personnes qui respectaient leur sexualité précoce, leur assurant ainsi un épanouissement qu'ils ne trouveraient pas ailleurs. Kentler s'est félicité d'avoir fait abandonner les charges contre trente accusés de pédocriminalité grâce à son expertise. Et pendant ce temps-là, les autorités continuaient à placer de nouvelles petites proies dans des foyers malsains, et c'est ainsi que mon frère, ma sœur et moi avons atterri chez celui qui allait devenir notre père, Klaus Brauner, qui a pu nous violer et nous maltraiter pendant toutes ces années, en toute légalité.

Grace resta muette un instant, sous le choc de ces révélations.

— Pour… Pourquoi n'a-t-on jamais entendu parler de tout ça ? réussit-elle finalement à bredouiller.

— Parce que les faits sont anciens, pour beaucoup prescrits et que les différentes administrations se serrent les coudes. En 2020, l'université allemande de Hildesheim a publié un rapport officiel de cinquante-sept pages que j'ai lues et relues des dizaines de fois. Ce compte rendu décrit tout ce que je viens de te dire et précise même qu'il existe un millier de dossiers dans les sous-sols de l'administration de l'éducation du Sénat de Berlin sur cette affaire, mais leur accès a été refusé aux chercheurs universitaires mandatés par la mairie de Berlin. Ce qui signifie deux choses : premièrement, que des fonctionnaires allemands propédophiles ou pédocriminels eux-mêmes sont toujours en poste ou coulent une retraite tranquille ; deuxièmement, que l'on est probablement face au plus vaste réseau organisé de toute l'histoire contemporaine.

— Mais tu viens de dire qu'il y avait eu un rapport officiel. La presse a donc été informée. Cela aurait dû faire la une de tous les journaux, au moins en Europe.

— Il y a eu quelques articles très discrets dans certains pays le jour de la sortie du rapport. Et puis, plus rien. Pas de suivi, pas d'investigation journalistique pour essayer de creuser les faits. Pourtant, je crois qu'il y a bien plus à trouver que ce qu'on imagine.

— C'est-à-dire ?

Lukas fit rouler entre ses doigts une frange du plaid sur lequel il était assis.

— Je n'en suis pas sûr, mais ce réseau a rassemblé des gens qui ont réussi l'impensable et qui, aujourd'hui, vivent dans l'impunité la plus absolue. J'ai l'intuition que ces individus intouchables et consumés par le désir de domination ne partagent pas uniquement leur goût pour la souffrance infantile. Ils ont une ambition… plus vaste.

— Qu'est-ce qui te fait dire ça, au-delà de ton intuition ?

Il plaqua ses mains sur ses tempes, frottant sa peau, comme un autre se passerait du baume pour soulager une douleur.

— Quand notre père adoptif invitait des connaissances à la maison, ses amis et lui commençaient par se faire plaisir en usant et abusant de nous… et, quand ces ordures étaient satisfaites, il nous enfermait dans notre chambre. Puis cette sinistre assemblée se réunissait dans le salon jusque tard dans la nuit pour échanger sur de nombreux sujets. À partir de l'âge de quinze ans, j'ai commencé à quitter ma chambre par la fenêtre pour aller écouter ce qu'ils disaient. Je ne comprenais pas grand-chose, si ce n'est qu'ils discutaient de politique, d'économie, de culture. Ils parlaient fort et avaient l'air sûrs d'eux. Mais ils finissaient toujours par baisser la voix, quand l'un des membres déclarait qu'il était temps d'évoquer « le plan ». Alors, je ne parvenais plus à distinguer quoi que ce soit.

Il se mit à sourire et laissa échapper un ricanement.

— Si, parfois leurs mots résonnaient de nouveau, et avec une telle… révérence, voire crainte, que je guettais ce moment. Entendre toutes ces pourritures arrogantes et prétentieuses mentionner quelqu'un avec des trémolos dans la voix était tellement saugrenu… et pitoyable.

— Qui ?

— Je n'ai jamais pu connaître l'identité de cette personne, ni même su s'il s'agissait d'un homme ou d'une femme. Ils disaient qu'ils n'avaient jamais vu son visage. Ils l'appelaient seulement « le Passager ».

– 29 –

Grace avait ouvert la porte de la chaumière et aspirait l'air de la nuit en écoutant le frôlement cristallin des flocons sur la neige. Elle avait besoin de fraîcheur et de calme pour prendre la mesure de ce qui lui avait été révélé. Malgré toutes les laideurs de l'humanité dont elle avait été témoin au cours de sa carrière d'inspectrice, elle ne parvenait pas à comprendre comment on avait pu en arriver à la folie de ce projet Kentler. Révoltée à la fois par l'impunité dont jouissaient les coupables et par l'absence de réaction du milieu journalistique, elle se devait d'aller fouiller les archives de l'administration de l'éducation du Sénat de Berlin afin de poursuivre jusqu'au bout chaque responsable. Il fallait à tout prix venger ces orphelins innocents. S'il y avait prescription sur certains actes commis vingt ou trente ans auparavant, d'autres pouvaient encore être jugés, et puis elle était à peu près certaine que les individus concernés n'avaient jamais cessé leurs crimes. Elle s'appuierait sur ces exactions plus récentes pour que la justice s'empare sérieusement de toute l'affaire. Il lui resterait alors à vérifier que ce « Passager » évoqué par Lukas existait réellement et qu'il était bien celui qui tirait les ficelles de ce réseau dont elle devrait couper la tête.

— Mais chaque chose en son temps, murmura-t-elle pour elle-même.

Il fallait d'abord qu'elle accomplisse la mission qui l'avait conduite jusque dans cette chaumière, en plein cœur de la Forêt-Noire : retrouver ses propres bourreaux. Elle voulait voir la terreur dans leur regard quand elle leur annoncerait qu'ils avaient face à elle la petite Hendrike qu'ils avaient séquestrée et violée dans la cave de leur demeure. Elle entendait déjà leurs supplications, leurs justifications, leurs excuses ou peut-être même leurs bravades insolentes. Mais ce qu'elle ignorait encore, c'était ce qu'elle leur ferait. Son envie d'étrangler Scott Dyce avait été si ardue à combattre qu'elle n'était pas certaine de ne pas céder à la fureur libératrice la prochaine fois. Et après tout, ce doute lui plaisait, car ses bourreaux verraient l'hésitation dans ses yeux et en subiraient l'épouvantable espoir. C'était peut-être le pire qu'elle pouvait leur infliger : les séquestrer à leur tour sans qu'ils puissent jamais savoir si elle les abattrait ou non lors de sa prochaine visite.

Étonnée d'être capable d'imaginer un tel supplice, Grace se demanda si elle ne tombait pas dans le piège du cycle de la violence. Mais l'heure n'était pas à la sagesse et elle laissa mûrir ses idées de vengeance, comme on laisse un vice attiser nos sens tout en menaçant notre existence.

Car, avant d'avoir à choisir entre justice et châtiment, elle devait retrouver les coupables de son malheur. Et, pour y parvenir, elle avait besoin de l'aide de Lukas.

Elle referma la porte et observa le jeune homme. De dos, courbé, les mains sur les bras comme pour se consoler, il contemplait les flammes, probablement absorbé dans l'une de ses rêveries féeriques.

En le voyant ainsi, seul, condamné à s'inventer un univers bâti sur des mensonges pour tenter de survivre, elle ressentit mieux que personne sa détresse.

Elle s'approcha, se posta derrière lui et, délicatement, sans chercher à le surprendre, elle posa une main sur son épaule. Il sursauta et se retourna, affolé, puis la reconnut et reprit sa position face à la cheminée. Grace se pencha lentement, glissa ses bras autour de son cou pour l'enlacer et posa sa tête sur son épaule. Au début, elle trembla un peu, intimidée par cette audace physique à laquelle elle n'était plus habituée, et craignant la réaction de son ancien sauveur. Mais le calme avec lequel il l'accueillit, lui qui avait pourtant fui la proximité humaine, la bouleversa. Lukas mit sa main, tendrement, sur la joue de Grace, et ils demeurèrent ainsi, dans le silence de cette chaumière cachée au fin fond des bois.

— Je vais prendre le relais de ton combat, de notre combat, souffla Grace. C'est aujourd'hui que le choix de mon métier prend tout son sens, et j'irai jusqu'au bout pour faire tomber ce réseau…

— Ils seront prêts à te tuer pour t'empêcher de les atteindre.

— C'est mon travail de ne pas avoir peur d'eux.

Lukas se crispa de nouveau.

— La peur… cette arme avec laquelle ils nous ont contrôlés pendant toutes ces années, mon frère, ma sœur et moi. Mon père adoptif et ses relations la maniaient avec une telle délectation et une telle aisance qu'elle faisait forcément partie de leur quotidien et certainement de leur fameux « plan »…

— Je vais tout faire pour nous venger, Lukas, crois-moi.

— Tu es la seule personne en qui j'aie confiance sur cette Terre.

— Pour commencer, j'aimerais retrouver ceux qui m'ont… détruite. Je vais avoir besoin que tu te souviennes de ces instants passés en Écosse auprès de mes tortionnaires.

— Je vais essayer.

— Tu te rappellerais le nom de l'endroit où vous vous trouviez ?

— C'était en pleine campagne…

Il ferma les yeux, concentré.

Grace le laissa réfléchir et sonder le tréfonds de sa mémoire.

Lukas se leva pour se diriger vers un petit buffet.

— Notre père devait prendre des photos pour prouver aux services de l'enfance qu'il s'occupait bien de nous. Et chaque fois qu'on allait « rendre visite » à ses amis, il nous photographiait en compagnie de nos violeurs, comme si on avait fait une jolie balade en famille. J'ai gardé ces clichés en me disant qu'ils serviraient peut-être un jour à la justice, mais… comme tu le sais maintenant, je n'ai pas eu les nerfs assez solides pour aller jusqu'au bout de ma démarche.

Il s'accroupit devant le meuble et en tira une boîte en carton. Puis il revint s'asseoir près de Grace et égrena les images sans les lui montrer. Il les passait à toute vitesse, les regardant à peine. Grace entrevit des silhouettes dans de vastes jardins au cordeau, devant des demeures cossues, ou dans des salons luxueusement décorés. Elle aperçut des visages accueillants qui avaient tous pour point commun d'avoir l'air heureux. Tenant leurs victimes par les épaules, les adultes affichaient leur ravissement aux côtés d'enfants à qui l'on avait ordonné de sourire. Attitude qui ne manquerait pas d'enchanter les fonctionnaires responsables de ce placement qui se féliciteraient d'avoir confié ces petites âmes perdues à des pédophiles si aimants. Écœurée, Grace finit par se détourner, jusqu'à ce que Lukas l'interpelle.

— Là… Oui, c'était là, dit-il en fixant une photo. Je m'en souviens, on était en automne. Et maintenant que je les revois, j'entends le mari se vanter d'avoir si bien choisi sa nouvelle proie avant de l'enlever… Il parlait de toi comme d'un trophée et remerciait sa femme de lui avoir offert l'occasion de savourer sa proie avec les yeux avant d'être autorisé à s'en emparer. Elle avait, selon lui, savamment entretenu son désir.

Avec précaution, il tendit la photo à Grace. Elle la prit et l'observa avec avidité. Elle fut d'abord émue en reconnaissant Lukas tel qu'elle l'avait gravé dans sa mémoire : ces traits doux, ces grands yeux bleus et cette mèche qui tombait sur son front. Il souriait, probablement à une flamme d'espoir qu'il essayait de garder allumée tout au fond de lui. À côté, un garçon plus jeune dont la bouche mimait la joie mais dont le regard disait la peur. En étant attentif, on voyait sa petite main serrer celle de son frère de toutes ses forces. Puis il y avait cette adolescente brune, aux cheveux attachés, dont la figure légèrement baissée empêchait de distinguer clairement l'expression. Était-ce de la timidité ou de l'angoisse ? Les trois enfants étaient encadrés à droite par Klaus Brauner que Grace reconnut aisément, et à gauche par un homme grand, une barbe rousse, une allure de docker habillé dans un costume aristocrate, un répugnant air de bienveillance peint sur le visage. Et un peu en retrait, derrière ce colosse, émergeait une femme.

Un voile noir s'abattit devant les yeux de Grace, un marteau lui éclata le cœur, ses poumons se cimentèrent : cette femme souriante sur la photo, à l'arrière du groupe, c'était sa mère.

– 30 –

Grace tombait. Elle tombait dans un gouffre sans fond.

— Hendrike !

Non, elle ne répondrait pas, la réalité d'où provenait cette voix n'était pas acceptable.

Peut-être qu'on la secoua, peut-être même qu'on la gifla. Combien de temps dura sa léthargie ? Elle n'en sut rien. À son réveil, elle avait un châle sur les épaules et une tasse de thé chaud au creux des mains.

— Hendrike…

Lukas s'était accroupi devant elle et la regardait, inquiet. Elle cligna des yeux pour lui signifier qu'elle l'avait entendu.

— Comment tu te sens ?

Que répondre à cette question ? Impossible pour son esprit d'admettre que sa mère soit responsable de son enlèvement et des sévices qu'elle avait subis. L'idée était systématiquement rejetée.

— Tu as reconnu quelqu'un, c'est ça ? s'enquit Lukas.

— Ma mère…

À son tour, le jeune homme blêmit.

— Elle ? demanda-t-il en désignant celle qu'il pensait être l'épouse de l'homme à la barbe rousse.

— Oui… Dis-moi qu'elle n'a pas participé aux viols.

— Non, mais c'est elle qui nous a conduits un à un dans la chambre en nous assurant que tout allait bien se passer…

Grace porta une main à sa bouche, le cœur au bord des lèvres.

— Je suis désolé…, murmura Lukas. Et l'homme n'était donc pas ton père ?

— Non.

Progressivement, ses résistances psychiques abaissaient leur niveau de déni et ses réflexes déductifs se remettaient en marche.

Les manquements de sa mère prenaient désormais tout leur sens : elle n'avait pas appelé tout de suite la police lorsque sa fille n'était pas rentrée à l'heure de l'école non parce qu'elle pensait qu'elle était chez son amie, mais pour laisser au ravisseur le temps de s'éloigner. Si elle avait forcé Grace à rester à la maison à son retour, sans même lui proposer de consulter un psychologue, c'était simplement pour ne pas risquer qu'elle révèle quoi que ce soit de compromettant. Elle avait rapidement discrédité l'inspecteur Dyce en faisant passer sa minutie et la rigueur de son travail pour de la lenteur et de l'incompétence. Son père était parti brutalement non par lâcheté ou égoïsme, mais sans doute parce qu'il soupçonnait son épouse de quelque chose, et qu'il voulait être libre de trouver la vérité, en se mettant notamment en relation avec Scott Dyce.

Parmi ces déductions plus ignobles les unes que les autres, l'une révulsait Grace au point qu'elle semblait irréelle. Pourtant, Lukas l'avait clairement exprimé : sa mère avait permis au barbu de « *savourer sa proie avec les yeux* » avant de la posséder. C'était donc lui, grimé en joueur de flûte, qu'elle avait aperçu dans le coin obscur de sa chambre. Monika Campbell l'avait invité à observer sa propre fille avant de l'autoriser à la violer quelques mois plus tard. Elle savait pertinemment qu'il ne s'agissait pas d'une simple terreur nocturne.

— Pourquoi ? balbutia Grace, égarée. Pourquoi a-t-elle fait ça ?

Elle repensa à l'entrevue qu'elle avait eue il y a à peine deux jours avec sa mère. Cette vieille femme pour qui elle avait fait preuve de compréhension, de compassion même.

Comment interpréter ses larmes ? Comme une odieuse comédie jouée *ad nauseam* ou comme la manifestation de regrets au soir de sa vie ?

La tête dans l'étau de ses mains, Grace fournissait un effort douloureux pour tenter d'imaginer pourquoi elle lui avait fait subir une telle atrocité.

Cette réflexion contre nature l'épuisa et vint s'ajouter à la fatigue qu'elle avait accumulée au cours de sa marche interminable dans la neige.

Lukas dut le sentir. Il posa sur elle une autre couverture afin qu'elle n'attrape pas froid.

— Essaie de dormir, je suis là, chuchota-t-il.

Les paupières brûlantes, vaincue psychiquement et physiquement, Grace savait qu'elle s'éveillerait angoissée, mais elle n'avait plus d'autre choix que de céder au sommeil.

Quand elle ouvrit les yeux, une luminosité grisâtre passait par la fenêtre. Ce devait être l'aube. Il lui semblait avoir entendu des bruits de pas à l'extérieur, des crissements neigeux. Lukas devait être sorti.

Elle se massa le visage et se déplia dans son fauteuil pour étirer ses muscles endoloris. Elle tenta péniblement de se redresser. Jusqu'à ce qu'une décharge d'adrénaline dilate ses pupilles et électrise tout son corps. Lukas ne pouvait pas être dehors, puisqu'il dormait à ses pieds.

– 31 –

Grace s'accroupit aussitôt et secoua Lukas, qui s'éveilla en sursaut. Elle lui plaqua une main sur la bouche et lui fit comprendre qu'elle avait entendu des bruits de pas à l'extérieur. À l'expression apeurée de son ami, elle sut que ce n'était pas normal et s'empara immédiatement de son arme glissée dans son holster. Lukas s'avança en silence vers la porte d'entrée pour récupérer son fusil et colla son œil contre le judas, tandis que Grace se plaçait à côté de la fenêtre du salon. Ils étaient maintenant tous les deux équipés, chacun à un poste d'observation, sur le qui-vive.

Soudain Grace aperçut Lukas lui faire signe qu'une personne armée se tenait juste derrière le battant.

Que devaient-ils faire ? Rester cachés en attendant qu'il se passe quelque chose et répliquer aussitôt ? Ou attaquer les premiers en prenant le risque de s'exposer à un tir réflexe qui pourrait être fatal ?

Les doutes de la jeune femme tambourinaient dans son crâne à la même cadence effrénée que les battements de son cœur. Elle se concentra, à la recherche du moindre détail capable de faire basculer sa décision.

C'est alors que les bruits de pas se firent de nouveau entendre, foulant la neige en direction de la fenêtre. Lukas, toujours fixé sur l'œilleton, n'avait pas réagi. Il y avait donc un deuxième intrus. Sa démarche se voulait discrète, sans y parvenir. Il était soit corpulent, soit, ce qui était plus probable, lourdement armé. Grace et Lukas allaient être massacrés dès la première seconde de l'assaut.

Elle signifia d'un léger claquement de langue à son acolyte qu'il fallait passer à l'action, et, d'un mouvement vif, elle se décala pour faire face à la fenêtre, son pistolet tendu devant elle. Elle vit un homme en treillis blanc s'apprêter à lancer une grenade, déjà dégoupillée, à travers les carreaux. Grace lui planta trois balles dans le thorax avant qu'il n'ait le temps de riposter. La vitre se brisa violemment sous l'impact et l'individu tomba à la renverse, lâchant sa grenade. Grace se recroquevilla en hurlant :

— Attention !

Et plaqua ses mains sur ses oreilles une demi-seconde avant que l'explosion ne souffle une partie du mur dans une projection d'éclats de bois.

Lacérée d'échardes, le visage brûlant, assourdie mais vivante, elle vit la porte d'entrée se trouer sous un déluge de coups de feu. Lukas, qui l'avait rejointe en rampant, tira à l'aveugle avec son fusil, affolé.

Grace se glissa à l'extérieur par l'ouverture béante laissée par la déflagration, dans le fracas des tirs, qui couvrait le bruit de ses pas s'enfonçant dans la mare spongieuse et gluante de l'homme déchiqueté. Elle longea le mur, espérant surprendre le second assaillant, mais, arrivée à l'angle, le silence se fit, et elle eut à peine le temps de voir l'individu franchir le seuil de la chaumière. Elle se précipita à sa suite et découvrit Lukas prostré de panique sur le plancher, le tireur ajustant son arme pour l'exécuter.

Elle visa directement les jambes, une balle dans chaque cuisse. L'homme s'écroula en hurlant. Grace fonça vers lui, éloigna son fusil d'assaut d'un coup de pied et braqua son pistolet sur sa tête.

— Qui vous envoie ?

Elle n'eut pour réponse qu'un râle de mépris. Elle posa sa semelle sur l'une de ses blessures. Il enragea.

— Pour qui travailles-tu ? assena-t-elle.

L'homme crispa ses mâchoires.

Elle crut qu'il luttait contre la souffrance, et comprit trop tard.. De la bave débordait déjà de sa bouche et son corps s'agitait de convulsions. Une poignée de secondes après, il était mort.

Par terre, Lukas ne bougeait pas. Grace s'agenouilla et lui posa une main sur l'épaule.

— C'est terminé. Tu ne crains plus rien.

Lentement, il releva la tête, le regard vide, le visage déformé par le traumatisme. Elle l'aida à se remettre debout, puis à s'asseoir dans un fauteuil. Pour le rassurer, elle lui laissa son fusil, même s'il était déchargé.

Ensuite, elle retourna vers le cadavre du tireur dans l'entrée et le fouilla. Il n'avait sur lui que des armes. Rien pour l'identifier ou remonter jusqu'à ses commanditaires.

Par acquit de conscience, elle sortit et examina les environs de l'explosion qui avait frappé l'autre militaire. Elle ne trouva aucun document, ni signe ou indice pour l'éclairer. Seulement des restes éparpillés de corps humain.

Elle enjambait les décombres du mur pour regagner l'intérieur de la chaumière quand une coulée de neige tomba sur ses épaules. Grace eut la présence d'esprit de se jeter sur le côté et une rafale troua le sol qu'elle foulait la seconde d'avant. Elle roula sur le dos et fit feu sur une silhouette qui venait de sauter d'un arbre. Mal ajustées, les balles sifflèrent dans le vide. Le temps que Grace stabilise son tir suivant, l'individu se rua sur elle et la désarma.

Elle se débattit avec une telle fureur qu'elle finit par blesser son adversaire à l'œil. Saisi d'un réflexe, il plaqua sa main sur son visage et elle échappa à sa prise. Comme une furie, elle fonça dans le salon.

— Fuis ! hurla-t-elle à son ami.

Mais il ne bougea pas de son fauteuil, complètement abasourdi.

Grace trébucha sur des morceaux de bois et s'écroula aux pieds de Lukas, toujours pétrifié de peur. À genoux, elle s'empara du fusil de chasse, avant de se rappeler qu'il n'était plus chargé.

— Les munitions ! cria-t-elle en voyant déjà son assaillant se relever à l'extérieur de la chaumière.

Lukas ne réagit pas. Elle le secoua.

— Vite !

Il plongea alors une main maladroite dans sa poche et en sortit une seule cartouche.

Grace eut l'impression qu'elle n'avait jamais été aussi proche de mourir. Tout se jouerait dans les deux secondes qui allaient suivre. En se précipitant pour enfoncer la cartouche dans le canon du fusil, celle-ci lui échappa des mains.

Elle la vit tomber à terre dans un mélange étrange de vitesse et de lenteur hors du temps. Alors que la munition rebondissait sur le plancher, un laser rouge passa dessus. Il remonta sur la poitrine de Grace, puis, elle n'eut aucun doute là-dessus, se fixa sur son front. Sur son siège, à côté d'elle, Lukas n'était plus qu'un pantin immobile.

Grace eut l'indicible certitude de n'avoir connu que quelques jours entre sa naissance et cet instant. Quelques moments heureux de son enfance qu'elle avait complètement oubliés se rappelèrent à elle, comme pour l'aider à partir plus sereine.

Le coup de feu retentit, puis la balle perça son crâne et déchiqueta son cerveau.

C'est du moins ce qu'elle crut vivre. Mais, lorsqu'elle rouvrit les yeux, l'homme qui l'avait attaquée quelques minutes plus tôt était à terre. Lukas, lui, n'avait pas bougé de son fauteuil, vivant mais atone. *Que s'est-il passé ?*

Elle se toucha le front, sa main était tachée de sang. Mais celui-ci provenait des lésions provoquées par les échardes lors de l'explosion de la grenade. Elle n'avait aucune blessure profonde.

À ses pieds, la cartouche qu'elle avait lâchée par mégarde était toujours là. À l'extérieur, dans la forêt blanchie, régnait la tranquillité d'une aube maussade et grise.

Jusqu'à ce que l'on entende des pas écraser la neige dans une cadence irrégulière. Quelqu'un s'approchait de la chaumière. Grace s'empressa de charger le fusil, sans faillir cette fois et braqua le canon devant elle, prête à tirer.

Progressivement, une ombre se découpa dans l'embrasure de la porte. Quelqu'un vêtu d'un long manteau avançait en s'appuyant sur une canne. Un chapeau en cuir sur la tête, une écharpe devant le visage, il inspecta l'intérieur de la maison sans se hâter. Il demeura quelques instants face à Grace et Lukas sans mot dire. Des rafales de vent affolaient parfois son pardessus, mais il restait impassible.

— Qui êtes-vous ? lança Grace.

— Quelqu'un qui aurait pu vous tuer depuis longtemps.

Cette voix masculine était assez jeune, mais éraillée. Comme si la personne avait beaucoup fumé ou avait eu un problème de santé à la gorge. Mais l'intonation, le débit… oui, elle avait déjà entendu ce timbre, sauf qu'à ce souvenir ne s'associait pour le moment aucune image, seulement une peur immense.

— La dernière fois que nous nous sommes vus, Grace Campbell, vous m'avez laissé pour mort… englouti par les eaux glacées comme le cadavre de votre chère et tendre Naïs.

À ces mots, Grace comprit. Mais c'était impossible. Elle devenait folle, elle était morte et elle parlait à un fantôme, c'était la seule explication.

L'individu retira l'écharpe qui lui barrait le visage. Malgré la cicatrice boursouflée à la gorge et ses traits vieillis, loin de l'apparence juvénile qu'il avait à l'époque, elle le reconnut. C'était bien lui. L'assassin qui l'avait traquée sans merci jusqu'au Groenland. Celui qui avait tué Naïs et tenté de lui arracher le cerveau vivante. Un sadique habile et dévoué à son employeur hors norme. Un homme qu'elle n'aurait jamais dû revoir.

— Gabriel…, siffla-t-elle.

– 32 –

L'assassin franchit le seuil de la chaumière de son pas claudicant sans aucune considération pour le canon du fusil que Grace continuait à pointer sur lui.

— Avant que vous ne commettiez un acte stupide, soit par erreur, soit par vengeance, déclara-t-il, sachez que nous avons beaucoup à nous dire, inspectrice. Mais pour faire simple, je suis ici parce que vous avez besoin de moi et, chose plus étonnante, parce que j'ai besoin de vous, Grace Campbell.

La situation était si absurde. L'homme qui avait tout fait pour la tuer quelques mois plus tôt revenait d'entre les morts pour lui proposer un marché. Elle était sidérée, l'esprit encombré par trop de questions.

— Que voulez-vous ? lança-t-elle en réprimant un frisson.

Gabriel s'appuya contre le mur, à côté des débris de la porte d'entrée, et répondit avec le cynisme qui le caractérisait.

— Venir jusqu'ici n'a pas été une mince affaire, dans mon état. Mais non, ne me proposez pas de m'asseoir, ironisa-t-il, j'ai du mal à me relever, avec cette jambe.

Je préfère rester debout. En revanche, vous, vous allez mourir frigorifiée. Ce serait bête, alors que je viens tout juste de vous sauver la vie. Couvrez-vous. Je ne vais pas en profiter pour vous agresser… soyez tranquille.

Grace était tout sauf tranquille. Cet homme avait tué Naïs et il avait été un tel sadique avec elle. Elle se rappelait le plaisir qu'il avait pris à lui expliquer comment il allait enfoncer un crochet dans sa narine pour lui percer la cloison nasale et triturer son cerveau afin de le réduire en bouillie. Au souvenir de ces paroles et de cette tige métallique qui se rapprochait de son nez, elle avait effectivement toutes les peines du monde à ne pas presser la détente du fusil. Mais cela aurait été un tel renoncement à son éthique personnelle. Et puis, elle devait se l'avouer, elle était curieuse de savoir ce qu'il lui voulait, et comment cet homme, qui s'était tranché la gorge avant de disparaître dans les eaux groenlandaises, sans doute prisonnier sous la banquise, pouvait être là, en plein cœur de la Forêt-Noire, en train de lui parler.

Sans quitter Gabriel des yeux, elle revêtit sa parka. Elle se tourna vers Lukas, qui grelottait. La porte détruite et le mur éventré laissaient pénétrer un vent pétrifiant.

— Tu devrais te mettre au chaud dans la chambre, lui dit-elle. Ça va aller.

Il ne réagit pas, transi de froid, le regard dans le vide.

— Accompagnez-le, je vous attends, soupira l'assassin. Il a vécu bien des horreurs dans sa vie, mais une fusillade, jamais, il a besoin de s'en remettre. Et puis ce que j'ai à vous raconter ne le concerne pas, de toute façon.

Par souci de Lukas plus que pour obéir à cet être abject, Grace conduisit son ami jusqu'à son lit où elle le mit sous les couvertures. De retour dans le salon, elle aperçut son arme de service dans la neige, par l'ouverture béante du mur. Elle sortit la récupérer, avant de revenir dans la pièce principale. Gabriel n'avait pas bougé, l'observant en silence.

En le visant cette fois avec son pistolet, elle s'assit dans le fauteuil près de la cheminée.

— Quel marché avez-vous à me proposer ?

— Ah, zut, répliqua-t-il, j'étais pourtant sûr que vous alliez me demander comment j'ai survécu. Cela ne vous intéresse pas ?

Au fond, si, mais Grace refusait d'entrer dans sa mise en scène égocentrique. Elle ne répondit pas.

— Il me semble tout de même important que vous sachiez, histoire que nous partions sur de bonnes bases. Si vous veniez à avoir un doute sur mon identité, cela fausserait toute notre discussion. Rassurez-vous, je ne serai pas long. Lorsque j'ai voulu me trancher la gorge, le froid avait tellement engourdi mes muscles que mes mains tenaient à peine le couteau. Mon geste n'a donc pas été assez intense pour entamer mes chairs en profondeur. La blessure a certes été douloureuse, mais superficielle. Demeurait celle que vous m'aviez infligée à l'abdomen dans le bateau et qui celle-là était bien plus vicieuse. Elle m'empêchait de me hisser sur la rive de la banquise. Pour ne pas sombrer, j'ai dû me contenter de saisir un débris du navire qui venait de couler. Évidemment, dans cette eau glaciale et avec mon corps qui se vidait de son sang, je n'avais qu'une très brève espérance de vie… Par chance, l'explosion du bateau a attiré l'attention d'un groupe de chasseurs inuits qui n'ont pas tardé à débarquer et à me retrouver.

Gabriel frotta la cicatrice de son cou avant de sentir ses doigts en grimaçant.

— Je crois que l'odeur ne partira jamais. Ils m'ont appliqué une espèce de graisse de phoque puante. Mais bon, ces braves Inuits m'ont ramené à leur village. Le reste, après mon transfert à l'hôpital de Nuuk, est une succession d'opérations et de soins tous plus douloureux les uns que les autres… Mais me voilà.

Grace ne pensait qu'à une chose en écoutant le récit de Gabriel. Naïs, elle, n'avait pas eu cette chance et elle était bel et bien morte.

— Pourquoi aurais-je besoin de vous ? s'enquit-elle froidement.

— D'une, je viens de vous sauver la vie. Je sais, j'insiste, mais comme je n'ai pas entendu de merci, j'ignore si vous en avez vraiment pris conscience. De deux, vous ne pourrez pas mener à bien votre enquête sans moi.

— Je suis arrivée toute seule jusqu'ici…

Gabriel fronça les narines.

— Oui, enfin presque.

Grace allait lui demander d'être plus précis, quand elle comprit.

— La lettre, c'était vous ?

Il sourit et leva les yeux au ciel, comme s'il cherchait à se rappeler un poème.

— « Tu n'es pas seule à chercher. Tu sais très bien où commence le chemin de la vérité. *Evening Times*, 14 novembre 1999, photo page 5. »

Grace était sidérée. Comment aurait-elle pu imaginer une seconde que le messager anonyme était son pire ennemi ? Qu'elle croyait mort, de surcroît.

— Mais pourquoi m'avez-vous écrit ?

— Voilà la vraie bonne question, inspectrice Campbell. La réponse est un peu complexe, vous accepterez donc que j'en reporte l'exposé après vous avoir dit pourquoi mon aide vous est indispensable si vous voulez vraiment aller au bout de votre vengeance.

Elle lui adressa un discret signe du menton en guise d'approbation.

— Vous avez mené une belle enquête pour parvenir jusqu'ici. Mais sachez que la suite est d'un… tout autre niveau. Si talentueuse et déterminée que vous soyez, vous ne réussirez jamais seule. Tout comme, je vous le rappelle, vous avez échoué à faire tomber Olympe la dernière fois…

À ce mot, Grace tressaillit. Son enquête sur le meurtre du monastère d'Iona l'avait effectivement amenée à mettre au jour l'existence d'Olympe, une multinationale ayant des ramifications dans les domaines politique, militaire, scientifique.

— Vous travaillez toujours pour eux ?

— Plus que jamais. Même si je n'ai pas réussi à vous supprimer, Olympe n'a jamais été inquiétée après vos investigations. À mon retour du Groenland, bien qu'en piètre état, j'ai donc été promu au sein du groupe. Ce nouveau statut m'a permis de vous faire suivre jusqu'ici, dans… cette charmante maisonnette que les frères Grimm n'auraient pas reniée.

— Ne me dites pas qu'Olympe est liée à cette affaire de réseau pédocriminel ?

— Franchement, inspectrice, comment croyez-vous qu'un scandale tel que le projet Kentler ait pu être étouffé auprès de la justice, de la police et de la presse ? Quelle entreprise serait assez puissante pour protéger tant de salopards en même temps, à des postes si élevés, alors que toutes les preuves sont à portée de main ? Vous vous doutez bien que quelqu'un veille à ce que les coupables n'aient pas de problème, notamment en stoppant les enquêteurs un peu trop curieux.

Révulsée, Grace comprit l'insinuation.

— C'est donc Olympe qui a fait interner Scott Dyce ?

— Pauvre homme…, soupira Gabriel, faussement ému. Il était tellement antipathique que ce fut très facile, paraît-il, de le faire passer pour un horrible personnage. Alors qu'il n'y avait pas plus intègre et dévoué que lui à la cause des enfants.

— Que lui avez-vous fait ?

— À l'époque, je ne travaillais pas encore pour Olympe, mais afin que vous m'accordiez votre confiance, je vais être transparent et vous révéler tout ce que j'ai appris depuis que j'occupe le poste de « nettoyeur », autrement dit responsable de l'un des départements de la sécurité, dont la fonction est l'une des plus reconnues au sein d'Olympe. Le chevalier blanc Scott Dyce a cru qu'il allait à lui tout seul venir à bout du système de corruption qui entretient et protège la pédocriminalité. Au lieu de conclure à un acte isolé d'un pauvre type un peu dégénéré dans l'enquête sur votre kidnapping, il a voulu prouver l'existence d'un réseau organisé qui mettrait en cause des gens très importants. Évidemment, il avait raison et il a commencé par découvrir l'existence de la secte pédophile du joueur de flûte. Il a cru au début qu'il avait atteint son objectif. Jusqu'à ce qu'il établisse des liens entre certains membres des fanatiques de Hamelin et un réseau bien plus important : l'expérience Kentler impliquant des universitaires, des politiques, des journalistes, des fonctionnaires, des stars. Et comme ce grand naïf voulait absolument tous les dénoncer, Olympe a dû intervenir.

— Attendez, quel est l'intérêt d'Olympe d'intervenir dans ce domaine ? Je croyais que vous étiez concentrés sur les hautes technologies ?

— Olympe est bien plus vaste que vous ne le pensez, inspectrice. Tellement plus… Et ses clients viennent de tous les horizons. Y compris de la pédocriminalité. Donc, oui, quand Scott Dyce a commencé à devenir dangereux, on a fait ce que l'on a toujours fait dans ces situations.

Grace sentit à quel point Gabriel parlait avec passion, admiratif de la détestable manipulation qu'il s'apprêtait à décrire.

— D'abord, on fait croire au « justicier », en l'occurrence l'inspecteur Dyce, qu'on le soutient, voyez-vous, Grace, et puis, petit à petit, on le prive de moyens d'agir dans le cadre de son travail, sans le lui révéler ouvertement. Le gentil policier se tue à la tâche pour rédiger des rapports qui ne sont jamais assez complets aux yeux de ses supérieurs, le laissant dans l'incapacité d'agir, et les délais de réponse s'étalent indéfiniment. Au bout de quelques semaines, on lui annonce qu'il ne peut pas aller plus loin dans l'enquête pour des raisons de « sécurité nationale ». Le « justicier » entre alors dans une lente dépression et la hiérarchie glisse à l'oreille des collègues de surveiller l'inspecteur

Dyce, dont le comportement est bizarre ces derniers temps. Quand notre cible devient suspecte aux yeux de tous ses camarades, on peut alors lui porter le coup de grâce en l'accusant du crime qu'il prétendait dénoncer. Les photos, films et preuves qu'il conservait en vue de faire tomber le réseau sont transformés en éléments à charge contre lui, afin de démontrer qu'il détenait du matériel pédopornographique pour son usage personnel. Son récent comportement erratique trouve enfin son explication. Même sa femme et ses enfants finissent par douter. Il est isolé, déprimé, conspué, il se révolte avec violence, on en profite pour le décrédibiliser un peu plus et on saisit l'occasion pour le faire déclarer inapte et dangereux. Ensuite on le piège pour faire croire qu'il a commis deux viols sur mineurs, mais qu'il n'avait plus toute sa tête au moment des faits. On n'a plus qu'à l'interner. Mais il va de mal en pis, peut-être parce qu'on ne lui donne pas assez de calmants… Et l'affaire est enterrée !

Gabriel souriait et Grace revit le visage ravi qu'il arborait quand il était penché sur elle, prêt à la torturer.

— C'est une méthode plus compliquée qu'un assassinat, reprit-il, mais finalement bien plus efficace. La mort d'un policier qui faisait des recherches sur un réseau, c'est aussitôt suspect aux yeux des collègues, de la presse et du grand public ; mais un inspecteur qui faisait mine d'enquêter sur des pédocriminels alors qu'il en était lui-même un, protégeant ses petits copains, c'est une histoire qui passe toute seule. Et hop, tout le monde oublie, affaire classée.

Pour avoir elle-même vécu une mise à l'écart dans son commissariat, Grace connaissait mieux que personne la spirale autodestructrice à laquelle pouvait conduire l'ostracisme hiérarchique.

— Qu'avez-vous à me proposer, Gabriel ?

— Oui, oui, j'y viens, mais je croyais que vous aimeriez savoir ce qui est arrivé à votre père ?

Grace se raidit.

— Inspectrice, je sais évidemment tout ce qui touche à vos investigations. D'ailleurs, vous auriez vu ma tête lorsque j'ai pris mes nouvelles fonctions chez Olympe et que j'ai découvert votre nom accompagné de votre prénom de petite fille dans l'un de mes dossiers sur la pédocriminalité. Il est vrai que les ramifications du groupe sont tellement étendues que la coïncidence perd un peu de son charme. Mais revenons à votre père. Un homme pas très causant, je crois, mais un homme bien, au sens où les gens « normaux » l'entendent. Quand il a commencé à avoir des doutes sur votre mère dans l'histoire de votre enlèvement, il a voulu vous emmener avec lui, mais elle a refusé et s'est mise à l'agresser physiquement. Il n'a pas voulu se battre, de peur qu'elle porte plainte et qu'elle parvienne à le faire emprisonner. Il a alors quitté la maison pour retrouver sa liberté d'agir et vous tirer des griffes de votre mère de façon légale le plus vite possible. C'est là qu'il s'est mis en relation avec l'inspecteur Scott Dyce pour aider à faire avancer l'enquête. Vous vous doutez bien qu'Olympe ne pouvait pas laisser ce nouveau justicier courir ainsi dans la nature. Je suis donc désolé de vous annoncer qu'il a été assassiné seulement deux mois après être parti du domicile familial. Mais selon le rapport que j'ai lu, cela s'est fait proprement, avec une seule balle, une incinération et on n'en parle plus.

Grace ferma les yeux sous la brutalité de la révélation. Pendant toutes ces années, elle avait ignoré le combat secret que menait son père pour faire la lumière sur sa disparition. Les deux hommes dont elle avait le plus douté de l'honnêteté étaient ceux qui avaient lutté pour elle et l'avaient payé de leur vie. Flagellée par la culpabilité et les regrets, Grace sentit une profonde peine se creuser dans sa poitrine.

— Où ses cendres ont-elles été dispersées ?

— J'ai bien peur que tout cela n'ait été fait sans cérémonie…

Grace détourna la tête pour ne pas exposer sa douleur.

— Mais, j'y pense…, reprit Gabriel, sans laisser à la jeune femme le temps de respirer. Vous étiez au courant pour la complicité très active de votre mère dans le traitement qui vous a été réservé ?

L'assassin affichait l'expression faussement gênée de celui qui prend plaisir à blesser sans prévenir.

— Cela vous fera une satisfaction de moins, répliqua Grace.

— Ah, ouf… vous saviez donc. Par conséquent, vous ne m'en voudrez pas d'être passé la tuer avant de venir vous voir. Nous sommes bien d'accord, c'est tout ce qu'elle méritait, n'est-ce pas ?

— Pardon ?

— Tenez, en guise de souvenir...

Gabriel fouilla dans une poche de son manteau, en tira une enveloppe qu'il jeta aux pieds de Grace. Elle la ramassa et en sortit des clichés. On y voyait sa mère, sur le dos, les yeux ouverts, un trou sanguinolent au milieu du front. La première photo avait été prise de loin, la deuxième de plus près, et la troisième était un gros plan clinique de l'orifice rougeâtre.

Elle n'en revenait pas. Cet homme était fou.

— Je me suis permis d'obtenir un compte rendu détaillé de la plaie afin que vous constatiez clairement l'impact de la balle dans le crâne, ajouta-t-il. Histoire que vous n'imaginiez pas une petite mise en scène spécialement concoctée pour vous.

— C'était à moi de régler le problème et de lui faire dire la vérité ! s'emporta Grace. Pour qui vous prenez-vous ?

— Voilà, j'en étais sûr. De l'ingratitude. Que fallait-il faire selon vous ? La traîner en justice ? Elle serait morte, ou plutôt aurait été assassinée avant le jugement, soit par les membres de la secte du joueur de flûte, soit par nous. La torturer pour qu'elle avoue ? Vous n'auriez jamais osé. La supplier de dire pourquoi elle avait agi ainsi ? Elle vous aurait raconté des salades du genre : « On m'a obligée, j'étais sous emprise, bla-bla-bla… » La voici, la vérité : votre mère était totalement fascinée par les théories pédophiles de l'époque déclarant que l'épanouissement des enfants passait par l'expression précoce de leur sexualité entre les mains d'adultes capables de les guider sur le chemin de la jouissance. Et qu'en autorisant ces relations, on arrêterait de frustrer des personnes condamnées à commettre des crimes pour soulager leur désir. On fabriquerait enfin un monde apaisé sans pulsions refoulées, donc sans violence. Il fallait simplement que les gens s'habituent et que les enfants fassent un petit effort dont ils seraient par la suite récompensés. Voilà ce que pensait viscéralement votre mère, comme j'ai pu le lire dans son dossier.

Grace n'arrivait même pas à pleurer. Elle n'était qu'incompréhension.

— Mais, cela va peut-être vous rassurer, inspectrice, votre mère ne vous voulait pas vraiment de mal. Elle avait conclu un accord avec un réseau pédophile écossais affilié à la secte du joueur de flûte afin que votre ravisseur vous « éveille » pendant deux jours. Finalement, ils ont insisté pour allonger la durée de votre captivité, prétextant que, plus ils prendraient de temps, mieux votre initiation se passerait. Les jours sont devenus des semaines. Et quand vous vous êtes évadée et que la police a constaté les sévices que l'on vous avait infligés, votre mère a compris qu'on lui avait menti. Pour elle, ce n'était pas le contrat. Elle croyait sincèrement en votre épanouissement, certes un peu contraint, mais sans violence réelle puisque vous auriez dû, selon sa croyance, y prendre goût. Elle a d'autant plus culpabilisé que, lorsqu'elle est venue rendre visite à votre ravisseur, elle a accepté de ne pas vous voir afin de ne pas parasiter votre « formation ». Toujours est-il qu'après votre retour votre mère a cherché à vous protéger sans pour autant dénoncer ou inquiéter votre bourreau qui aurait révélé sa complicité. Bref, d'un point de vue moral, j'imagine que cette explication ne libère pas cette femme du statut de pourriture à vos yeux, mais sur le plan intellectuel, on peut lui reconnaître une certaine cohérence qui peut vous aider à mieux accepter la vérité. Vous ne trouvez pas ?

Grace ne répondit pas, plongée dans un insupportable sentiment où la haine se disputait au souvenir de l'affection qu'elle éprouvait pour sa mère.

— D'ailleurs, pour vous dire la vérité, c'est cette culpabilité qui l'a tuée, insista Gabriel. Quand vous êtes passée la voir il y a quelques jours, vous avez rouvert la plaie chez elle, et on n'était pas à l'abri qu'avant de mourir elle veuille soulager sa conscience auprès de la police. Donc, on a réglé le problème. Voilà, on en a terminé avec vos affaires de famille, je vais pouvoir passer à la raison qui m'a poussé à vous retrouver au milieu de cette forêt.

Grace s'efforçait de tenir le coup, mais elle était éreintée par l'accumulation d'horreurs et de révélations. Elle se doutait bien que Gabriel lui avait raconté tout cela par sadisme, pour le plaisir de la voir se décomposer à chaque révélation. Mais elle ne lui avait pas offert cette satisfaction et s'était obligée à l'écouter comme elle aurait suivi la déposition d'un témoin. Restait à savoir combien de temps elle tiendrait sans craquer.

— Maintenant, venez-en au fait, Gabriel, ou je m'en vais sur-le-champ, dit-elle en se levant.

— Oui, oui, vous avez raison, il commence à faire trop froid ici de toute façon. Voici ce qu'il va se passer. Vous allez dire au revoir à votre ami et bienfaiteur Lukas. Ne vous inquiétez pas pour lui, il saura parfaitement reconstruire cette cabane qu'il a bâtie tout seul. Bref, informez-le qu'il n'aura plus d'ennuis tant qu'il continuera à se taire. Ensuite, rejoignez-moi à l'auberge de *La Griffe de l'ours* à Hornberg, à dix-huit heures ce soir, je vous expliquerai tout.

Grace ne pouvait malheureusement lutter plus longtemps. Elle était à la fois dans un état de profonde agitation intérieure et d'épuisement physique. Elle n'avait rien mangé depuis le déjeuner de la veille, et les événements qui venaient de se produire l'avaient sérieusement éprouvée. Elle n'avait plus la force d'insister.

— Je serai au rendez-vous, répugna-t-elle à dire.

Le « nettoyeur » d'Olympe la salua d'un signe de tête et se dirigea vers la porte de son pas traînant, sa canne cognant le plancher. Juste avant de franchir le seuil désormais moucheté de neige, il se retourna.

— Soyez là à l'heure, Grace, le Passager n'attendra pas.

– 33 –

Grace était debout, nue, dans la baignoire et elle pleurait. Elle pleurait d'impuissance tandis qu'une main étrangère savonnait son corps d'adulte. Les doigts glissaient dans les plis les plus intimes avec énergie et elle laissait faire, paralysée. Pourquoi ne se défendait-elle pas ? Pourquoi se sentait-elle incapable de repousser cette main violeuse ? Elle n'était plus une enfant, elle était une femme, libre, indépendante, forte. Mille fois plus forte, même, que cette autorité qui la soumettait.

— Arrête, je t'en prie, arrête de faire ça, sanglota-t-elle.

— C'est pour ton bien, ma chérie, et puis, après tout, je suis ta mère.

Grace leva la tête et la vit continuer à frotter son corps nu sans même la regarder, comme absorbée par une tâche ménagère.

— Tu seras toute propre pour ta première fois. Tu verras, ça te plaira et, plus tard, tu me remercieras.

Grace voulut crier, mais aucun son ne sortit de sa bouche. Elle voulut se débattre, mais ses membres ne répondaient pas. Elle n'avait pas le droit de la frapper, non, c'était sa mère. Et soudain, elle sentit que quelqu'un la tirait vivement hors de la baignoire et l'enveloppait dans une serviette chaude. Ses pieds ne touchaient plus le sol, l'individu la portait et courait déjà loin de la maison.

— Je ne la laisserai plus jamais faire ça, dit une voix ferme qu'elle avait si peu entendue durant son enfance.

Grace se réveilla en sursaut à la sonnerie de son alarme.

— Papa…, murmura-t-elle, essoufflée.

Elle s'assit au bord du lit pour se calmer, troublée et émue. Malgré la pénombre de sa chambre d'hôtel, qui aidait l'angoisse à se distiller en elle comme un poison, elle mit brutalement fin au ruissellement onirique en se levant d'un bond. 17 h 15. Il était temps qu'elle se prépare pour affronter la réalité. Peut-être plus terrible encore que son cauchemar.

En se mettant debout, elle manqua de marcher dans l'assiette des fruits et des sandwichs qu'elle avait avalés quelques heures plus tôt, avant de s'écrouler d'épuisement. Elle savoura à peine une douche chaude et enfila des vêtements propres qu'elle avait achetés dans une petite boutique du village de Hornberg à son retour de la forêt. Elle écrivit ensuite un message à son supérieur, Elliot Baxter, afin qu'il lui accorde une journée de plus. Le fait d'avoir retrouvé l'homme de main d'Olympe constituait un argument en faveur de sa requête.

Le temps qu'il lui réponde, elle passa son holster, vérifia le chargeur de son arme et revêtit sa parka. Ces gestes simples l'apaisaient quelque peu, mais même si elle se sentait plus fraîche et reposée, elle ne s'estimait pas complètement prête à se retrouver face à Gabriel une quinzaine de minutes plus tard. À quoi devait-elle s'attendre de la part d'un tel assassin ? Quel marché forcément hasardeux allait-il lui proposer ? Comme Lukas, il avait évoqué le nom de ce mystérieux Passager qui semblait au cœur de son enquête. Qui était-il ? Quel lien entretenait-il avec Olympe ? Et surtout, allait-elle le rencontrer, comme l'insinuait la dernière phrase que Gabriel avait prononcée avant de partir ?

Grace se regarda dans la glace, osant enfin se poser la question qui la tourmentait : devait-elle aller à ce rendez-vous ? Gabriel était un pervers diabolique, elle avait pu le constater au cours de son enquête ayant débuté au monastère d'Iona. C'était un monstre qui méritait d'être jugé et condamné à finir ses jours en prison. En lui accordant un droit à la discussion et peut-être même à l'arrangement, la jeune femme se sentait complice, trahissant la mémoire de son amie et de tous ceux que ce criminel avait décimés.

Mais elle ne pouvait pas se défiler maintenant et risquer de passer à côté d'une piste qui lui permettrait d'aller au bout de son enquête.

Pour soulager un peu sa conscience, Grace se promit que, si le marché de Gabriel s'avérait insatisfaisant, elle lui passerait les menottes.

Elle quitta la chambre en ignorant l'appel d'Elliot Baxter. Ce n'était plus le moment de s'entendre dire qu'elle devait rentrer sur-le-champ.

Le col de sa parka remonté sur son cou, elle affronta le froid en repensant à Lukas dans sa chaumière ouverte aux vents. Elle l'avait laissé dans un état bien meilleur qu'après la fusillade et il lui avait assuré qu'il s'en sortirait tout seul pour réparer sa cabane. Ils s'étaient longuement pris dans les bras et le sauveur de son enfance avait eu des paroles touchantes.

— Même si tu ne reviens jamais ici, Hendrike, je te sais désormais pour toujours à mes côtés. Ta présence m'aidera quand les sombres souvenirs ne manqueront pas de refaire surface.

Avec la même conviction, il avait ajouté, un rictus ironique au coin des lèvres :

— S'ils avaient pu imaginer qu'un jour leur petite esclave deviendrait celle qui les ferait tous payer…

Il lui avait serré l'épaule et était rentré dans sa maison.

L'idée de cette étreinte la réchauffait tout autant qu'elle lui rappelait la lourde responsabilité d'obtenir justice pour Lukas, pour elle et pour tous les autres enfants. La charge lui parut encore plus écrasante lorsqu'elle prit conscience qu'elle était la dernière âme qui errait dehors. Les rares habitants avaient depuis longtemps regagné leur demeure, fermé les volets et peut-être même éteint les lumières pour dormir plutôt que d'affronter le silence oppressant. Dans cette vallée encaissée, ses pas résonnant seuls sur le pavé, Grace était comme une détenue marchant dans la cour de sa prison, scrutée par un regard anonyme juché au sommet des montagnes. Elle avait viscéralement l'impression d'aller à un rendez-vous fantôme.

Jusqu'au moment où elle aperçut la pâle enseigne en forme de griffe d'ours qui, de loin, avait plus l'apparence d'une main crochue. Elle ralentit, guère pressée d'entrer malgré l'hostilité de la nuit. Peu à peu, elle s'approcha du bâtiment.

D'une fenêtre émanait une très faible lueur, provenant probablement de bougies, comme si les propriétaires avaient eu peur d'attirer l'attention de quelque créature nocturne.

Elle inspira une dernière goulée d'air et poussa la porte qui fit tinter une clochette. Dans l'atmosphère tamisée, des tables vides étaient dressées dans la salle aux larges poutres.

— J'imagine que vous êtes avec monsieur, dit en anglais une dame d'une cinquantaine d'années, aux joues rouges et bien charnues, qui s'avançait vers Grace.

La jeune femme tourna la tête et vit l'assassin, installé dans un coin, lui faire un signe de la main, comme s'ils étaient là pour un dîner d'affaires ou une soirée en amoureux.

Grace refusa de se laisser perturber par l'absurdité de la situation et le rejoignit avec la désagréable sensation d'être de nouveau le jouet de ce sadique qui la regardait avec un sourire ravi. Ravalant sa fierté, misant sur l'efficacité, elle s'assit face à lui sans cérémonie.

Maintenant qu'elle le voyait de plus près, elle prenait pleinement conscience de son changement d'apparence. Il était auparavant toujours très apprêté, une mèche de cheveux adroitement coiffée sur son front surmontant un visage à la peau lisse. Il avait une allure jeune et moderne, un peu désinvolte et méprisante pour son entourage. Sa barbe était parfaitement taillée, bien dessinée, et son agilité physique perceptible dans ses moindres gestes.

Aujourd'hui, son teint était grisâtre, son crâne en partie dégarni, ses yeux plombés par des cernes qui semblaient là depuis toujours, et ses paupières alourdies lui donnaient une attitude indifférente à la cruauté du monde. Il avait l'air d'avoir plus de cinquante ans, presque le double de son âge, d'être usé et, surtout, ses mouvements n'étaient plus aussi précis, ainsi que Grace put le constater lorsqu'il cogna son verre en voulant prendre le menu.

— Je vous conseille leur *Aalsuppe*, elle est délicieuse, dit-il. C'est une soupe à base d'anguille, de pruneaux, poires, légumes, lard et quelques condiments.

Grace plongea son regard dans le sien.

— Si vous avez besoin de moi, vous feriez mieux d'arrêter ce cinéma et d'en venir au fait.

— Et c'est moi que l'on traite de sauvage... mais, bon, si vous n'êtes pas une adepte des préliminaires, je respecte votre désir.

L'assassin caressa sa barbe de trois jours à la pousse inégale et gratta d'un geste agacé sa cicatrice au cou. Puis, s'assurant que la serveuse était loin d'eux, il se pencha en avant pour parler à voix basse.

— Voici ma proposition : la dernière fois, malgré tout ce que vous avez entrepris, vous n'avez pas réussi à arrêter Olympe dans sa volonté d'abrutissement de la civilisation occidentale. Sachez que la multinationale promeut également la pédocriminalité au niveau mondial en militant partout pour la baisse de l'âge du consentement, en banalisant le tourisme sexuel, en noyautant les ONG chargées des enfants abandonnés pour fournir nos clients favoris, et surtout en protégeant les coupables qui ont les moyens de se payer nos services. Bref, le groupe est trop puissant pour vous, quelle que soit votre soif de justice, inspectrice. Vous ne parviendrez jamais à arrêter une entreprise de cette dimension…

Gabriel se massa la main, comme pour faire passer une douleur.

— Juste une question : Olympe détruit tous ces enfants seulement pour l'argent ? Ou cette horreur fait-elle partie d'une stratégie plus globale ?

— La deux, candidate Campbell. Mais ne me demandez pas laquelle. Le Passager ne nous dit pas tout.

— Attendez, ce Passager qui semble faire l'admiration des pourritures du réseau Kentler a donc un lien avec Olympe ?

— Ah oui, j'ai oublié de vous présenter mon patron, Grace. Le Passager n'est autre que le fondateur d'Olympe. Si vous voulez des réponses et surtout faire tomber ce groupe, vous n'avez qu'une solution : atteindre son créateur et actuel dirigeant. Et c'est moi qui peux vous conduire à lui.

Grace n'en croyait tellement pas ses oreilles qu'elle en sourit.

— Vous, assassin dévoué à Olympe jusqu'à la moelle, responsable d'un des départements de la sécurité, vous voulez m'aider à arrêter votre chef ? Vous croyez sérieusement que je vais vous faire confiance ?

L'homme approuva d'un mouvement de tête.

— Je l'espère. Pour deux raisons. La première : c'est grâce à moi que vous êtes arrivée jusqu'ici.

— C'est ce que vous insinuez depuis le début, mais je ne vois pas pourquoi vous…

— Attendez, je vais vous expliquer d'ici quelques secondes. Deuxième raison : j'ai un intérêt tout personnel à détruire Olympe.

Grace tapota la table de son index, agacée d'avoir à se soumettre au *tempo* de son pire ennemi.

— Prouvez-moi ce que vous dites.

Gabriel se recula sur son siège, la mine sardonique.

— Soyons honnêtes, inspectrice, si je vous avais proposé directement de collaborer avec moi pour mener Olympe à sa perte, vous ne m'auriez jamais suivi.

— Et pourquoi le ferais-je aujourd'hui ?

— Parce que je vous ai montré ma bonne foi en facilitant votre enquête sur ce qui vous est arrivé enfant. Je vous ai aidée comme personne n'aurait pu le faire. Sans mon appui, vous seriez encore chez vous à vivre dans les tourments de l'ignorance. Vous seriez restée prisonnière de votre passé, Grace !

— Et pourquoi donc ?

— Parce que les preuves dont vous aviez besoin sont chez Olympe depuis des années !

Gabriel avait lancé sa phrase avec une intonation impatiente.

Grace se recula de la table.

— Comment ça, chez Olympe ? siffla-t-elle, la tête inclinée, incrédule.

Son interlocuteur se pencha sur le côté de sa chaise pour fouiller dans un sac à dos posé à ses pieds. Il en sortit une série de photographies qu'il dévoila au fil de son énumération.

— Les lettres « S K 2 » inscrites sur un papier dans la prise électrique chez votre mère, la pochette de Scott Dyce et la suite de la plaque d'immatriculation, les clichés de l'ancienne chambre de Lukas et bien d'autres choses à côté desquelles vous êtes passée. Tout ça, Olympe l'avait déjà trouvé et consigné dans ses coffres pour éviter à ses clients d'être inquiétés ou pour faire chanter les mauvais payeurs. Je me suis juste arrangé pour sortir les documents de nos archives et les replacer là où ils étaient à l'origine, afin que vous refassiez toute l'enquête qu'Olympe avait déjà menée il y a quelques années.

Grace scrutait les photographies étalées sur la table, sentant s'ouvrir en elle un abîme de sidération.

— Puisque nous sommes au pays des contes de fées, reprit Gabriel, j'ai joué au Petit Poucet avec vous, en semant sur votre chemin des cailloux qui vous ont conduite jusqu'à Lukas. Rassurez-vous, inspectrice, je n'ai rien inventé de ce que vous avez découvert. Tous les éléments que vous avez trouvés sont réels, je les ai seulement mis un peu mieux en valeur qu'ils ne l'étaient au départ.

Grace jeta un regard noir à son ennemi. Depuis cette lettre anonyme, c'était donc Gabriel qui la manipulait ? Elle se sentait humiliée d'avoir poursuivi une enquête factice dont il avait orchestré chaque rebondissement.

— Comment ? Comment auriez-vous pu savoir où dénicher ces indices, les mettre sur ma route et être sûr que je tomberais dessus ? C'est impossible !

— Il y a eu quelques imprévus, mais dans l'ensemble, mon plan a bien fonctionné. La preuve, vous êtes là.

Grace connaissait la perfidie de cet homme qu'elle savait capable d'un bluff de haut vol pour parvenir à ses fins.

— On n'a pas énormément de temps devant nous, reprit-il, mais votre confiance à mon égard est capitale pour la suite de notre collaboration, alors écoutez bien.

Grace se redressa sur son siège.

— Pour commencer, vous devez savoir que, chez Olympe, nous avons les moyens d'espionner toutes les personnes qui peuvent nuire d'une façon ou d'une autre à nos clients. Tous les individus suspects, les témoins ou les repentis, sont gardés en vie tant qu'on peut pour ne pas attirer l'attention. On ne les supprime qu'en dernier recours. C'est notre façon de fonctionner : maîtriser l'information, éviter les drames au maximum, mais intervenir fermement quand cela devient indispensable. Or, lorsque Olympe a mis en place la protection des membres du réseau du joueur de flûte et des participants au projet Kentler, votre mère a évidemment fait partie des gens à surveiller. Votre maison d'enfance a donc été passée au peigne fin pour y récolter tout ce qui pourrait constituer une preuve contre nos clients. Votre chambre a ainsi été inspectée et nous avons déniché le fameux papier que vous aviez caché après votre enlèvement. Nous avons compris plus tard que « S K 2 » correspondait aux trois premiers signes d'une plaque d'immatriculation. Nous nous sommes assurés sur le long terme que votre mère ne serait pas prise un jour d'une bouffée de remords l'amenant à tout confesser à la police. Cette mission de surveillance a été attribuée à son aide à domicile Freya.

— Cette femme fait partie d'Olympe ?

— Elle est payée par Olympe. Nuance. C'est-à-dire qu'elle fait ce qu'on lui demande sans discuter, contrairement à d'autres. Donc, comme je savais que vous iriez faire un tour chez votre mère après avoir lu ma lettre anonyme, j'ai ordonné à Freya de faire en sorte que vous retrouviez votre terrible canif porte-clés et le petit papier avec le fameux « S K 2 » dessus que vous aviez dissimulés à l'époque sous votre matelas. Pas de façon trop évidente, bien entendu, il fallait que vous ayez l'impression de les découvrir par vous-même. J'imagine que le jaune paille de la prise électrique repeinte par Freya vous a émue et vous a rappelé votre chambre de petite fille innocente.

Grace comprenait maintenant pourquoi elle n'avait aucun souvenir de cette cachette. Mais surtout, elle avait du mal à croire que Gabriel ait pu prévoir la suite de son enquête.

— Et vous saviez que j'allais me rendre dans l'appartement qu'avait loué mon père, rechercher la liste de ses appels téléphoniques et rejoindre la maison de repos où résidait Scott Dyce ?

— Je n'ai misé que sur les embranchements décisifs de vos investigations. Car, quelle que soit la méthode employée, il était évident qu'à un moment ou un autre vous tenteriez d'interroger Scott Dyce. Je savais que vous finiriez par vous rendre au centre de Cairngorms. Mais une fois sur place, les choses ne se sont pas passées exactement comme prévu.

— Vous n'aviez pas anticipé que l'agente Kathy Hodges essaierait de tuer Scott Dyce, c'est bien cela ?

— Effectivement, répondit Gabriel, avec une pointe d'admiration pour Grace dans le regard. Il y a quelques années, Olympe avait récupéré la fameuse pochette de Scott Dyce. Le brave inspecteur était déjà dans un tel état de végétation qu'il n'a pas été compliqué d'échanger sa chemise cartonnée d'origine avec une autre. À l'intérieur nous avions, comme vous, détecté dans le revers le minuscule rectangle de papier avec l'inscription « P G A 3 ». En préparation de votre venue, j'ai renvoyé la vraie pochette à Kathy Hodges, qui ignorait ce qu'il y avait de caché à l'intérieur, pour qu'elle la replace entre les mains de Dyce. Je lui ai expliqué que c'était un élément qui vous mettrait sur une fausse piste et vous éloignerait des agissements d'Olympe. Normalement elle devait même vous inciter à prendre la chemise pour l'étudier plus confortablement au commissariat. Mais elle ne l'a pas fait… Car c'était une agente particulièrement zélée, pour ne pas dire fanatique. Elle s'est doutée que je ne lui disais pas la vérité et que je préparais une cabale contre sa chère multinationale.

— C'est avec vous qu'elle se disputait au téléphone ? intervint Grace.

— Oui, j'ai essayé de la convaincre que la mission que je venais de lui confier était de la plus haute importance pour le groupe, mais elle a refusé de me croire. Par loyauté pour Olympe, elle avait donc pris la décision de tuer Dyce afin qu'il ne vous révèle rien… et de se donner ensuite la mort pour éviter d'être interrogée. Un acte pour le moins radical. Je peux comprendre : à une époque, j'aurais moi aussi tout fait pour mener à bien une mission.

Grace n'aurait jamais pu imaginer tout ce qui se tramait en parallèle de ses propres recherches.

— Heureusement que vous êtes perspicace, ajouta Gabriel, et que vous vous êtes donné la peine d'étudier en profondeur la pochette de Dyce.

— Ce qu'il m'a dit dans l'ambulance m'a mis la puce à l'oreille.

— J'ignorais qu'il avait pu vous parler avant de mourir.

— Vos espions ne sont pas infaillibles, se reprit Grace, qui s'en voulut de s'être laissée aller à la confidence. Vous êtes aussi intervenu à Hamelin ?

— Arrivée à cette étape, il vous suffisait de suivre tous les indices et de faire preuve d'un peu de jugeote, et je doute moins de votre intelligence que de la loyauté de mes agents. Vous deviez logiquement vous rendre à l'ancienne adresse de Klaus Brauner et rencontrer l'actuel propriétaire des lieux qui possédait des photos de la chambre de Lukas.

— Attendez, pendant toutes les années où vous avez gardé les photos de la chambre de Lukas, Ludwig Freimann ne s'est rendu compte de rien ?

— Nous avions remplacé les photos originales par des copies sur lesquelles nous avions effacé un détail en particulier. Comme je savais que vous alliez venir dans la maison de Brauner, j'ai fait remettre les clichés originaux qui, si vous aviez pris le temps de bien les regarder, vous auraient directement conduite à la chaumière de Lukas en Forêt-Noire. Sans passer par Hamelin.

— Il y avait un indice sur l'endroit où se trouvait Lukas sur les horribles gravures de contes de fées ?

— Oui. Lukas prévoyait depuis longtemps d'installer une cabane dans les bois pour y vivre. Vers l'âge de seize ans, il avait donc commencé à dessiner sa chaumière et situé le point exact où il voulait la construire. Sur une petite parcelle de la Forêt-Noire appartenant à la famille de son père adoptif, dont il savait qu'il hériterait. Le dessin était d'une évidence flagrante, même pour un amateur. Mais bizarrement, vous n'avez pas suivi cette piste…

Gabriel avait terminé sa phrase en interrogeant son interlocutrice du regard.

Grace se remémora la scène et comprit ce qu'il s'était passé chez Ludwig Freimann. Son analyse des photos de la chambre de son jeune sauveur avait été brutalement interrompue lorsqu'elle avait vu le joueur de flûte sur un prospectus touristique. Le choc avait été tel et l'obsession d'en apprendre plus sur cet individu portant le même costume que son bourreau si forte, qu'elle en avait oublié d'achever son examen des clichés.

— J'ai préféré suivre la piste du joueur de flûte, se contenta-t-elle de dire.

— J'ai bien vu, rétorqua Gabriel. Mes informateurs qui, comme vous l'avez constaté, ne vous lâchaient pas depuis l'aéroport m'ont fait part de vos déplacements à l'église, au musée de Hamelin, au commissariat et enfin chez la veuve de Harald Schmidt.

— À ce propos, j'imagine que c'est aussi Olympe qui a commandité le cambriolage destiné à récupérer le rapport archéologique prouvant l'existence d'une chambre secrète dans les collines de Coppenbrügge ?

— Évidemment. De son vivant, Harald Schmidt travaillait pour nous. Raison pour laquelle il avait sorti des archives de la police le fameux compte rendu et l'avait gardé chez lui en ne laissant fuiter qu'une synthèse sans intérêt. Quand il est mort, il a fallu tout récupérer. Même si cela n'a pas été fait dans les règles de l'art et que les agents de l'époque se sont bêtement fait surprendre par une alarme. Enfin bref, passons, le fait que vous creusiez le sillon du réseau du joueur de flûte a bien failli tout faire capoter. En sortant des rails de l'enquête que j'avais tracés pour vous, vous mettiez en danger beaucoup trop de clients d'Olympe. L'information est remontée jusqu'au département intervention de terrain avec lequel je collabore, et on m'a mis la pression pour vous arrêter, sous peine de faire intervenir un commando. Je n'ai donc eu d'autre choix que d'ordonner aux agents qui vous suivaient de vous neutraliser et de détruire toutes les preuves présentes dans la grotte. Mais pour vous laisser une chance, je leur ai menti, en leur disant que vous n'étiez pas armée. Pour le reste, je ne pouvais que miser sur votre compétence… Dès que j'ai appris que vous aviez survécu, j'ai été certain que vous tomberiez sur les photos de surveillance de Lukas, sur les téléphones portables des agents, et que vous localiseriez rapidement sa chaumière. Mais je savais aussi que, cette fois, le service d'intervention ne vous laisserait aucune chance. Il fallait que j'agisse moi-même. La suite, vous la connaissez…

Grace était abasourdie par le récit de cette guerre qui s'était menée en coulisses pour la guider vers la vérité et la protéger. Et même s'il lui était difficile de l'admettre, elle avait la conviction que Gabriel ne lui mentait pas. Cependant, avant de lui accorder un semblant de confiance, elle avait besoin d'éclaircir un dernier point.

— Et avec tout cela, vous n'êtes pas grillé chez Olympe ?

— Non, je ne pense pas. Je bénéficie encore du zèle dont j'ai fait preuve contre vous il y a six mois, et le grade de mon poste m'autorise une certaine latitude dans mes déplacements sans que cela attire l'attention. Quant aux agents de terrain qui auraient pu parler, ils sont morts. Reste Freya, à qui j'ai toujours fait croire que l'on cherchait à vous emmener sur une fausse piste pour vous éloigner de la vérité. Quant à mon infirmière Kathy Hodges, vous connaissez le sort qu'elle s'est réservé.

— Et les mercenaires qui ont été tués chez Lukas ?

— Comme je connaissais les mots de passe et le protocole de l'opération, je n'ai pas eu de mal à me faire passer pour l'un des mercenaires *via* son téléphone pour signaler des pertes importantes, mais que vous étiez éliminée. Ça ne tiendra pas plus de quarante-huit heures, ce qui nous laisse juste le temps d'agir.

Grace avait encore des difficultés à prendre la mesure de tout ce que Gabriel venait de lui révéler, mais ses explications lui semblaient crédibles. Probablement parce qu'il reconnaissait une partie de ses erreurs ou de ses manquements dans le déroulé de son plan. Restait à savoir pourquoi il s'était donné tant de mal.

— Vous m'avez dit tout à l'heure que je devais croire en votre volonté de détruire Olympe parce que vous aviez une raison personnelle de le faire. Je vous écoute.

Gabriel regarda la table un moment, en silence, visiblement dans ses pensées. Quand il parla enfin, une terrible douleur perçait dans sa voix.

– 34 –

— Olympe m'a trahi de la pire des manières. Une trahison qu'ils ne pourront jamais faire disparaître ou racheter, et qui a détruit ma vie.

Intriguée, Grace effaça son sourire moqueur. Gabriel avait perdu son attitude railleuse et supérieure. Il semblait sincèrement affecté. Elle le laissa poursuivre.

— Quand j'ai été hospitalisé entre la vie et la mort, on m'a, entre des fractures et une pneumonie, diagnostiqué un grave traumatisme rénal qui nécessitait une greffe urgente. Les médecins m'ont demandé si j'avais un frère parce que les chances de compatibilité étaient de 25 % contre 10 % avec un donneur de leur fichier. J'ai prévenu mon père parce que cela faisait des années que je n'étais plus en contact avec mon frère. Et c'est là qu'il m'a dit de ne pas me faire de faux espoir parce que celui-ci n'était pas mon frère biologique. Et ce n'était qu'un début.

Gabriel se servit un verre d'eau, l'avala et reprit, alors que Grace se demandait où il voulait en venir.

— Je vais faire bref, inspectrice, mais j'ai progressivement découvert que mon père m'avait adopté et qu'en réalité j'appartenais à Olympe. Au sens propre du terme. Dans sa grande entreprise de clonage humain, Olympe m'a conçu comme la réplique de l'un des pires tueurs à gages de l'histoire, Richard Kuklinski.

Grace eut instinctivement un léger mouvement de recul. Elle savait évidemment qui était ce criminel américain, qui avait probablement éliminé deux cent cinquante personnes au cours de sa carrière d'assassin, notamment pour le compte de la mafia. Les policiers l'avaient surnommé Ice Man, parce qu'il congelait les cadavres pour maquiller l'heure de la mort. Il avait aussi pour habitude de filmer l'agonie de ses victimes, alors que celles-ci étaient dévorées vivantes par des rats.

Gabriel leva la tête vers Grace pour juger sa réaction. En le voyant ainsi, avec sa barbe mal dégrossie, son début de calvitie sur le haut du front et sans ses artifices esthétiques, elle reconnaissait effectivement les paupières tombantes et le regard sans compassion du célèbre tueur à gages. La ressemblance était même flagrante. Elle en fut déstabilisée.

— Comme vous, inspectrice, comme tout le monde, j'ai cru pendant toutes ces années que j'avais été l'acteur de ma vie, que ce métier de « nettoyeur » que vous méprisez était mon choix, ma fierté. Bref, j'étais heureux et, par-dessus tout, je me pensais libre, libre !

Gabriel tapa du plat de la main sur la table.

— Je n'étais et je ne serai jamais rien d'autre que ce qu'Olympe a voulu que je sois, avec la complicité de celui que je croyais être mon vrai père ! Je suis une copie génétique d'un monstre et on m'a élevé comme lui afin que je devienne, moi aussi, un fanatique du meurtre. Ils ont conditionné mon existence ! Ils m'ont emprisonné, ils m'ont déterminé ! Ils ont fait de moi un outil, Grace. Pas un humain avec son libre arbitre, mais une arme qu'ils ont utilisée pour traquer mes semblables sans même me l'avouer !

L'assassin se rendit compte qu'il avait monté la voix et siffla ses derniers mots entre ses dents.

— Jamais je ne pourrai devenir celui que je veux, puisque je suis déjà quelqu'un d'autre.

Il pinça la peau de son visage, tira sur les pointes de ses cheveux, frappa sa poitrine.

— Rien de tout ça n'est moi ! Je ne suis que la copie d'un autre, pour le restant de mes jours ! Et ça, je ne l'accepterai jamais, je ne le pardonnerai jamais à Olympe. Voilà pourquoi je veux qu'ils tombent. Si le Passager et son œuvre disparaissaient, j'aurais le sentiment de retrouver ma liberté. Je ne peux, comme tout enfant, tuer symboliquement le père pour devenir un homme, alors je serai la créature qui détruit son créateur pour briser ses chaînes.

Grace était stupéfiée par ce qu'elle entendait. Si elle n'avait pas elle-même découvert les activités d'Olympe dans le domaine du clonage, jamais elle n'aurait cru Gabriel. Sans pour autant avoir de la compassion pour lui, elle ne pouvait que ressentir la détresse infernale de cet individu prenant conscience de son identité prédéterminée.

— Vous voulez trahir Olympe par vengeance…, conclut-elle.

— Je veux qu'ils regrettent jusque dans la mort d'avoir décidé de ma vie à ma place.

Grace ne doutait plus de la soif de revanche qui assaillait Gabriel. Cependant, elle ne comprenait pas quel rôle elle avait à jouer dans cette vendetta.

— Pourquoi n'allez-vous pas tuer vous-même celui que vous appelez le Passager ? Vous êtes le fameux « nettoyeur », vous avez mille fois plus de chances que moi de l'atteindre. En quoi suis-je utile dans cette histoire ?

— Tout d'abord, il va falloir être deux pour l'approcher, mais j'y reviendrai plus tard. Ensuite, je ne veux pas tuer le Passager, mais l'envoyer devant la justice. Je veux que tous les crimes d'Olympe soient dévoilés. Or, si c'est un type comme moi qui livre les informations, elles seront immédiatement discréditées et l'affaire étouffée. En revanche, si c'est une inspectrice de police à l'éthique irréprochable, les tribunaux et la presse ne pourront pas fermer les yeux et le scandale éclatera au grand jour. C'est vous ou personne, Grace.

Elle détestait qu'il l'appelle par son prénom, cette insupportable tentative d'intimité lui hérissait le poil.

— En imaginant que je parvienne à l'arrêter…, reprit-elle. D'ailleurs à quoi ressemble-t-il, ce Passager ?

— On ne sait pas. Je ne l'ai jamais vu. La plupart des agents d'Olympe, même les plus haut placés comme moi, n'ont aucun contact direct avec le grand patron. Il communique ses ordres par l'intermédiaire d'une poignée de proches conseillers. Le Passager se montre rarement au grand jour. Ceux qui ont pu le voir restent très évasifs. Certains disent que c'est un homme, d'autres une femme. Un vrai mystère entoure son identité.

— Après tout, peu importe. Ce qui m'inquiète, c'est votre soudaine naïveté. Vous pensez vraiment que cet individu va se confesser et tout avouer ? Je ne le connais pas, mais pour diriger un groupe aussi tentaculaire qu'Olympe, il ne doit pas craindre grand-chose, et probablement pas un tribunal. Il nous faut des preuves.

Gabriel approuva, un air de satisfaction brillant au fond des yeux. *Non, il n'a pas perdu son cynisme.*

— Nous sommes bien d'accord. Je ne vous demande d'ailleurs pas d'arrêter le Passager, mais de mettre la main sur ses dossiers personnels afin de révéler la véritable nature du Plan d'Olympe.

— Qu'entendez-vous par là ? D'après Lukas, les membres du réseau Kentler évoquaient aussi ce « plan ».

— Le Plan, avec un grand *p*, est la stratégie globale du Passager. Je crois qu'Olympe tend à forger les conditions d'une nouvelle forme de civilisation à l'échelle planétaire.

Grace songea inévitablement à l'affaire d'Iona, et ce qu'elle l'avait amenée à découvrir.

— Vous pensez juste, inspectrice, devina-t-il. L'abêtissement des populations occidentales *via* la dépendance à la vacuité des réseaux sociaux, entraînant une chute mondiale du QI, fait bel et bien partie du Plan ; cela constitue les fondations de leur objectif final. Mais je sais qu'ils avancent masqués dans d'autres domaines, afin que les gens soient désorientés et n'aient pas le temps de comprendre ce que l'on est en train de faire d'eux.

Grace avait toujours été méfiante à l'égard des analyses globalisantes et des intentions malfaisantes que l'on prêtait à certaines multinationales. Mais son enquête précédente avait démontré que les dirigeants des grandes entreprises de la Silicon Valley, qui utilisaient les méthodes mises au point par Olympe pour s'assurer de la dépendance des utilisateurs à leurs produits, étaient parfaitement conscients du mal qu'ils faisaient à la population. Restait à établir s'ils ne poursuivaient qu'un cynique objectif commercial ou s'ils nourrissaient d'autres ambitions plus sournoises encore.

— Imaginons que ce Plan existe vraiment, reprit Grace. Vous pensez que le Passager, ou n'importe qui d'autre au sein d'Olympe, conserve toutes les étapes de sa stratégie bien cachées dans un coffre ? Est-ce que… ?

L'assassin ferma les yeux, comme sous l'effet d'une violente douleur. Grace s'arrêta de parler. Blême, Gabriel porta sa main sur le bas de son dos. Sa tête trembla alors qu'il crispait ses mâchoires et qu'une goutte de sueur perlait à son front. D'un geste névrotique, il sortit une plaquette de médicaments de sa poche. Il prit un cachet et l'avala.

Grace l'observait sans intervenir, sa sensibilité à la souffrance d'autrui largement émoussée par le souvenir de ce que cet homme lui avait fait.

Deux minutes passèrent en silence, Gabriel luttant visiblement contre un mal physique aigu et difficilement soutenable. Quand il rouvrit les yeux, il avait le regard huileux et ses cernes violacés sur son visage blafard lui donnaient un air de malade agonisant.

— Des calculs rénaux depuis… la greffe, dit-il en se détournant. Je ne vous remercierai jamais assez de la blessure que vous m'avez infligée au Groenland.

— Vous n'avez pas répondu à ma question, rétorqua Grace avec indifférence. Même si je trouve ces fameux dossiers, les chances sont infimes qu'y soient consignés les détails de l'éventuel Plan.

— Évidemment ! répliqua Gabriel d'une voix agacée.

Grace tressaillit. Depuis son retour, cet homme s'efforçait de dissimuler sa vraie nature sous une apparence affable. Cette cassure agressive dans le masque de sérénité trahissait enfin toute la violence dont il était capable.

— Excusez-moi, dit-il aussitôt, la douleur a tendance à me faire perdre mes nerfs. Mais votre remarque est tout à fait pertinente. Ce document n'existe probablement pas. Le Passager n'est pas assez stupide pour avoir mis son Plan par écrit. En revanche, en tant que chef d'un département de la sécurité, je sais qu'il garde précieusement sur une clé USB tous les dossiers compromettants qu'il a sur chacun de ses collaborateurs afin de les contrôler : papiers administratifs litigieux, transactions bancaires illégales, et surtout photos et vidéos innommables… C'est cela qu'il nous faut, inspectrice. Voilà ce que vous devez récupérer. Si nous révélons ces informations, c'est alors toute la pyramide qui s'effondrera. Vous aurez votre justice, le peuple la vérité, et moi, j'obtiendrai ma vengeance. Tout le monde y trouve son intérêt.

— Vous êtes certain que de tels dossiers existent ?

— J'ai mis six mois à pirater l'ordinateur personnel du Passager. Cela a mis du temps parce que j'ai procédé par petites touches afin de ne pas me faire repérer. Mais j'ai fini par accéder à certains de ses fichiers qui contenaient des images et des documents plus qu'embarrassants pour certains de nos clients. Et si je n'ai pas pu les télécharger sous peine de déclencher une alerte, j'ai constaté que le Passager les transférait systématiquement sur un support externe de type USB. Ça devrait vous suffire comme explication, non ?

Grace haussa une épaule.

— Et où se trouve cette clé ?

— Le Passager l'a parfois sur lui. Mais je doute qu'il se promène en permanence avec tous les secrets de ses collaborateurs. Il ne prendrait pas le risque de la perdre et que l'un d'eux la trouve. Il doit la ranger en lieu sûr. À savoir dans son bureau. Or je me suis procuré les plans de ses appartements privés. Il y a une niche aménagée dans un mur dont les dimensions laissent penser qu'elle a été percée pour y glisser un coffre-fort. La clé ne peut être que là.

Grace reconnaissait l'excellent travail de préparation de Gabriel, mais elle n'avait pas encore pris sa décision.

— Imaginons que je refuse votre proposition, hasarda-t-elle. Que ferez-vous ?

— Je vous retourne la question. Que ferez-vous quand vous aurez compris que vous avez raté l'unique occasion de faire condamner Olympe et de faire payer le vrai responsable de tout ce qui vous est arrivé ? Dois-je vous rappeler que c'est grâce à Olympe que le réseau de Hamelin a pu sévir tant d'années, y compris l'homme qui vous a kidnappée et violée ? Que c'est encore grâce à Olympe que les amis de Kentler ont vécu tranquillement leur perversion ? Et que c'est par la faute d'Olympe que Naïs n'est plus là…

— Je trouverai un autre moyen, répliqua Grace, davantage pour pousser Gabriel dans ses retranchements que par conviction.

L'assassin haussa les épaules.

— Comment pouvez-vous penser une chose pareille, vous qui connaissez l'immense puissance financière, technologique, politique, médiatique et juridique de la forteresse Olympe ? Vous avez besoin d'un allié à l'intérieur. Vous avez besoin d'un allié qui a accès aux processus de sécurité. Un allié qui a, encore plus que vous, le désir de mettre à terre le colosse.

La jeune femme ne voulait pas se prononcer avant d'en savoir plus sur la tactique que Gabriel avait échafaudée.

— Concrètement, comment se passeraient les choses ?

— Demain soir, le Passager organise un double événement dont j'ai été chargé d'assurer la sécurité. D'une part, il y aura un dîner de gala pour une collecte de fonds en faveur de la Fondation Olympe. Celle qui lui sert à amadouer l'opinion en se faisant passer pour une société philanthropique. D'autre part, presque simultanément, mais dans une deuxième salle, il dirigera l'une des rares assemblées avec ses plus proches collaborateurs du Plan. Cette concomitance des événements va être notre chance.

— En quoi serait-ce une chance pour nous ?

— J'y viens. Les appartements privés du Passager sont juste à côté de la salle où se déroulera la réunion avec ses associés. Cela nous faciliterait la vie si nous pouvions y participer, mais c'est évidemment impossible, le Passager les connaît tous. En revanche, de nouveaux donateurs peuvent être conviés au gala. Je vais donc faire en sorte que vous preniez l'identité d'une donatrice invitée à la réception.

— Le Passager et vos hommes n'ont-ils jamais vu mon visage, après ce qu'il s'est passé il y a quelques mois ?

— Sans vouloir blesser votre orgueil, même si vous avez causé quelques soucis à Olympe dernièrement, ils ont été si insignifiants pour l'entreprise que vous n'existez même pas aux yeux de la direction. Quant à mes hommes, je n'ai placé que ceux qui ne vous ont jamais vue.

— Et vous, vous serez sur place ?

— Non. Je gère tout depuis un poste de contrôle à distance. Même si pour moi c'est une première, c'est toujours ainsi que l'on procède chez Olympe. Pour se garder une chance d'intervenir de l'extérieur en cas de pépin. Et aussi parce que l'on est bien plus concentré et omniscient dans une salle de contrôle équipée d'écrans et de micros qu'au milieu d'une réunion.

— Et une fois infiltrée dans la réception, que devrai-je faire ?

— Vous serez en relation permanente avec moi *via* une oreillette que vous trouverez après avoir franchi les contrôles de sécurité. Au bout de quelques minutes, vous vous éclipserez du gala et je vous conduirai de porte en porte jusqu'aux appartements privés du Passager. Une fois que vous serez sur place, je vous indiquerai où se trouve le coffre-fort et comment l'ouvrir. Puis il vous suffira de revenir sur vos pas, de déposer la clé USB là où vous aurez pris l'oreillette, avant de quitter la fiesta comme si de rien n'était. Je me débrouillerai ensuite pour récupérer la clé et vous la remettre.

— Et si l'un de vos gardes me surprend, il me laissera passer ?

Gabriel gratta sa cicatrice à la gorge.

— Non. Aucun n'est évidemment dans la confidence. Si vous vous faites prendre, la mission sera terminée et je ne vous garantis en rien que j'arriverai à vous sauver la vie… Mais sachez que j'aurai complètement la main, puisque je suis seul dans la salle de contrôle, sur les caméras de surveillance et le verrouillage des portes.

Grace mesurait le risque, mais également l'occasion de porter un coup fatal au Passager et son ramassis de pourriture. Si une mission donnait du sens au métier qu'elle avait choisi, c'était bien celle-là.

— J'accepte, dit-elle. À une condition : je repars avec la clé USB. Je ne vous fais pas assez confiance. Peut-être êtes-vous en train de vous servir de moi, avant de disparaître dans la nature une fois votre trophée en main.

L'homme serra les poings. Il allait s'emporter mais réussit à se maîtriser.

— Si vous voulez, mais c'était pour éviter qu'on la trouve sur vous au cas où le Passager aurait mis un mouchard dessus.

— Je prends le risque. Où et quand a lieu la réception ?

Gabriel fouilla dans sa poche et déposa un petit papier sur la table du restaurant. Grace y lut des coordonnées géographiques.

— Soyez là-bas à 16 h 45 demain.

— Où est-ce ?

— En Suisse. Je serai à Zurich dans l'un des centres de contrôle d'Olympe, mais je ne me trouverai pas là où vous avez rendez-vous.

— Mais que dois-je faire une fois sur place ?

— Je vous appellerai et je vous expliquerai.

— Pourquoi tout ce mystère ?

— Parce que, moi aussi, je me méfie. Je n'ai pas envie que vous débarquiez avec une bande de flics pour prendre d'assaut le quartier général d'Olympe et capturer le Passager de force. Cela ne mènerait à rien, et malheureusement, je crains que ce ne soit une option que vous puissiez envisager.

— Aurai-je besoin d'un carton d'invitation, d'un badge ?

Gabriel ricana.

— S'il y a bien un endroit où la reconnaissance faciale a été mise en place, c'est chez Olympe. Vous n'aurez besoin de rien d'autre que vous. À part peut-être une chose.

— Quoi ?

— Une tenue de gala.

La dernière fois que Grace avait enfilé une robe, elle devait avoir huit ans, et c'était pour un déguisement de carnaval.

— C'est obligatoire ?

— C'est plus une tradition. Cela vous permettra de vous fondre dans la masse. Maintenant, si vous le voulez bien, je vais vous quitter. Je dois préparer votre fiche d'identité pour l'injecter dans le réseau et déposer votre oreillette dans une cachette.

Gabriel sortit ensuite son téléphone.

— Je dois prendre trois photos de vous. Face et profils.

Grace se prêta à l'exercice à contrecœur.

— Merci, dit-il. Demain, soyez plus que jamais à l'heure. Les portes ouvriront à dix-sept heures. Si vous arrivez avec à peine trente secondes de retard, vous ne pourrez plus entrer.

— Trente secondes ? Pourquoi un laps de temps si court ?

— Vous comprendrez le moment venu.

Gabriel se leva et rejoignit la sortie en boitant.

Désormais seule dans le restaurant, la jeune femme sentit une lame d'angoisse commencer à monter en elle.

– 35 –

Absurde. Grace ne voyait pas d'autre qualificatif pour décrire la situation dans laquelle elle se trouvait. Depuis Zurich, elle avait roulé pendant près de trois heures sur les lacets d'une route alpine pour suivre un chemin de terre conduisant au départ d'un sentier de randonnée. Elle avait marché une quinzaine de minutes jusqu'à ce que son GPS lui indique qu'elle était pile aux bonnes coordonnées. À savoir à plus de mille mètres d'altitude, à flanc de pâturages et sans aucune trace de civilisation aussi loin que son regard pouvait porter. Pas même un chalet ou une cabane de berger. Seulement des étendues de prairies et de sapins, qui descendaient jusque dans les ombres de la vallée, dont le versant opposé s'élançait vers le sommet d'un pic rocheux éventrant les nuages gris. Comment pouvait-il y avoir un gala organisé dans les environs ?

Elle secoua la tête, considérant la situation finalement plus ridicule qu'absurde en se voyant perdue sur cette montagne en tenue de soirée. Sous sa parka qui la protégeait du froid, elle avait opté pour une robe noire se terminant au-dessus des genoux et recouvrant les épaules d'une étoffe semi-transparente qui laissait place à la suggestion. Elle l'avait choisie dans une boutique de Zurich avant de faire l'acquisition d'escarpins qu'elle avait pour le moment remplacés par une paire de baskets.

Ses cheveux relevés en chignon mettaient en valeur ses yeux délicatement maquillés et sa bouche ornée d'un discret rouge à lèvres. Un souffle de vent agita les herbes des pâturages et fit bruisser les sapins en contrebas. Un ciel chargé de neige se profilait à l'horizon et ne tarderait pas à crever au-dessus d'elle. Grace écarta une mèche de cheveux qu'elle avait volontairement laissée libre et consulta son téléphone. Il était 16 h 45 et elle n'avait toujours aucune nouvelle de Gabriel. Comment pouvait-elle rejoindre une réception en moins d'un quart d'heure, de surcroît à pied ? S'était-il moqué d'elle ? Mais alors pourquoi la faire venir jusqu'ici ? Pour la tuer ? Il aurait pu le faire bien avant.

Elle repensa au conseil qu'Elliot Baxter lui avait donné lorsqu'elle l'avait finalement rappelé dans le train qui la conduisait de l'Allemagne vers la Suisse.

— Tu as mon autorisation pour poursuivre ton enquête, mais pars du principe qu'un type comme ce dénommé Gabriel aura toujours un coup d'avance sur toi.

Le « nettoyeur » d'Olympe ne s'était pas caché de vouloir se servir d'elle pour parvenir à ses propres fins. Lui avait-il menti sur ce qu'il risquait de lui arriver lors de cette soirée ? C'était bien possible, mais Grace avait pris sa décision en mesurant ce qu'elle encourait à se fier à un homme comme lui.

La sonnerie de son téléphone stoppa ses tergiversations. Elle décrocha, anxieuse.

— Il vous reste cinq minutes pour aller au bout du chemin, inspectrice. C'est là-bas qu'aura lieu le gala de charité. Là où le sentier s'arrête.

— Vous vous foutez de moi ? Il n'y a rien que de l'herbe et la montagne, ici. Comment voulez-vous que… ?

— Faites-moi confiance.

— Quoi ? C'est dans un bunker enterré ?

— Non, pas du tout. Vous verrez. Commencez à marcher et écoutez-moi bien. À l'entrée, vous vous soumettez au contrôle de sécurité. Soyez tranquille, j'ai pu vous créer une identité et enregistrer votre dossier dans la base de données des invités. Vous vous appelez Brooke McKenzie et vous êtes la P-DG d'une entreprise de cosmétiques bio. J'ai failli baptiser celle-ci Naïs, mais j'ai pensé que ça allait vous énerver et je ne voulais pas vous faire perdre votre calme. J'ai donc opté pour Candys. Ça vous va ?

Grace garda pour elle l'insulte qui lui brûlait la langue.

— Je suppose que oui, enchaîna Gabriel. Une fois à l'intérieur, ne vous laissez pas intimider par les lieux et récupérez au plus vite l'oreillette que j'ai réussi à placer dans le salon, sous les cailloux du pot d'un bonsaï. Il n'y en a qu'un. Ensuite, on aura trois heures tout au plus devant nous. Le temps du discours et du dîner. Après quoi, tous les invités seront reconduits à la sortie. Vous êtes prête, Brooke McKenzie ?

Grace haïssait Gabriel, mais désormais, ils formaient une équipe, et si elle voulait avoir une chance de mener à bien cette mission, ils allaient devoir s'entraider.

— Où vous trouvez-vous ? l'interrogea-t-elle.

— Dans mon poste d'observation comme prévu. À présent, jetez votre téléphone, que l'on ne puisse pas tracer vos derniers appels. Et si tout va bien, à dans… quelques minutes. Dépêchez-vous.

Grace raccrocha, retira la carte SIM de son portable, qu'elle éclata entre deux pierres, puis réserva le même sort à l'appareil. Elle venait de détruire son ultime chance d'appeler à l'aide. Toute sa vie reposait entre les mains de Gabriel… Se produisit alors un phénomène étrange. Il lui sembla que les petits morceaux de métal et de plastique se mettaient à vibrer. Elle posa la main par terre, et de façon tout juste perceptible, elle sentit un tremblement dans le sol. Que se passait-il ? En reprenant sa marche, elle regarda autour d'elle. Le paysage était toujours aussi désert. À part la lumière crépusculaire, rien n'avait changé. À un détail près. Derrière le bruit de ses pas, elle eut l'impression de distinguer un son profond qui s'amplifiait lentement. Comme un grondement de tonnerre qui enflait dans les gorges de la montagne. Elle leva les yeux mais ne vit aucun avion ni hélicoptère dans le ciel. Ce n'est qu'en parcourant les derniers mètres du chemin qu'elle comprit.

Dans les hauteurs les plus élevées de ces alpages sauvages, le sentier était stoppé net par une improbable voie ferrée qui s'élançait à perte de vue de chaque côté. Instinctivement, Grace tourna la tête vers l'origine du roulement caverneux qui se rapprochait. Les rails décrivaient une large courbe à flanc de montagne pour rejoindre un aqueduc de pierre enjambant un torrent à plus de cent mètres en dessous. À son terme, la voie s'enfonçait dans un tunnel creusé sous le massif rocheux.

La vibration du chemin de fer se mua en sifflement strident, annonçant l'arrivée d'un lourd convoi. Et soudain, trois yeux jaunes percèrent l'obscurité, avant que le corps longiligne ne se déroule hors de sa tanière. Un immense train se déploya sur l'étroit aqueduc, dévoilant la succession de ses wagons bleu marine décorés de sigles dorés qui rappelaient indiscutablement la signature de l'*Orient-Express*.

Intimidée et fascinée, Grace regarda le reptile mécanique se couler jusqu'à elle, sans oser croire qu'il allait stopper là, en pleine campagne. Le crissement subit du freinage lui donna tort et provoqua un nœud de stress dans sa gorge. Elle ne se sentait plus prête du tout. Mais le convoi ralentit dans un déchaînement de souffles et de grincements pour s'arrêter, une porte juste devant elle.

Pendant d'interminables secondes, rien. Seulement la respiration latente des machineries qui semblaient reprendre haleine. Le cœur battant, la bouche sèche, Grace attendit. Elle se rendit soudain compte qu'elle avait oublié de changer ses baskets pour ses chaussures à talon, qu'elle enfila à toute vitesse, abandonnant l'autre paire au bord des rails. L'instant d'après, la porte s'ouvrait.

Un jeune homme habillé en livrée de valet, coiffé d'un chapeau grenat de forme carrée, tendit à Grace une main gantée de blanc, en lui adressant un charmant sourire.

— Si madame McKenzie veut bien nous faire l'honneur de nous rejoindre.

Trop déconcertée pour réfléchir, elle se laissa hisser dans le ventre du monstre.

– 36 –

La situation semblait si surréaliste que Grace en fut étourdie. Elle se trouvait à présent sur la plate-forme qui précède l'entrée dans le wagon. Le sol y était recouvert de parquet ciré et les parois de boiseries laquées. Une porte en noyer coulissante, finement décorée de vitraux, laissait deviner une grande salle de l'autre côté, d'où filtraient des bruissements de conversation nappés de notes de piano.

Le valet invita Grace à lui confier sa parka au moment où l'on sentait le train s'ébranler pour repartir.

— Au nom du Passager, je vous prie de bien vouloir excuser l'incongruité de votre lieu de montée à bord, mais vous savez que nous ne nous arrêtons jamais dans des gares officielles, pour des raisons de sécurité et de discrétion.

— Cela va sans dire.

— Simple formalité, auriez-vous l'obligeance de bien vouloir regarder la petite caméra qui se trouve juste au-dessus de moi, s'il vous plaît.

Grace prit peur. Et si la reconnaissance faciale échouait ? Gabriel lui avait assuré qu'il allait enregistrer sa fausse identité dans le serveur, mais s'il avait commis la moindre erreur, elle était perdue. Le train ayant repris sa marche, elle ne pourrait même pas tenter de s'enfuir.

Elle se demanda si la pâleur de son visage était perceptible et si le valet avait vu le duvet de son cou se hérisser. Rien ne permettait de deviner ses pensées derrière son attitude affable, mais il lui sembla qu'à la moindre alerte, il était capable de lui tirer dessus avec la même facilité qu'il lui souriait.

D'un air qu'elle aurait voulu moins crispé, Grace leva la tête vers l'œil mécanique. Le valet sortit de sa poche une petite tablette numérique qu'il avisa avec attention. Grace distingua l'écran qui affichait un cercle tournant sur lui-même, signe d'une recherche de correspondance. Elle retint sa respiration, les mains moites, la gorge palpitante.

— Excellente soirée à vous, madame McKenzie. Par ici, s'il vous plaît, annonça soudain le jeune homme.

Grace fit mine de trouver la situation parfaitement normale alors qu'il faisait coulisser le pan en noyer permettant l'accès au wagon proprement dit. Elle eut tout juste le temps de prendre une dernière profonde inspiration et fut comme téléportée dans le salon d'une maison de maître. Tout n'était que boiseries et dorures qui rivalisaient de reflets et de délicatesse. En guise d'ornements du plafond à caissons d'acajou, des O cuivrés, telles les armoiries d'Olympe, s'entrelaçaient jusqu'à un éclatant lustre de cristal. Sur les murs ambrés, des lampes tulipes style Belle Époque éclairaient des tableaux représentant des paysages grandioses, saisissants, ainsi que des scènes de chasse à courre qui semblaient si bien se marier avec les invités. Une vingtaine de personnes élégamment vêtues, en costumes ou robes longues, discutaient un verre de champagne à la main, tandis que des serveurs attentifs veillaient à satisfaire le moindre de leurs caprices. Au fond du wagon, Grace distingua un piano à queue, derrière lequel une musicienne jouait avec adresse une discrète mélodie.

Avant qu'elle n'ait eu le temps de reprendre ses esprits, Grace fut l'objet de plusieurs regards qui la dévisagèrent. Alors que certains convives lui adressaient un sourire ou un salut, d'autres se détournaient d'elle en chuchotant à l'oreille de leur voisin. Était-ce parce qu'ils ne la connaissaient pas ? Parce qu'elle n'entrait pas dans les canons filiformes des femmes présentes ? Grace n'en avait cure, elle ne pensait qu'à une chose : récupérer l'oreillette au plus vite pour se sentir moins nue et désarmée. Elle repéra un bonsaï à gauche de l'entrée, posé sur un guéridon au plateau de marbre. Partir dans cette direction paraîtrait suspect. Elle se fit donc violence pour affronter quelques mondanités.

À peine avait-elle fait un pas vers le centre du salon qu'un serveur s'approcha d'elle et lui proposa une coupe de champagne qu'elle accepta.

— Bonsoir. C'est la première fois que vous participez à ce gala de charité, il me semble, l'aborda l'un des invités, un homme d'une cinquantaine d'années aux tempes grisonnantes.

— Effectivement. Et vous ?

— Je suis un fidèle de la Fondation Olympe, qui fait un travail exceptionnel pour l'éducation de la jeunesse.

— Oui, c'est d'ailleurs pour cette cause que je souhaite faire mon don le plus généreux. Quelle est selon vous l'action d'Olympe la plus pertinente dans ce domaine ?

Non sans ironie, Grace reconnut tout de suite l'éclat de satisfaction qui illumina la figure de cet homme, face à une femme lui demandant son expertise…

— Sans aucun doute la fourniture de cinquante mille tablettes numériques aux enfants de quartiers défavorisés dans plusieurs pays. Grâce à ce formidable outil, ils vont enfin pouvoir se connecter au monde et sortir de l'exclusion.

Oui, il est urgent que ces pauvres gamins deviennent eux aussi des esclaves des Big Tech, plutôt que de payer des professeurs et des salles de classe, songea Grace en son for intérieur.

— C'est une excellente initiative, en effet, répliqua-t-elle à voix haute.

— Oui, et je pense qu'Olympe a pleinement raison de vouloir généraliser le téléenseignement. C'est à la fois une façon de faire baisser les coûts exorbitants de scolarité et de donner à tous les mêmes chances dans la vie.

— C'est-à-dire ? demanda la jeune femme en jetant une œillade impatiente vers le pot de terre cuite où devait se trouver l'oreillette.

— Eh bien, la qualité de l'instruction diffère selon qu'un enfant est riche ou pauvre. On le sait tous. C'est une hypocrisie que de ne pas l'avouer, n'est-ce pas ? Imaginez maintenant que tous puissent consulter un seul et même cours en ligne ; les élèves, quelle que soit leur condition, auront accès à la même information, au même moment, par le même professeur. De surcroît, à une information de choix, puisque Olympe veillera au recrutement des meilleurs enseignants. Ceux qui affirment que la technologie crée de l'inégalité se trompent. Il suffit d'être assez intelligent pour en faire un usage socialement juste.

Un véritable programme d'unification de la pensée sous couvert de bonté. Pour ne rien révéler de sa colère intérieure, Grace trempa ses lèvres dans le champagne, l'air de rien.

— C'est intéressant, effectivement, se força-t-elle à dire. J'espère que nous aurons l'occasion d'en reparler. Veuillez m'excuser.

— Michaël Arlington, des États-Unis, au plaisir, conclut l'homme.

— Brooke McKenzie, Écosse, ajouta Grace, de son plus charmant sourire. À bientôt.

Elle se dirigea vers un serveur pour piocher sur son plateau un petit canapé, se faufila entre quelques convives et revint vers l'entrée pour atteindre le bonsaï. Elle allait discrètement fouiller sous les cailloux blancs au pied de l'arbuste, mais elle remarqua que plusieurs personnes l'observaient, l'empêchant d'agir à sa guise. Elle retira sa main et se retourna pour faire mine de regarder par la fenêtre. Lentement, elle hasarda de nouveau ses doigts au-dessus du pot.

— Ah, vous aussi, vous aimez vous ressourcer près des végétaux ? dit une voix féminine dans un anglais où pointait un léger accent français.

Grace fit subitement volte-face, pour tomber nez à nez avec l'une des femmes qui l'avaient dévisagée un peu plus tôt. Grande, fort maquillée, une cinquantaine d'années, jouant sans cesse avec sa chatoyante chevelure blonde.

— Oui, je… j'aime la nature, convint Grace.

— J'ai tout de suite su que vous étiez différente des autres, quand je vous ai vue entrer dans le wagon, reprit son interlocutrice. Vous êtes… je ne sais pas, je dirais… plus fraîche. Peut-être parce que vous avez embarqué dans la montagne.

Elle partit dans un rire un peu gêné.

— Moi, j'ai attendu dans la forêt, continua-t-elle sans laisser à Grace le temps de parler. Autant vous dire que je ne faisais pas la fière, toute seule au bord de la voie. Mais tous les moyens sont bons pour ne pas être incommodée par des journalistes malveillants.

Grace ne savait quoi répondre. Elle se contenta de sourire, se demandant comment se débarrasser au plus vite de cette importune.

— Désolée, je suis très spontanée, déclara cette dernière en se penchant sur la jeune femme comme si elles étaient amies depuis toujours. Je m'appelle Elinda Bouvier. Je viens de Paris, et vous ?

— Brooke McKenzie, d'Édimbourg. Savez-vous où… ?

Grace s'apprêtait à demander où étaient les toilettes, afin de mettre un terme à cette conversation, mais se ravisa au dernier moment. Elle venait de remarquer que plus personne ne la surveillait. Sans doute parce qu'elle n'était plus seule. Il fallait qu'elle exploite la situation à son avantage pour s'emparer de l'oreillette sans attirer l'attention.

— Savez-vous, reprit-elle, quand le Passager va se montrer ?

— Lequel ?

Grace fut un instant décontenancée.

— Comment ça, lequel ? Excusez ma naïveté, je suis nouvelle… mais il y a plusieurs Passagers ?

La grande blonde caressa la joue de Grace d'une main amicale.

— Je vous adore, ma chère. Quand je disais que vous aviez cette fraîcheur que les autres ont perdue. Mais oui, le Passager est un couple. Parfois c'est elle qui parle, parfois c'est lui. C'est très excitant, on ne sait jamais lequel va se présenter. Dans tous les cas, ils ne restent pas longtemps. Ils sont très occupés. Mais je pense qu'on devrait le ou la voir vers dix-neuf heures, après qu'il ou elle se sera entretenu avec ses associés.

Grace ne s'attendait pas à ce que le Passager soit en réalité deux personnes.

— Je vois que cette petite révélation vous remue, ma chère Brooke. Mais vous serez encore plus conquise quand vous verrez l'un ou l'autre tout à l'heure. Ce qu'ils font pour la planète est unique. Ce sont de grands écologistes qui mettent leurs convictions en pratique : ils sillonnent le continent eurasien uniquement dans leur train. D'ouest en est, du nord au sud, ils voyagent dans ces wagons. N'est-ce pas une preuve de leur droiture ?

Grace se concentrait de nouveau sur sa mission. Elle avait remarqué que la Française avait tendance à s'écouter parler et à rouler des yeux en tous sens dans une succession de mimiques surjouées. Autant d'indications qui montraient qu'elle n'était pas très attentive à ce qui l'entourait.

— Si, répondit Grace. D'autres devraient prendre exemple sur eux. À titre personnel, songez-vous à faire un don pour la fondation ?

La jeune femme effleura, l'air de rien, le marbre du guéridon où reposait le bonsaï.

— Oui, sans hésiter, pour la préservation des ressources marines.

— Rappelez-moi comment agit Olympe pour préserver nos océans, insista Grace en glissant ses doigts sous les cailloux.

— Oh, c'est très simple. Plus personne ne respecte la mer, on pollue à tout-va avec plastiques, pétrole, égouts, crème solaire, et les États ne font rien. Aussi la Fondation Olympe propose-t-elle de prendre les choses en main en privatisant des zones marines pour les protéger. Les espèces sauvages y seront conservées, les cargos et les rejets interdits, et seuls les individus ayant reçu un passe de citoyen écologique validant leur comportement respectueux de l'environnement pourront s'y rendre et en profiter. À l'intérieur les veilleurs, à l'extérieur les pollueurs. Et paf !

Sur ce « paf », Grace toucha une surface plus lisse que celle des petites pierres. Hélas, son interlocutrice la fixait, attendant visiblement une réaction de sa part.

— Pourquoi cela n'a-t-il pas été fait plus tôt ? répliqua-t-elle donc, les yeux au ciel. C'est une idée brillante. Trinquons à sa réussite.

— Volontiers ! s'exclama la Française, avant de lever la tête pour vider son verre.

Habilement, Grace parvint à saisir l'oreillette entre ses doigts et fit semblant de boire à son tour

— Vous me plaisez beaucoup, Elinda, déclara-t-elle. Et je vais vous faire une confidence, je suis heureuse d'avoir rencontré une personne comme vous pour mon premier gala de la Fondation Olympe. D'ailleurs, vous qui connaissez apparemment bien l'endroit, savez-vous où se trouvent les toilettes ?

— Oh, oui, c'est après le piano. Vous ouvrez la porte vitrée et ce sera sur votre droite. Vous verrez, c'est aussi luxueux que dans le salon.

— Merci, à plus tard.

Grace se fraya calmement un chemin entre les convives, passa derrière la musicienne qui la salua sans s'arrêter de jouer, puis fit coulisser le panneau de bois vitré pour se retrouver dans un long corridor tapissé d'une moquette bordeaux et donnant sur une série de portes, dont l'une indiquait « toilettes ». Elle y entra et, ne s'attardant ni sur le marbre ni sur les dorures, elle installa l'appareil dans son oreille droite. Après s'être assurée qu'elle était vraiment seule, elle l'enclencha. Un bip lui signala qu'il était en marche.

— Gabriel, chuchota-t-elle. Je suis dans les toilettes après le piano.

— Parfait, répondit une voix éraillée. Vous êtes dans le bon sens. Les appartements du Passager sont au bout du train. Dirigez-vous vers le fond, vous allez tomber sur une porte métallique blindée. Placez-vous devant, je vous ouvrirai.

— Vous pouvez me voir ?

— Oui. Prête ?

— On y va.

Grace sortit des toilettes après avoir jeté un coup d'œil vers la porte du salon, puis rejoignit rapidement l'autre côté du wagon, ses talons s'enfonçant dans l'épaisseur veloutée du tapis. Son regard fut attiré par le paysage nocturne qui défilait à toute allure derrière les vitres. Elle aperçut les flancs de montagnes rocheuses en partie enneigés qu'éclairait une lune blanche. Ils devaient être en train de traverser les Alpes suisses.

— Vous ne saviez vraiment pas que le Passager était un couple ?

— Quoi ? Vous tirez ça d'où ?

— Une des invitées vient de me le dire.

— Je n'ai jamais entendu cela en interne.

— Cela ne change pas grand-chose à ma mission, répondit Grace en retirant ses chaussures.

Elle continua pieds nus, pour s'arrêter devant une porte recouverte d'un placage de bois laqué.

— Je suis devant…

— Je sais. Attendez !

— Pourquoi ?

— Il y a quelqu'un.

— Un garde ?

— Si on veut.

— Il vient vers moi ?

— Non… Attendez encore, encore un peu. C'est bon, allez-y.

On entendit alors un verrou tourner.

— Il y a quoi de l'autre côté de la porte ?

— Il y a du monde, mais ils ne vous dénonceront pas. Passez à travers comme si tout était normal.

— Quoi ? répliqua Grace, inquiète.

Elle collait son oreille à la porte, quand cette dernière s'ouvrit dans un souffle de décompression.

– 37 –

La surprise fut totale. Là où elle s'attendait à découvrir un salon plus intime, un bureau, ou un restaurant peut-être, se trouvait une salle de jeux encombrée de cerceaux, de toboggans, de tapis d'éveil, de piscines à balles. Et dans un brouhaha de garderie, plusieurs jeunes enfants s'amusaient, se couraient après et riaient, passant d'une activité à l'autre.

— Des enfants, murmura Grace. Vous ne m'aviez jamais dit ça !

— Ça ne change rien à notre plan.

— Si, ma présence les met en danger.

— Ne traînez pas.

Grace évolua entre les bambins aussi vite qu'elle le put, en prenant soin de ne pas les bousculer.

— Gabriel, que font ces enfants ici ? demanda-t-elle.

— N'imaginez pas le pire, ce sont certainement ceux des membres du personnel du train. Hâtez-vous.

— Madame, tu veux jouer avec nous ?

Une petite voix venait de monter aux oreilles de Grace. Quand elle baissa les yeux, elle vit une fillette, de huit ans peut-être, blonde, des couettes dans tous les sens et un sourire auquel il manquait deux dents de lait.

— Désolée, ma chérie, je n'ai pas le temps, répliqua Grace sans s'arrêter de marcher.

— Comment tu t'appelles ?

— Ruby, mentit-elle.

— Moi, c'est Eliza. Elle est jolie, ta robe, dit-elle en sautillant.

— Merci, Eliza.

— Elle est plus jolie que celle de notre maman.

— Ah, ta maman est ici, alors ?

— On n'a pas le temps pour ça ! s'énerva Gabriel dans l'oreillette.

— Oui, c'est notre maman à tous, mais là, elle est partie. Elle va bientôt revenir et tu la verras.

Grace pressa le pas. Elle était maintenant à mi-chemin du long wagon.

— Comment ça, votre maman à tous ? Vous n'avez pas une maman chacun ?

— Euh, non. C'est la même pour tout le monde.

— Et un papa ?

— Bah, ceux qui ont le droit d'aller le voir passent par la porte du fond et ne reviennent plus jamais ici. Alors, je sais pas trop. Faudrait que je regarde ce qu'il y a derrière cette porte pour te répondre.

— Inspectrice, intervint Gabriel. J'ai entendu, mais si vous voulez sauver ces gamins, ce n'est pas en vous attardant ici que vous y parviendrez. Vous ne pouvez rien faire pour le moment. Avancez !

— Je vais aller voir derrière cette porte et je te raconterai ensuite ce que j'ai vu, dit Grace, la gorge serrée. Mais si tu veux vraiment savoir, il ne faut pas que votre maman sache que je suis passée ici, sinon, elle va m'interdire de revenir. D'accord ? Tu l'expliqueras à tes… frères et sœurs ?

Un sourire malicieux éclairant sa figure, Eliza hocha la tête avec vivacité et tenta de faire un clin d'œil à Grace, qui se termina en un battement maladroit et simultané des deux paupières.

Grace caressa ses couettes blondes. Elle parcourait les derniers mètres qui la séparaient de la porte, quand Gabriel lui cria soudain dans l'oreille.

— Quelqu'un arrive !

Grace n'eut même pas le temps de faire demi-tour. La porte s'ouvrit.

Une femme d'une quarantaine d'années, habillée en tailleur vert, les cheveux coupés court, la dévisagea d'un air paniqué. Au même moment, quelques enfants s'écrièrent « Maman ! » d'un ton enjoué.

— Qui êtes-vous ? Vous n'avez rien à faire ici ! s'emporta-t-elle en marchant droit sur Grace.

Celle-ci hésita à jouer l'ingénue perdue, mais mieux valait éviter de se rabaisser face à ce genre de personne.

— Écoutez, vous n'êtes pas obligée de me parler sur ce ton. Je fais partie des invités du Passager pour le gala de la Fondation Olympe, et je me suis *a priori* égarée en cherchant les toilettes. Indiquez-moi la bonne direction au lieu de me hurler dessus. Votre patron ne doit pas apprécier que vous traitiez ainsi ses généreux donateurs.

La femme ne se départit pas de son air hautain et supérieur. Elle recula d'un pas. La situation allait mal tourner, c'était une évidence.

Autour, les enfants s'étaient calmés pour observer ce duel entre adultes. Grace n'avait aucune envie de frapper celle qui visiblement jouait le rôle de mère pour tous ces bambins.

— C'est foutu, arrêtez-la tout de suite ! s'écria Gabriel dans l'oreillette.

Mais au moment où Grace se décidait à agir, l'autre se précipita sur elle et la bouscula avec une telle force que l'inspectrice tomba. Son assaillante retourna sur ses pas pour foncer vers la porte par laquelle elle était entrée.

— Elle va déclencher l'alarme ! hurla Gabriel. Je ne pourrai pas l'arrêter.

Grace, qui s'était déjà relevée, savait qu'elle ne l'atteindrait jamais à temps. Elle était piégée. *À moins que...*

— Elle veut jouer à chat ! cria-t-elle à l'intention des jeunes spectateurs. Attrapez-la et vous gagnerez un bonbon !

Les enfants hurlèrent d'excitation, et les plus proches de la fuyarde se précipitèrent sur elle. Gênée par ce déferlement de petites mains qui essayaient de retenir cette souris récalcitrante, la gouvernante les invectivait en leur ordonnant de la lâcher. Pendant ces quelques secondes de diversion, Grace sprinta comme jamais de sa vie et percuta brutalement la femme dans le dos en faisant mine de vouloir jouer. Projetée vers l'avant, la gouvernante se cogna brutalement le front contre un angle du wagon.

En voyant leur mère s'effondrer, inconsciente, les enfants reculèrent, inquiets.

— Chaque fois qu'on joue avec elle, elle dit qu'on va la tuer parce qu'on est trop turbulents, lança un petit.

— N'ayez pas peur, elle n'est pas morte, juste assommée, les rassura Grace. Je vais l'emmener à l'infirmerie. Restez sagement ici, d'accord ?

— Je vous ouvre la porte, lança Gabriel dans l'oreillette.

Grace attrapa la femme sous les bras et la tira à l'extérieur de la salle de jeux, pour entrer dans un sas faisant la jonction entre deux wagons. Avant que la porte ne se referme, elle aperçut le regard espiègle d'Eliza qui s'appliquait à lui faire un nouveau clin d'œil.

— Balancez le corps dehors, ordonna Gabriel.

— Elle est vivante !

— Justement. Si elle se réveille, elle va donner l'alerte.

Au même moment, la gouvernante se mit à gémir et à dodeliner de la tête.

Grace plaqua une main sur sa bouche, elle écarquilla alors les yeux et se débattit.

— Ne bougez pas et ne criez pas, ou je vous tue, s'entendit dire Grace.

La femme se calma aussitôt.

— Qu'est-ce que vous faites de ces enfants ?

Pas de réponse.

— Je vous laisse la vie sauve si vous me racontez tout, sinon, je vous achève, la menaça Grace, qui détestait parler ainsi.

Est-ce mon absurde coéquipier qui déteint sur moi ?

— On n'a pas le temps ! s'emporta Gabriel dans l'oreillette.

— Répondez ! hurla l'inspectrice.

La femme était terrorisée.

— Je ne sais pas. Le Passager en choisit un de temps en temps et après… je ne sais pas. Je crois que ce sont… des récompenses pour ses meilleurs associés.

Grace tremblait de rage et de dégoût. Elle chercha un endroit où enfermer cette ignoble geôlière. Mais il n'y avait aucun placard, rien.

— Grace, écoutez-moi, siffla Gabriel.

— Quoi ?

— Si vous voulez vraiment sauver ces gamins et toutes les autres victimes des réseaux protégés par Olympe, vous savez ce que vous avez à faire. Si elle parle ou si on trouve son corps, vous allez y passer. Faites-le, putain ! *Maintenant !* Vous ne ferez pas tomber cette firme tentaculaire avec vos méthodes douces ! Réfléchissez : les enfants ou elle.

Grace fut le théâtre d'un sanglant champ de bataille entre morale et finalité. Elle se déchiquetait de l'intérieur, condamnée à commettre le pire geste de sa vie pour accomplir l'acte le plus utile de son existence. Non, elle ne pouvait pas se résoudre à devenir une tueuse sans pitié, mais elle ne voulait pas non plus être celle qui abandonnerait ces enfants à leur destruction.

— C'est le prix à payer, Grace Campbell, lança Gabriel. Agissez avec courage ou mourez dans la honte.

Le cœur de l'enquêtrice s'arrêta de battre, ou c'est du moins la sensation qui fut la sienne. Dans un chaos mental surgirent les pires souvenirs des sévices qu'elle avait endurés, les coups, les viols. La violence irrigua ses veines, la haine ses muscles. L'air ne circulait plus dans ses poumons. Elle tira la femme en arrière en écrasant sa main sur sa bouche. Elle la traîna près d'une porte du train. L'autre se débattit en comprenant ce qui l'attendait. Comme hypnotisée, Grace enserra son cou d'un bras et déverrouilla la sécurité. Les bourrasques la giflèrent dans un déferlement sonore. La femme griffait, frappait, se contorsionnait. Grace lui assena un violent coup derrière la tête, puis la souleva dos au vide en évitant son regard impuissant et terrorisé, avant de la pousser dehors de toutes ses forces.

D'abord, elle n'entendit plus rien, ne ressentit rien, elle était comme morte. Et puis le froid du vent glaçant la réveilla de sa sidération. Elle regarda ses mains et crut y voir son canif porte-clés trempé de sang.

Du fond de ses entrailles remonta le dégoût de tout son être, qu'elle vomit à en perdre le souffle.

— C'était la seule solution. Vous avez fait ce qu'il fallait, lui dit Gabriel d'une voix profonde.

La tête au-dessus du vide, elle regardait le sol défiler sous elle comme la réponse à sa souffrance.

— Reprenez-vous, inspectrice. Si vous tardez trop, les invités du gala vont finir par prévenir le personnel de votre disparition.

Grace fit appel aux filaments de l'âme qui s'étaient tissés vingt ans plus tôt au fond de cette cellule, quand la petite fille qu'elle était encore avait dû se promettre de sortir vivante de son enfer.

Lentement, elle recula et referma la porte. Adossée au mur, blafarde, elle cherchait à reprendre sa respiration.

— Vous avez déjà vécu bien pire, Grace. Ne vous laissez pas abattre !

Gabriel avait tort. Elle avait effectivement subi les plus atroces tourments, mais jusqu'à aujourd'hui, sa rage avait toujours été dirigée contre quelqu'un d'autre. Elle s'était certes coupée d'elle-même pendant ses années d'obésité, mais jamais, jamais elle ne s'était reniée. Le geste qu'elle venait de commettre était la négation même de ce qu'elle était. Et non, elle n'avait rien éprouvé de pire que cette envie de s'arracher la moitié de l'âme.

— Cette femme était un monstre, elle savait mieux que quiconque le sort réservé à ces enfants. Elle méritait de mourir. Vous n'êtes pas comme moi, vous n'avez pas agi par passion et cruauté, Grace, mais par devoir. Maintenant, ne perdez plus de temps ! Rappelez-vous pourquoi vous êtes là.

Chahutée de gauche à droite par le roulis du train qui devait suivre un virage, Grace se rendit compte qu'elle était guidée et galvanisée par celui qui avait voulu la tuer en lui arrachant le cerveau par les narines. Secouée par cette ironie plus que par les arguments de Gabriel, elle renoua avec le présent.

Fouettant les affres de la culpabilité pour les forcer à rejoindre les limbes de sa conscience, elle se décolla de la paroi pour se placer devant l'entrée du prochain wagon.

— Pourquoi ne m'avez-vous pas prévenue plus tôt que cette femme arrivait ? Je croyais que vous aviez accès à toutes les caméras de surveillance !

— Elle est sortie des toilettes au dernier moment. Je n'ai pas eu le temps. Navré.

— Que ça ne se reproduise pas.

— Je n'y ai aucun intérêt. Ne touchez à rien dans le prochain wagon.

Avant que Grace n'ait pu reprendre son souffle, le verrou émit un déclic.

– 38 –

La voiture suivante était plongée dans l'obscurité, la lumière qui filtrait du sas ne permettait pas de distinguer quoi que ce soit.

— Entrez ! s'exclama Gabriel.

Grace était encore si choquée que la peur avait, sans doute provisoirement, déserté sa palette d'émotions. Elle franchit le seuil, et la porte se referma derrière elle.

— Attendez, j'ai cru voir une ombre derrière vous…, lança Gabriel. Allumez !

À l'aveugle, Grace trouva un interrupteur. Des appliques en porcelaine s'illuminèrent de chaque côté. Elle ne vit personne derrière elle, mais n'en fut pas moins étonnée du spectacle qui s'offrait à ses yeux.

De part et d'autre de l'allée centrale s'amoncelaient de saisissants tableaux aux figures religieuses et mythologiques, et des meubles aux courbes anciennes où se lisaient des siècles d'histoire. Dépassant par-ci par-là, sans aucun respect pour le génie de l'artiste qui les avait sculptés, des mains et des visages de pierre semblaient appeler à l'aide. Négligemment posés par terre s'entassaient des livres, des parchemins et des partitions.

On trouvait même des épées finement ciselées empilées comme de vulgaires bâtonnets de mikado. Une armure de chevalier, qui avait été portée moult fois si l'on en croyait les bosses et les entailles la recouvrant, gisait dans un coin.

— C'est une caverne d'Ali Baba, murmura Grace qui, malgré le désordre insensé, sentait qu'elle était en présence d'objets de grande valeur.

— Ne vous arrêtez pas ! Les appartements du Passager se trouvent plus loin, la pressa Gabriel. Et vous êtes sûre qu'il n'y a personne d'autre que vous ?

— Rien de vivant en tout cas.

Grace se fraya un chemin en prenant soin de ne pas abîmer les innombrables antiquités qui dégringolaient à ses pieds. Mais un mouvement de balancier du train la surprit et elle dut se retenir à une armoire pour ne pas tomber. Au même moment, par-dessus le bruit des rails, elle entendit quelque chose se briser dans les profondeurs de ce capharnaüm.

— Vous avez entendu ?

— Oui, répondit Gabriel. Mais cela me semble normal que des objets tombent au moindre choc dans ce bazar. Peu importe. Foncez.

Grace reprit son avance et remarqua la présence d'étiquettes attachées à chacun des objets, qu'elle lut distraitement en passant. Soudain, elle s'arrêta net.

— Attendez…

— Quoi ? s'enquit Gabriel.

— Si ce qui est écrit est vrai, je marche au milieu de la plus incroyable collection de toute la mémoire culturelle et historique d'Europe et d'Asie. Qu'est-ce que ça fait là ?

— Ce n'est pas notre problème !

Grace n'en revenait pas. Une telle concentration d'œuvres si inestimables était du domaine du prodige.

Incrédule, elle effleura la toute première table d'apparat fabriquée par Boulle, ayant donné naissance au style Louis XIV, elle enjamba deux tableaux de Rubens, des études à la sanguine de Rembrandt, Michel-Ange et Delacroix, des croquis inconnus de Picasso, elle caressa une fresque de Pompéi représentant une scène de la vie quotidienne sous l'Empire romain, puis un vase de l'Antiquité grecque illustrant le combat d'Ulysse contre le cyclope Polyphème. Elle frôla l'épée dite de Charlemagne servant au sacre des rois de France, le manuscrit original du *Faust* de Goethe et la première édition des contes de Grimm, ayant appartenu aux deux frères. Juste à côté, elle aperçut un monticule où reposaient un brouillon de *Don Quichotte* rédigé par Cervantès en prison, un morceau de la tablette mésopotamienne d'écriture cunéiforme de la légendaire *Épopée de Gilgamesh*, un morceau de la main de la gigantesque statue perdue d'Athéna provenant du Parthénon, des notes de travail de Dostoïevski, les plans originaux de Notre-Dame de Paris et même des partitions du *Requiem* de Mozart écrites sur son lit de mort. Avant d'accélérer le pas, elle vit, fascinée, les premières transcriptions des paroles de Siddharta.

Tout au long de son stupéfiant parcours, Grace avait énuméré les trésors conservés dans ce wagon.

— Je suis sûr qu'ils sont tous authentiques..., commenta Gabriel. Je comprends maintenant pourquoi le Passager sillonne l'Europe et l'Asie dans son train depuis tant d'années. C'est certainement pour y collecter les objets les plus précieux du patrimoine des pays qu'il traverse.

— Mais pourquoi amasser ces œuvres sans les mettre en valeur, sans même avoir l'air de s'y intéresser ou de les respecter ? Quel intérêt ?

— Nous le découvrirons peut-être un jour. Pour l'instant, le temps presse. La visite est terminée, Grace. Il n'y a personne dans la prochaine voiture. Profitez-en.

La jeune femme se posta devant la porte de sortie, franchit le sas et pénétra dans un wagon qui baignait également dans l'obscurité. Elle enclencha les lampes murales, qui éclairèrent une nouvelle remise pleine à craquer.

Elle la traversa plus vite que la première, mais ne put s'empêcher de remarquer à la dérobée des œuvres manuscrites de Shakespeare, le récit calligraphié de la naissance mythique de Confucius, le micro de Radio Londres utilisé par de Gaulle pour lancer son fameux appel, la canne aux turquoises de Balzac, l'étendard de Jeanne d'Arc, le piano fétiche de Chopin, l'écritoire sur laquelle Molière avait rédigé ses plus grandes pièces et le bureau où Marie Curie avait fait l'une des plus formidables découvertes de la physique.

C'est inouï, songea Grace.

— Les prochains wagons servent eux aussi d'entrepôts. Pour le moment, je ne vois aucun garde. Profitez-en pour gagner du temps. Courez !

Grace franchit sans s'arrêter le troisième, puis le quatrième et le cinquième wagon d'antiquités, qui croulaient effectivement sous une richesse que le cumul des œuvres de tous les musées du reste du monde ne serait pas parvenu à égaler.

Elle était au milieu de la sixième voiture-musée, lorsque Gabriel cria dans son oreille.

— Quelqu'un arrive depuis le wagon qui suit !

— Je fais quoi ? C'est vous le chef de la sécurité, dites-lui de faire demi-tour.

— Vous finirez par tomber sur lui en remontant le train. Il vaut mieux le laisser passer. Cachez-vous !

Les objets étaient si serrés les uns contre les autres qu'ils formaient presque un mur de chaque côté. En pivotant à quatre-vingt-dix degrés, Grace aperçut un tout petit espace entre une table élimée et un vieux fauteuil. Elle s'y précipita. Mais dans l'empressement, un large morceau de sa robe s'accrocha à ce qu'elle découvrit être le poignard de Ravaillac. Elle allait retirer le bout de tissu, mais la porte s'ouvrit et des pas approchaient déjà. Elle dut abandonner l'étoffe traîtresse et parvint à suivre un semblant de tunnel étroit entre les assemblages chaotiques pour finalement se recroqueviller, une main sur la bouche.

— Il est armé, Grace, chuchota Gabriel. Pas un bruit.

Malgré le vrombissement des rails, la jeune femme perçut une démarche décidée qui martelait le sol dans une assurance toute militaire. La personne dépassa sa cachette et, soudain, les pas stoppèrent. Grace retint sa respiration, la peur étreignant sa poitrine.

Dans son oreillette, elle entendit la voix de Gabriel de façon un peu lointaine, comme s'il parlait dans un autre micro.

— Soldat Brinck, au rapport.

— Oui, chef, dit une voix d'homme. J'ai cru entendre quelque chose dans ce wagon… J'inspecte.

— Inutile, soldat. RAS sur les caméras de surveillance. En revanche, il me semble qu'il y a eu des dégâts au wagon numéro 2 des antiquités lors du soubresaut de tout à l'heure. Allez jeter un œil et faites-moi un compte rendu, que je puisse informer le Passager au plus vite. Ça tomberait mal qu'il veuille montrer une œuvre brisée à ses invités.

— Très bien chef, j'y vais.

Les pas du garde s'éloignèrent et Grace soufflait déjà.

— Ne bougez pas, murmura Gabriel dans son oreille. Ils sont formés pour être très attentifs et tenaces. Mais c'est bon il s'en va.

Grace soufflait enfin lorsqu'un vase non loin d'elle chuta sur le sol pour se briser. Panique.

— Merde ! lâcha Gabriel. Qu'est-ce que vous avez fait ?

Grace ne pouvait pas lui répondre qu'elle n'y était pour rien. Le garde était déjà revenu à toute allure sur ses pas et un faisceau lumineux balaya la zone où elle se trouvait. Heureusement, elle avait réussi à s'écarter un peu, et il ne fit que la frôler. Mais si l'individu s'engouffrait ne serait-ce que d'un mètre, il la verrait. Elle ne pouvait pas reculer davantage. Elle était prise au piège comme un animal traqué au fond d'un terrier.

— Qui est là ? demanda une voix autoritaire, suivie par le cliquetis d'un armement de fusil.

— Que se passe-t-il ? demanda Gabriel à son subalterne.

— Il y a quelqu'un ici monsieur, murmura-t-il. Je coupe la communication pour la discrétion et j'inspecte.

— Soldat ! s'écria Gabriel.

Mais de là où elle était, Grace entendit la radio du garde s'éteindre dans un bref brouillage d'ondes.

Ensuite, elle n'eut pas le temps de réagir. Le garde s'était déjà jeté à terre et elle voyait la torche s'enfoncer franchement dans le renfoncement où elle se cachait. Des idées désespérées se bousculèrent dans sa tête. *Faire s'écrouler la montagne d'œuvres d'art ? Non, je finirai assommée ou étouffée. Me rendre ? Je serai forcément interrogée, torturée et mise à mort. Attaquer la première ? Je vais être abattue sur-le-champ.*

Elle entendit un souffle d'effort, aperçut un bras. La lampe se dirigeait droit sur elle. *Gabriel, fais quelque chose*, pria-t-elle intérieurement. *Je suis morte.*

— Hey ! Qui est là ? s'écria l'homme en s'arrêtant de ramper et en rabattant soudain la lumière derrière lui.

— Je vous ai eu, monsieur le garde !

Malgré les grincements métalliques et le bourdonnement des rails, Grace reconnut la voix de l'enfant. *Eliza !*

Le type recula rapidement.

— Qu'est-ce que tu fais ici ? Tu n'as pas le droit de venir dans cette zone ! Tu le sais ! Suis-moi immédiatement.

— Je m'ennuie dans la salle de jeux, répondit la fillette d'un ton espiègle.

— Comment as-tu fait pour passer les portes de sécurité ?

— Maman a perdu son badge… alors je le lui ai emprunté un peu.

— Rends-moi ça tout de suite ! Je te raccompagne ! Allez !

— Pourquoi on a tous ces jolis objets, ici ?

— Ce n'est pas tes affaires ! Avance !

Grace réfléchissait à toute vitesse. Le garde aurait tôt fait de rejoindre le wagon des enfants, qui lui raconteraient ce qu'il s'était passé. Il sonnerait l'alarme et c'en serait fini pour elle.

Doucement, elle sortit de sa cachette et suivit l'homme à pas de loup. Il marchait vite, poussant devant lui la petite Eliza, et Grace dut accélérer pour le rattraper. Si elle n'avait pas été dans un train, il l'aurait forcément entendue arriver. Mais le tapage mécanique étouffa si bien son approche qu'elle put l'étrangler par-derrière. Elle le serra avec une telle hargne qu'il mourut asphyxié en quelques secondes. Haletante, elle regarda le corps glisser à ses pieds et remarqua, non sans frayeur, qu'elle ne ressentait cette fois qu'une très diffuse culpabilité. L'heure n'était pas à l'introspection, mais si elle survivait à tout ça, il faudrait qu'elle prenne le temps de comprendre qui elle était en train de devenir.

— Je ne connaîtrais pas votre gentillesse naturelle, vous me feriez peur, inspectrice, chuchota Gabriel. Débarrassez-vous de lui.

Grace ignora la perfide remarque et fit glisser le corps sous un meuble, en croisant le regard mêlé de crainte et d'admiration de la fillette.

— Tu m'as sauvé la vie, ma chérie, lui dit Grace en lui posant une main réconfortante sur le bras. Merci.

Eliza hocha la tête, sans prononcer un mot.

— Tu as un courage et une intelligence rares. Rejoins vite les autres enfants et essaie de faire en sorte qu'ils s'amusent le plus longtemps possible sans aller raconter ce qu'ils ont vu à un adulte. D'accord ?

— Je sais les jeux qu'ils préfèrent.

— Parfait. Va.
— Et toi, tu fais quoi ?
— J'ai besoin d'aller parler au chef de ce train, parce que je crois que ce n'est pas quelqu'un de gentil.
— Tu vas le mettre en prison ?
— Peut-être.
— Et après, on se reverra ?
— Promis.
— Chouette. À tout à l'heure !

La petite fille récupéra le badge tombé par terre et fila vers le fond du wagon où elle ouvrit la porte avec le badge de son ancienne gouvernante.

— Promis, chuchota Grace, le cœur lourd.
— Vous avez eu de la chance, intervint Gabriel. Impressionnante, cette gamine qui vous a suivie jusqu'ici… C'était donc elle l'ombre que j'avais bien cru voir se faufiler derrière vous.
— Que va-t-on lui faire si j'échoue ?
— Vous le savez très bien. Vous n'avez plus beaucoup de temps.

Pétrie d'angoisse, Grace parcourut les autres wagons au pas de course. Elle allait franchir le seuil d'une voiture, quand elle remarqua la présence d'un panneau sous verre juste au-dessus de la porte.

— Attendez…

À l'intérieur du cadre se trouvait une citation signée du Passager lui-même. Grace la lut rapidement et comprit. Lentement, elle se retourna et embrassa du regard la masse d'objets accumulée derrière elle.

— Je sais ce qu'il est en train de faire en amassant toutes ces œuvres, murmura-t-elle. C'est écrit noir sur blanc devant moi.

— Lisez mais faites vite !

— « De la culture d'un peuple naît son identité, de son identité naît sa liberté. La liberté est notre obstacle, commençons donc par la culture, le reste tombera… »

Pendant un instant, Gabriel ne dit rien. Quand il parla enfin, sa voix était grave.

— Il vide notre civilisation de sa mémoire pour mieux soumettre les peuples.

Puis il ajouta :

— « Tout ce qui dégrade la culture raccourcit les chemins qui mènent à la servitude. »

— Albert Camus, lâcha Grace qui avait reconnu la phrase.

Elle avait également noté le ton concerné de Gabriel, lui qui n'avait eu aucun scrupule à servir une multinationale qui œuvrait à l'abêtissement des populations.

— Je suis sûr que nous aurions pu être amis dans une autre vie, inspectrice Campbell…

— C'est donc ça, le Plan ? reprit-elle en ignorant la remarque.

— C'en est certainement une petite partie. Je doute qu'il affiche sa stratégie globale avec tant d'ostentation. Poursuivez, peut-être que les autres wagons nous en diront plus. Dépêchez-vous !

Elle courut jusqu'à la porte, où une autre citation confirma leur déduction.

Grace la lut à voix haute avant de franchir le sas de séparation.

— « Un peuple sans culture, c'est un peuple sans mémoire, et un peuple sans mémoire, ce n'est plus un peuple, c'est un troupeau qui préfère se battre pour une télé que pour une idée. »

Enfin, dans le dernier wagon, une formule écrite en lettres d'or triomphait au-dessus de la porte. En la parcourant, Grace revit défiler devant elle les milliers d'objets entassés dans ces conteneurs roulants, et dont l'existence ne serait bientôt même plus un souvenir pour des centaines et des centaines de millions de femmes, d'hommes et d'enfants.

— « Tous les peuples disent aimer leur liberté. Menacez-les de la supprimer, et ils se révolteront comme un seul homme. Mais effacez leur culture, et ils finiront par oublier qui ils sont, y compris ce peuple qui aimait tant sa liberté. »

— Je me suis toujours douté que le Plan était une guerre, déclara Gabriel. Je n'avais pas imaginé à quel point il avait si bien réfléchi à la puissance de ses armes… Je n'ose penser à ce qu'il a prévu d'autre et jusqu'où il compte aller. Mais ce n'est pas le but de cette mission.

— Je suis prête, intervint Grace, plus résolue que jamais à faire tomber le Passager et tous ses alliés.

— Bien, le moment est arrivé, Grace. Vous allez entrer dans les appartements privés du Passager, là où se trouvent son bureau et le coffre-fort qui contient la clé USB.

— Comment pourrai-je l'ouvrir ?

— Il possède un verrouillage électronique. Quand vous serez sur place, collez l'oreillette contre la paroi blindée, je piraterai le système à distance.

— Vous pouvez faire ça ?

— Oui, l'oreillette va accéder au système central du coffre et la puissance de calcul que j'ai à ma disposition depuis mon poste d'observation va déterminer les probabilités et tester les combinaisons en quelques secondes.

— Et pour entrer dans le bureau ?

— Même principe, c'est une serrure électronique. Vous êtes prête ?

— Prête.

Un souffle mécanique résonna et deux portes plus épaisses que les autres s'écartèrent. Grace décela un étroit couloir bordant le côté gauche du wagon, tandis que l'aile droite était occupée par ce qui ressemblait de loin à des compartiments.

— Bonne chance, inspectrice, mais… quoi… atten… il y a un prob… faites demi…

Alors que la double porte se refermait derrière elle, Grace comprit que Gabriel lui disait de ne pas entrer. Elle se jeta sur les battants, qui manquèrent de lui broyer les mains en s'entrechoquant dans un puissant claquement de verrouillage.

— Vous m'entendez ? chuchota-t-elle. Gabriel ?

Aucune réponse, seulement un grésillement.

Les appartements du Passager étaient certainement protégés par un brouillage dont le « nettoyeur », malgré son statut chez Olympe, n'avait pas eu connaissance.

Qu'allait-elle faire ? *Impossible de rebrousser chemin et aucun moyen d'entrer dans le bureau pour ouvrir le coffre-fort.*

– 39 –

Grace s'efforça de réfléchir malgré les fourmillements de stress et les palpitations. *Tu ne peux plus compter sur Gabriel pour déverrouiller les accès. Tu n'as plus qu'une seule option : localiser le Passager au plus vite, et trouver un moyen de l'obliger à te donner la combinaison de son coffre.*

S'apprêtant à voir quelqu'un débarquer à tout moment, elle suivit discrètement le couloir, dont la moelleuse moquette vert foncé caressait ses pieds nus. À sa gauche, les fenêtres offraient une vue sur le paysage alpin défilant à toute vitesse dans la nuit. À sa droite, un long mur en merisier laqué percé de deux portes. Elle écouta à la première. Rien. Elle l'ouvrit et se retrouva à l'entrée d'une somptueuse suite. Au sol, un épais tapis brun se mariait avec les boiseries lustrées et décorées de figures géométriques incrustées de nacre. À côté d'une méridienne crème ornée d'un cygne sculpté qui faisait face à une sorte de baie panoramique, un bar à étages supportait des carafes en cristal et des bouteilles d'alcool aux luxueuses étiquettes. Une petite table au pied doré jouxtait la fenêtre, tandis qu'en retrait, au fond de la vaste pièce, se nichait une confortable chambre aux murs habillés d'une tapisserie médiévale et meublée d'un large lit dont les draps étaient finement brodés. Grace s'apprêtait à se retirer, quand elle entendit du bruit provenant du bout du couloir. Aussitôt, elle recula dans la suite, cherchant du regard une issue. Elle vit alors, près de la couche, une porte. Celle-ci donnait sur une salle de bains équipée d'une vasque en cuivre et d'une douche en faïence. Elle s'y réfugia. Elle écouta, attentive, retenant son souffle, ne sachant pas comment agir si quelqu'un la découvrait. Elle attendit ainsi une bonne minute, personne n'entra. Quand elle se détendit, elle remarqua que des crèmes, des produits de maquillage et une brosse à dents étaient disposés sur une tablette de marbre au-dessus du fastueux lavabo. *A priori*, c'était une femme qui vivait ici. D'ailleurs, en ressortant finalement de sa cachette, Grace aperçut des chaussures à talon au pied du lit, et sur la table de nuit, des magazines et des livres empilés sur lesquels était posé un miroir à main. Ne s'attardant pas davantage sur ces détails, elle rejoignit la porte d'entrée et l'entrouvrit. Le couloir était vide.

Elle se faufila en hâte jusqu'au prochain panneau coulissant, derrière lequel le silence semblait complet. Elle fit lentement glisser la cloison et explora une autre suite tout aussi splendide que la précédente. La décoration, qui rappelait le style colonial, avait une nette connotation masculine, si l'on se fiait aux deux trophées de lion triomphalement accrochés au-dessus du lit, ainsi qu'aux multiples statuettes féminines sculptées dans des poses érotiques.

Cette première pièce semblait déserte, et Grace s'assura qu'il en était de même pour la salle de bains elle aussi faite en faïence. Quand elle pénétra dans la chambre, un élément l'intrigua. Les magazines et les livres sur la table de nuit étaient les mêmes que ceux aperçus dans l'autre suite.

Elle les regarda de plus près. Tous évoquaient ou analysaient en profondeur le même sujet : le *gender fluid*. Grace en avait entendu parler. Ce terme désignait des personnes ne se reconnaissant ni tout à fait dans le genre féminin, ni tout à fait dans le genre masculin, mais se sentant appartenir à l'un ou à l'autre de façon alternative. L'individu pouvait un jour avoir envie de s'habiller et de vivre comme une femme, un autre se sentir plus homme et en adopter les codes. Ce changement pouvait même survenir d'une heure à l'autre. Cependant, sa personnalité n'en était en rien modifiée.

Avisant un article intitulé : « *Gender fluid*, mode ou réalité ? », Grace comprit pourquoi l'identité du Passager était si floue. Ce n'était pas un couple, mais un seul et même individu, un moment homme, un autre femme.

Elle reposa l'ouvrage qu'elle tenait encore en main exactement à sa place au moment où il lui sembla entendre des applaudissements. Elle ressortit de la suite et perçut en effet des acclamations qui provenaient semble-t-il du wagon suivant. Elle s'empressa de rejoindre le sas qui faisait la jonction entre les deux voitures et nota en chemin la présence d'une troisième porte, qu'elle n'avait pas remarquée, au fond du couloir. Elle tenta de l'ouvrir, mais celle-ci était fermée à clé. Il y avait fort à parier qu'il s'agissait du bureau du Passager.

De nouvelles ovations retentirent. Encore plus intenses. Grace passa le sas qui s'ouvrit naturellement et déboucha sur un palier qui conduisait à une jolie porte boisée à double battant, derrière laquelle montait le brouhaha d'une assemblée impatiente. Une voix amplifiée par un micro annonça :

— Et maintenant, mesdames et messieurs, j'ai l'honneur de laisser la place à notre maître et maîtresse à tous : le Passager !

Parcourue par une onde d'angoisse, Grace sut ce qu'il lui restait à faire : écouter le laïus du Passager et le saisir par surprise quand il regagnerait ses appartements.

– 40 –

— Mesdames, messieurs les sociétaires du Plan, membres des 1 %.

Grace fut traversée d'un frisson de fébrilité en entendant pour la première fois la voix du Passager. Une voix de gorge, profonde, basse, habituée à commander sans jamais s'élever. Le ton était celui d'un diplomate riche d'expériences chargé de prononcer un discours qui allait décider à lui seul de la guerre ou de la paix dans le monde. Elle l'imagina en Talleyrand, la posture fièrement aristocratique, un regard gris, tout aussi impénétrable qu'il était pénétrant pour ses interlocuteurs.

— J'aime à rappeler la prophétie de l'un de nos confrères, Warren Buffett, qui, en 2005, avait dit : « Il y a une lutte des classes, c'est un fait. Mais c'est ma classe, la classe des riches, qui mène cette guerre et qui est en train de la gagner. » Seize ans plus tard, nous aurions dû pouvoir déclarer : « Nous avons gagné. » Or ce n'est pas le cas.

L'oreille collée contre la porte, Grace entendit l'assistance bruisser de mécontentement.

— Mais avant de vous révéler la phase 2 du Plan, qui permettra enfin de crier victoire, je souhaiterais nous féliciter du travail déjà accompli. Nous qui détenons les médias, les assurances, les tribunaux, les Assemblées nationales, les banques, les laboratoires et les systèmes éducatifs du monde occidental, nous nous sommes brillamment associés pour créer les conditions pour faire perdurer notre pouvoir et notre ultra-richesse. Tant que nous serons capables d'anticiper et d'étouffer les contestations de ceux sur lesquels nous nous appuyons pour nous hisser toujours plus haut.

Grace perçut quelques applaudissements.

— La première partie de notre Plan, qui visait à maintenir notre statut supérieur, a donc été menée à bien. Nous avons magistralement favorisé l'assèchement de la pensée. Grâce à la démocratisation des réseaux et à leur vacuité, drogue accessible désormais dès le plus jeune âge, grâce à la baisse de l'exigence scolaire, grâce à la valorisation et la starification de la bêtise à la télévision, grâce à l'infantilisation de la parole politique, grâce à l'information-divertissement sans profondeur, nous avons remporté une grande victoire : en moins de vingt ans, nous sommes parvenus à affaiblir le QI moyen des peuples occidentaux d'au moins trois points. C'est considérable ! Bravo à toutes et tous pour ce résultat ! Notre troupeau est de moins en moins en mesure de comprendre ce que nous faisons de lui. D'autant que la baisse de l'intelligence va de pair avec un désintérêt croissant pour celle qui a toujours été notre ennemie au cours des temps : l'identité. Drogués à la récompense immédiate, aux Like ou aux selfies, à la dopamine facile et à l'info zap, ils n'ont plus le goût de l'effort qui risquerait de faire d'eux des révoltés. C'est parfait !

Grace comprit à quel point ce qu'elle avait découvert l'année précédente sur Olympe ne représentait que la partie émergée de l'iceberg.

— Je précise au passage que j'ai ajouté ma petite pierre à l'édifice de sape de l'identité des peuples en rachetant discrètement et *via* plusieurs sociétés toutes les œuvres d'art et tous les objets qui ont fondé leur culture, afin de couper ces fameuses racines qui pourraient leur donner la mauvaise idée d'aimer leur histoire, leur pays. Toutes ces foutaises qui créent du lien.

Nouvelle salve d'applaudissements, rapidement interrompus.

— Sa seconde phase, reprit l'orateur avec autorité, vous le savez comme moi, est celle qui devrait permettre de faire basculer définitivement le pouvoir à notre unique et seul avantage. Je mets la phrase au conditionnel, car, malheureusement, nous n'avons pas encore gagné, alors que cela aurait dû être fait depuis longtemps !

La voix du Passager monta dans des tonalités colériques, et soudain, Grace se le figura aisément le poing crispé, les yeux sévères.

— Qu'attendez-vous pour serrer la vis aux peuples ? Qu'il soit trop tard ? Dois-je vous répéter que nous sommes en guerre ? Le temps presse, mesdames et messieurs ! Je vais peut-être prendre certains d'entre vous pour des naïfs ou des idiots, mais compte tenu de la gravité du moment et de votre frilosité à agir fermement, il me semble décisif de vous rappeler l'urgence de la situation et l'objectif que nous poursuivons !

Le Passager marqua une pause.

— Le modèle économique que nos ancêtres ont initié lors de la révolution industrielle arrive à son terme. Le tout pétrole et l'exploitation quasi illimitée des ressources terriennes n'en ont plus que pour une poignée d'années. La nourriture, l'eau, les matériaux vont se tarir, engendrant des cascades de manque, de frustration et de morts. Si nous, les 1 %, nos enfants, nos petits-enfants et nos arrière-petits-enfants voulons continuer à vivre comme nous l'avons toujours fait, c'est-à-dire sans compter et mieux que les autres, nous devons drastiquement diminuer la part qui revient aux 99 % ! Notre classe des ultra-riches n'a cessé de s'accroître au cours de la dernière décennie. Il faut donc, dès aujourd'hui, dresser les peuples pour qu'ils apprennent à vivre avec beaucoup moins afin que nous ayons toujours autant, si ce n'est plus !

Grace discernait une véritable passion mêlée de courroux dans les envolées de l'individu.

— Il est bien évidemment impossible d'instaurer ce dressage pays par pays. Cette approche demande bien trop de temps, de concessions, de finesse et finalement de dilution de notre projet. Non, il nous faut, et nous le savons depuis toujours, une gouvernance mondiale, afin que les huit milliards de Terriens marchent d'un pas uniforme et soumis en obéissant aux règles que *nous* aurons édictées !

Des claquements de mains accueillirent la saillie verbale.

— Mais comment parvenir à cet objectif sans contestation, sans réveil des populations ni hostilité à notre encontre ? Comment ne pas passer pour d'ignobles esclavagistes ? La réponse est simple : d'abord endormir les vigilances, les envies de révolte, et ensuite faire croire aux peuples que notre nouveau modèle de civilisation tient leur bien-être pour seul dessein. Ils nous suivront alors comme des moutons heureux de payer leur propre laine. Je sais, je n'invente rien, il s'agit ni plus ni moins que de la mise en place de la plus brillante idée surgie du cerveau de ce cher La Boétie : la servitude volontaire.

Le Passager tapota sur ce qui devait être son pupitre quand quelques réactions montèrent dans la salle.

— Cependant, malgré tous nos efforts, de nombreuses populations possèdent encore un réflexe enfoui en elles, un désir qui brûle en sourdine, mais qui semble pouvoir s'enflammer à tout moment. Elle est notre pire ennemie : la liberté !

Des contestations se manifestèrent de nouveau dans le public.

— Oui, la liberté. En dépit de nos tentatives pour étouffer ce vieil idéal en le remplaçant par le culte du divertissement illimité et de l'inculture, ce luxe dont ils ne sont pas dignes anime toujours certains d'entre eux. Telle une bête somnolente, elle scrute l'horizon, sentinelle méfiante prête à sonner l'alarme à la moindre avance maladroite ou trop voyante de notre part. Et voilà qu'autour de ce concept claironné par quelques veilleurs, ceux que nous étions parvenus à endormir sortent de leur torpeur et se mettent à réfléchir, à s'unir, à s'aimer et à se battre. Chaque fois que nous avons échoué, c'est à cause de la liberté, mesdames et messieurs ! C'est toujours elle qui vient briser notre offensive de contrôle. Pourquoi ? Parce que, au fond de lui, ce petit peuple, ces gens ordinaires savent ou plutôt sentent que, sans le socle de la liberté, aucun autre principe nécessaire à leur bien-être ne peut exister : ni fraternité, ni égalité, ni justice. Cette foutue idée est la seule valeur universelle capable de rassembler les populations et donc de les rendre plus fortes, plus méfiantes, plus indépendantes. C'est d'elle que nous devons nous débarrasser une bonne fois pour toutes.

Le Passager semblait trembler de rage.

— Mais si redoutables soyons-nous, nous ne pouvons pas l'affronter directement. Elle est trop puissante. Elle rend les hommes trop fiers, les gorge de trop de courage, de flamboyance et de panache. Alors, comment faire ? Il existe une seule façon de la combattre. C'est de lui opposer une idée plus forte encore : la sécurité.

Cette fois, les murmures se firent plus approbatifs, voire enthousiastes.

— C'est à nous de faire en sorte que la sécurité devienne le nouveau socle de la civilisation mondiale. Alors, nous contrôlerons les peuples à notre guise !

Des acclamations retentirent dans la salle.

— La sécurité doit devenir la religion des individus, celle pour laquelle ils renonceront à tout le reste. Cette envie de protection doit s'infiltrer partout. Elle doit devenir si impérieuse, si nécessaire que la liberté sera perçue comme un luxe que l'on ne peut malheureusement plus s'offrir !

De nouvelles ovations vinrent saluer le Passager qui reprit aussitôt.

— Évidemment, au départ, ils déploreront cet état de fait, regrettant peut-être leur indépendance, mais ils l'accepteront, parce que aucune alternative ne se dessinera dans leur esprit. Et petit à petit, les opposants à cette hiérarchie des valeurs inversées seront rejetés par la majorité, parce que considérés comme des personnes dangereuses voulant briser la société et sa stabilité. Si nous jouons bien notre partie, leur liberté chérie sera une relique d'un temps révolu qu'ils étoufferont pour conserver leur sécurité.

Grace crut entendre des rires moqueurs et, malgré l'écœurant cynisme dont elle était témoin, elle demeura concentrée, enregistrant dans sa tête chaque phrase du discours.

— Vous allez me rétorquer : comment installer durablement cette envie ? Comment en faire un réflexe systématique et non plus une décision mûrement réfléchie ? Comment tuer dans l'œuf tout débat ? Comment leur faire oublier l'équilibre fragile de leur démocratie ? Afin que les peuples ne cessent d'exiger cette ultra-sécurité même quand le danger se trouve derrière eux... Je vous donne ma réponse : en rendant le monde entier accro à la sécurité ! Et pour cela, il existe une arme redoutable : la peur. La peur partout, tout le temps !

La façon dont le Passager avait prononcé ces derniers mots glaça Grace.

— Et voici pourquoi cette instrumentalisation de la peur est infaillible, reprit le dirigeant d'Olympe. Pendant deux cent mille ans, *Sapiens* a évolué et progressé dans un seul but, assurer sa survie. Il n'a cherché qu'une chose pour lui et ses proches : la sécurité. Quand il a finalement réussi à mieux maîtriser la nature, à se défendre contre les bêtes sauvages, à trouver sa nourriture plus facilement, à se protéger du froid ou des maladies plus efficacement, ses peurs ont diminué. Il a alors pu songer à développer des sensations nouvelles comme le bonheur, la joie, l'épanouissement, l'amour et, après des siècles d'esclavage, il a compris que, pour connaître ces plaisirs de l'existence, il fallait avant tout être libre. La liberté s'est révélée comme le principe fondateur de l'humanisme. Cette liberté est devenue une cause si puissante que des millions de personnes sont mortes pour la défendre. Mais *Sapiens* reste *Sapiens*, mes chers camarades. Et si on le replonge dans un climat d'incertitude permanent, de menaces toujours imminentes, si la vie sur Terre redevient une existence inquiétante, pesante et sans espoir, il retrouvera ses vieux réflexes des temps anciens. Et la liberté, finalement bien jeune dans l'histoire de l'espèce, sera reléguée aux oubliettes pour remettre la sécurité au sommet de l'organisation sociale. Tout comme nous avons exploité une faiblesse cérébrale dans le système insatiable de récompense à la dopamine pour nos applications et nos réseaux sociaux, il nous faut exploiter la faille biologique du réflexe humain de protection face à la peur. Une fois encore, nous devons traiter l'homme comme un animal soumis à ses instincts. Voilà la seconde partie de notre Plan : faire régresser *Sapiens* à l'époque où la liberté n'était même pas un embryon d'idée.

S'élevèrent quelques « Bravo ! », « Brillant ! », couverts par un tonnerre d'applaudissements. Sur le qui-vive, Grace craignait que la porte ne s'ouvre à tout moment. Mais le brouhaha de la salle se tarit et le Passager reprit la parole.

Le train oscilla de gauche à droite de façon un peu brutale, et on entendit les personnes de l'assemblée laisser échapper quelques cris de surprise. Manifestation d'une humanité que Grace ne leur attribuait déjà plus. Lorsque les wagons se stabilisèrent, le Passager approfondit la perversion de sa stratégie dominatrice.

— Pour faire de la peur une pensée quotidienne, il faut recentrer toute l'attention des citoyens sur les menaces globales qui pèsent sur la Terre et donc sur leur vie : menaces écologique, sanitaire, économique, technologique, financière, diplomatique. Et je dis bien « menaces », et surtout pas « défis » ou « projets ». Le choix sémantique est crucial. Je m'adresse tout particulièrement à nos amis des médias ici présents. Il faut de la panique, de la terreur, du désespoir. L'effet loupe sur le moindre drame doit fonctionner à plein comme si c'était une généralité. Surtout, aucun recul, aucune perspective pour comparer ou analyser. Jetez les gens dans l'urgence, ne les laissez pas sortir la tête de l'eau. Il faut accabler, démoraliser, décourager, désorienter, désolidariser, désunir les individus et, par-dessus tout, les isoler ! Si vous faites bien votre travail, ils ne voudront même plus se parler. Et c'est le plus important. Parce que s'ils commencent à se rassembler pour débattre, confronter leurs points de vue, ils vont réfléchir, évoluer, la connaissance va s'affiner et, une nouvelle fois, ils risqueraient de se révolter. C'est bien clair ?

Quelques personnes parurent acquiescer.

— Évidemment, des voix discordantes vont tenter de s'élever contre nos agissements. Certaines seront informées, avisées, sensées et pesées. Ce seront les plus préjudiciables à nos causes, et votre rôle de médias sera bien sûr de les faire taire. La méthode la plus efficace pour les anéantir est de les faire passer pour de dangereux dissidents ou des fantaisistes déconnectés du réel. En jouant la confusion, l'amalgame, on parviendra à discréditer tout ce qui ne suivra pas notre discours officiel. La moindre personne proposant une vision différente de la nôtre ne sera plus considérée comme un lanceur d'alerte salvateur, mais comme un illuminé qui met en péril la vie d'autrui. En avançant petit à petit, on fera assimiler la pensée libre au terrorisme. C'est ainsi que l'on pourra justifier la censure sur nos réseaux. Et quand on fermera les comptes ou les pages de ces fameux dissidents, les gens applaudiront et se réjouiront qu'on fasse taire un nouvel ennemi de la Vérité et du Bien. Le temps que les individus prennent conscience qu'un jour viendra leur tour d'être censurés et qu'ils se trouveront eux-mêmes condamnés par leurs anciens soutiens, il sera trop tard, nous aurons mis en place le cadre juridique qui les empêchera de revenir en arrière. Et le beau principe de la démocratie où l'on se battait pour la liberté de parole glissera vers notre gouvernance chérie de la tyrannie douce. J'ai bien dit « douce », n'est-ce pas. Les gens doivent croire qu'ils sont encore en démocratie pour ne pas sortir de leur torpeur. C'est là toute la subtilité de notre approche.

De derrière la porte, Grace perçut quelques phrases qui approuvaient avec admiration la tactique exposée par le Passager.

— Encore un mot sur la stratégie médiatique. Je vous connais, chers confrères de la communication, vous aimez tellement les héros que vous risquez de tomber dans un piège. Le monopole de la résolution des menaces ne doit pas atterrir entre les mains d'un individu lumineux et confiant qui, en les éliminant rapidement et efficacement, emporterait l'adhésion de tous les pays. Parce que, évidemment, nous savons tous ici que les problèmes globaux peuvent être résolus avec les bonnes personnes, les bons mots et les bonnes actions. Mais le projet commun de notre civilisation ne doit surtout pas être positif. L'énergie positive crée l'intelligence, la joie, la sagesse, la connaissance, bref, tout ce qui va à l'encontre de la soumission. Nous ne devons surtout pas être le médecin qui dit à son patient : « Vous allez guérir », mais celui qui lui rappelle sans cesse : « Vous êtes malade. » Il ne faut laisser à aucun être providentiel la possibilité de réenchanter le projet collectif de l'humanité. Si nous racontons la bonne histoire, les citoyens de chaque pays se rallieront très vite à notre vision globalisante, parce qu'ils auront peur en permanence. Mieux encore, ils ostraciseront ceux qui ne veulent pas céder à l'inquiétude et les criminaliseront en les accusant de mettre le monde en danger. Et la peur perdurera tant que nous le voudrons, puisque nous veillerons bien entendu à ne jamais soigner la cause des problèmes, mais seulement à soulager les symptômes. Appauvrissement des ressources naturelles, pollution de l'air et des sols, montée du terrorisme, augmentation de la délinquance, nourriture empoisonnée, saturation hospitalière, virus, tensions diplomatiques, crise économique, krach boursier, tout cela est notre fonds de commerce. C'est ainsi que nous nous enrichirons et accroîtrons éternellement notre pouvoir sur la masse…

Le Passager allait poursuivre, mais des acclamations enthousiastes l'interrompirent.

— Les 99 % doivent vivre dans le tunnel de la peur, jour et nuit ! reprit-il après quelques secondes. Les enfants font déjà des cauchemars sur le réchauffement climatique et l'environnement. Continuons encore et toujours. Afin qu'ils comprennent bien que seuls ceux qui adhèrent à nos solutions survivront. Des solutions à moindre coût pour nous, puisqu'ils les achèteront dans l'urgence sans plus exiger aucun réel contrôle.

Cette dernière tirade électrisa l'assemblée.

— Mesdames et messieurs, voilà donc le récit qui doit résonner dans la tête des humains de zéro à cent ans sur toute la planète, et par-dessus tout en Occident : vous allez mourir parce que vous polluez trop, sauf si vous achetez notre voiture électrique. Vous allez mourir parce que la crise économique va vous ruiner, sauf si vous nous donnez de l'argent pour sauver nos banques. Vous allez mourir parce qu'il n'y aura plus d'eau sur Terre, sauf si elle nous appartient et que nous la gérions durablement. Vous allez mourir d'une attaque terroriste parce que les logiciels de reconnaissance faciale que nous développons ne sont pas assez répandus dans votre ville. Vous allez mourir de la montée des océans si vous n'êtes pas propriétaire d'un appartement dans nos résidences protégées en altitude. Vous allez mourir parce que la violence augmente, sauf si vous vous procurez nos armes. Vous allez mourir parce que les hôpitaux sont pleins et qu'ils ne pourront plus vous accueillir en urgence, sauf si vous avez contracté notre abonnement dans nos cliniques privées. Vous allez mourir parce que le monde est déprimant et vous donne envie chaque matin de vous suicider, sauf si vous prenez notre nouvelle génération d'antidépresseurs. Vous allez mourir parce que la nourriture est empoisonnée, sauf si vous achetez nos médicaments antipesticides. Vous allez mourir parce que vous allez devoir donner votre maison et les trois quarts de vos revenus à l'État pour rembourser la dette de votre pays, sauf si vous avez souscrit à notre toute dernière assurance-misère. Vous allez mourir parce que la guerre nucléaire est inévitable, sauf si vous consentez à vivre sous terre dans nos abris antiatomiques. Vous allez mourir parce que vous n'aurez pas notre technologie de pointe capable d'analyser votre état de santé en temps réel. Vous allez mourir parce que vous n'avez pas acheté nos traitements prolongateurs de vie. Vous allez mourir parce que vous n'avez pas téléchargé votre conscience sur un ordinateur. Vous allez mourir parce qu'une météorite va un jour frapper la Terre, sauf si vous financez notre programme d'exploration spatiale. Vous allez mourir d'ennui parce que le streaming de vos séries réchauffe la planète, sauf si vous avez l'abonnement premium. Vous allez mourir d'angoisse parce que vous aurez raté une information capitale sur votre téléphone trop vieux pour les nouvelles applications, sauf si vous vous offrez la toute dernière version. Vous allez mourir parce que vous avez perdu trois Like sur l'un de vos posts Facebook, sauf si vous nous donnez un accès total à votre vie privée.

Le Passager fit une pause avant de reprendre d'une tonalité solennelle.

— La lutte des classes, chère à notre inspirateur Warren Buffett, n'est pas terminée, nous ne l'avons pas encore gagnée, mais si nous appliquons la méthode du Tunnel de la Peur à la lettre, nous ne pourrons pas perdre. La Terre nous appartient aujourd'hui, demain et au-delà. Nous sommes l'Olympe, nous sommes les dieux, c'est à nous de faire l'histoire du monde !

Ceux qui contrôlent la peur des gens deviennent les maîtres de leur âme.

Un silence, puis des applaudissements frénétiques éclatèrent pendant plus de deux minutes sans interruption. Jusqu'à ce qu'une mélodie envoûtante se diffuse dans la salle.

— Écoutez, mes compagnons, cet air qui a traversé les âges jusqu'à nous… Vous entendez l'appel du joueur de flûte ? Notre maître escamoteur à tous. Celui qui a si bien su contenter son appétit de tendre chair au nez et à la barbe de ceux qui auraient dû surveiller leurs enfants… Sentez le réveil de nos instincts de prédateurs… Nous qui sommes au sommet de la chaîne alimentaire, nous sommes les seuls à éprouver l'extase de l'ultime transgression. Laissez-vous enivrer par la musique des temps premiers et savourez ma cuvée 2021. Elle est du meilleur cru. Diabolique soirée à vous !

Alors que des exclamations concupiscentes montaient jusqu'à Grace, celle-ci était comme crucifiée par tout ce qu'elle venait d'entendre. Mais très vite, elle relégua sa sidération au second rang pour reprendre le plein contrôle de sa vigilance. Le Passager pouvait franchir la porte à tout moment. *Pourvu seulement qu'il soit seul*, pria Grace intérieurement.

– 41 –

Grace avait le choix de se cacher dans l'une des chambres du Passager en attendant qu'il s'y retire après sa conférence. Mais quel genre était le sien aujourd'hui ? Homme ou femme ? Elle opta rapidement pour la suite aux trophées de lion, ne parvenant à attribuer les toutes dernières paroles du Passager qu'à un prédateur…

Elle courut sur les lattes de parquet ciré et entra dans la salle de bains. Le dos plaqué contre la faïence de la douche à l'italienne, elle se répétait sans cesse la même idée. *Tu dois simplement récupérer la clé USB, neutraliser le Passager et rejoindre le salon avec son passe, en prétextant une crise de calculs rénaux qui t'a clouée aux toilettes. Le reste se passera très bien.*

Évidemment, elle se mentait, mais qu'aurait-elle pu faire d'autre dans une situation si critique et désespérée ?

Plusieurs minutes s'écoulèrent. Grace savait que chaque seconde supplémentaire rapprochait le moment où serait donnée l'alerte dénonçant sa disparition.

Finalement, la porte de la chambre s'ouvrit. Figée, elle entendit le parquet grincer, un souffle, le froissement d'un vêtement que l'on jette sur un sofa et le tintement d'un verre contre le goulot d'une carafe.

Grace respirait à peine, des gouttes de sueur et de stress perlant le long de son échine. La friction d'un tissu se rapprocha de la salle de bains et elle le vit. D'abord de profil. Et, le temps qu'elle se précipite sur lui, il avait tourné la tête vers elle.

Le visage le plus déstabilisant qu'il lui ait été donné de voir. Moitié homme, moitié femme, dans ce que leur représentation pouvait avoir de plus stéréotypé. Du côté gauche, l'œil était maquillé et charmeur, les cils étirés, la bouche peinte de rouge à lèvres, un léger blush rehaussait le teint et une longue mèche fendait le front. Du côté droit, une barbe de deux jours, un œil sévère, une peau brute et des cheveux plaqués en arrière.

Grace fut si troublée qu'elle s'arrêta dans son mouvement. Le Passager en profita pour sortir un pistolet de la poche intérieure de son veston. L'enquêtrice bondit sur lui, parvenant à dévier le canon d'un cheveu d'ange avant qu'il ne fasse feu. La faïence éclata derrière sa tête à l'instant où elle se saisit de l'arme pour la retourner contre lui.

Il s'immobilisa aussitôt, son regard ambigu la fixant avec une intensité malsaine.

— Donnez-moi la clé USB qui vous permet de tenir vos associés et vos clients en laisse, ordonna Grace.

— À qui parlez-vous ?

L'impassibilité du Passager rendait son double visage encore plus perturbant. On avait l'impression d'être face à une chimère dont il était impossible de lire les émotions.

Grace n'avait jamais éprouvé une telle fascination. Elle était comme hypnotisée, aux prémices d'une emprise. Tenir son bras armé tendu vers sa cible devenait de plus en plus difficile.

— Vous voulez vous adresser à lui ? À elle ? Ou à iel ?

Grace secoua la tête comme on chasserait un vertige. Elle reprit un peu le contrôle d'elle-même.

— La clé USB ou vous terminerez comme votre gouvernante au fond d'un ravin ! Après ce que j'ai entendu de votre discours, ne me faites pas croire que vous ne craignez pas la mort, alors que vous êtes si près du but…

Le Passager dévisagea Grace de ses yeux féminin et masculin. Puis il avisa longuement le canon braqué sur son front. Il avait l'air de peser le pour et le contre à la façon froide et distante d'un comptable.

— La clé est dans mon coffre, finit-il par déclarer.

Grace lui fit signe de s'y rendre d'un mouvement du pistolet et le suivit. Elle s'appliquait à ne pas parler et pourtant, une question tentait de forcer la barrière de ses lèvres pincées.

Le Passager sortit de la chambre et se posta devant la troisième porte du couloir qu'il déverrouilla à l'aide de son badge. Ils entrèrent tous les deux dans un bureau d'une étrange sobriété, uniquement meublé d'une longue table en bois. Un seul tableau ornait les murs immaculés. Un portrait de Nicolas Machiavel. Le Passager s'arrêta devant lui et le tira comme on ouvre un battant. Derrière se trouvait effectivement une petite porte blindée.

— Pourquoi les enfants ? lâcha Grace, la voix tremblante.

— Pardon ?

— Pourquoi violer, torturer et tuer des enfants ? *Pourquoi ?*

— Je ne sais pas qui vous êtes, mais vous parlez comme une victime.

— Pourquoi ? hurla Grace en plaquant l'arme sur la nuque du Passager.

— Parce que l'ennui. Parce que la mort. Parce qu'à notre niveau de pouvoir, de puissance, comment nous sentir vivants autrement que dans la transgression ultime ? Et puis, si vous avez écouté mon discours, vous comprendrez que des enfants traumatisés, dans le cas où ils survivraient à leurs tortionnaires, donneront des adultes apeurés, donc soumis. Protéger les pédophiles et assurer le maintien de réseaux présente pour nous un double avantage dont nous serions bien malavisés de ne pas profiter.

Abats-le ! siffla une voix au plus profond des entrailles de Grace. *Abats-le et tout sera réglé.* Mais elle résista, parce qu'elle voulait anéantir le mal à sa racine, non lui arracher une tête qui repousserait aussitôt.

Le Passager n'attendit pas qu'elle lui demande de composer le code secret. Il pianota sur un clavier et la porte s'entrouvrit pour dévoiler une petite pochette en velours noir.

— Voici ce que vous cherchez, dit-il en plongeant la main à l'intérieur du coffre.

Ce n'est qu'en entendant le déclic résonner qu'elle comprit. Trop nerveuse et choquée par tout ce qu'elle venait d'endurer et d'apprendre, elle n'avait pas anticipé le piège. Une explosion de lumière et de fumée jaillit du coffre. Éblouie, elle tira à l'aveugle et fut sauvagement poussée en arrière. En tombant, elle aperçut une ombre courir devant elle pour rejoindre le fond du couloir. Le temps qu'elle se relève, un violent courant d'air et un bruit assourdissant s'engouffrèrent dans le wagon : un pan entier de mur achevait de coulisser, révélant les montagnes qui défilaient dans la nuit à toute allure. Le Passager s'apprêtait à franchir l'ouverture, sa pochette noire fermement serrée dans la main. Grace brandit son arme dans sa direction et parvint à le toucher à la jambe. Il laissa échapper un cri de douleur et disparut dans l'obscurité. Elle se précipita là où il se tenait une seconde plus tôt et regarda dans le vide, croyant qu'il avait chuté. Mais en tournant la tête, elle le vit qui longeait le wagon sur une petite passerelle. Sans se laisser le temps d'avoir peur, Grace posa un premier pied sur le rebord métallique, se retrouvant au-dessus du déroulé infernal des rails. Les cheveux battus par le vent glacial, le corps en lutte contre le souffle de la vitesse, elle suivit l'étroit chemin, une main crispée sur son pistolet, l'autre agrippant les rares prises à sa portée. Le moindre faux mouvement la jetterait au sol pour la démembrer vivante.

Le Passager profita de sa peur pour la distancer et déjà atteindre une plate-forme à l'extrémité de la voiture. Elle se préparait à faire feu quand une secousse l'ébranla. Le choc fut si fort qu'elle bascula en arrière. Sa main libre rata la poignée de sécurité. L'autre lâcha l'arme, qui fut aussitôt avalée par la voie ferrée. Grace se vit partir dans le vide. Mais d'un geste d'une rapidité qu'elle ne se connaissait pas, elle rattrapa un portant extérieur avec seulement trois doigts.

Les jambes flageolant sous le coup de la frayeur, fouettée par le vent, elle hurla sa rage pour libérer sa peur. À l'autre bout du wagon, le Passager regardait dans sa direction, sans bouger. Pourquoi ne fuyait-il plus ?

Une nouvelle secousse les déstabilisa. Grace se cramponna de toutes ses forces, tandis que le Passager lâchait un cri de douleur, sans doute provoqué par sa blessure à la jambe, et s'appuyait sur une rambarde. Grace s'empressa de parcourir les derniers mètres sans chuter et se précipita vers lui. Il était à sa merci, affaibli, se retenant à la barrière métallique. Elle posa un pied sur la plate-forme et s'élançait pour l'agripper lorsqu'une rafale mitrailla le sol juste devant elle dans un feu d'artifice d'étincelles. La seconde d'après, un projecteur venu du ciel enflamma la plate-forme. Grace ne discerna qu'une massive silhouette dans l'obscurité, mais le bruit assourdissant ne laissait pas de place au doute. Il s'agissait d'un hélicoptère. Un point rouge éclaira la poitrine de la jeune femme et elle se jeta à terre aux pieds du Passager. La balle siffla et lui déchira le trapèze droit.

Plaquée contre la rambarde qui la protégeait provisoirement, une douleur sauvage dans l'épaule, elle vit, impuissante, se dérouler une échelle de corde, dont le Passager s'empara avant de la regarder d'un air narquois. Il allait lui échapper et emporter avec lui les preuves décisives.

Assassinant son instinct de survie, elle se releva et bondit vers son ennemi qui s'envolait déjà. Animée par la hargne, elle parvint à lui saisir le poignet. Sa main glissa et ses doigts s'accrochèrent à la pochette noire que le Passager étreignait. Le tissu se déchira, et le dirigeant d'Olympe disparut dans les airs, tandis que le projecteur aveuglait de nouveau Grace. Elle retomba à plat ventre et se colla à la rambarde métallique juste à temps pour entendre les balles éclater sur son bouclier de fortune. Transie de peur, elle resta sans bouger jusqu'à ce que le battement des pales de l'hélicoptère s'éloigne.

— Grace ! Où êtes-vous ? grésilla une voix dans son oreillette.

Sans doute parce qu'elle était à l'extérieur des appartements du Passager, la communication avec Gabriel revenait doucement.

Mais Grace l'ignora. Elle ne voyait qu'une chose : le petit objet sombre qui reposait sur le sol de la plateforme.

Incrédule, elle tendit le bras pour le récupérer. Il s'agissait d'un étui rouge fermé hermétiquement, qui avait tout à fait la taille pour accueillir une clé USB.

— Je l'ai, souffla-t-elle.

— Vous avez la clé ?

— Je crois…

— Le GPS qui se trouve dans votre oreillette dit que vous êtes à l'extrémité du wagon des appartements privés du Passager. Ne restez pas là ! Des gardes arrivent ! Ils ont ordre de tirer à vue pour protéger notre dirigeant. Je ne peux pas contrer cet ordre !

— Mais où voulez-vous que j'aille ? s'emporta Grace, à bout de nerfs.

Gabriel ne répondit pas tout de suite. Grace se releva. Peut-être que la passerelle se déroulait le long de tous les wagons. Mais de ce qu'elle observait de la plateforme, ce n'était pas le cas. Elle était condamnée.

À la fois dévastée et poussée par l'urgence de donner du sens à cette mort inévitable, elle dicta ses derniers ordres.

— Je vais jeter la clé USB, vous la récupérerez le long de la voie ferrée. Notez mes coordonnées GPS ! cria-t-elle à Gabriel.

— Attendez ! Vous devez survivre. Sans vous, ces preuves ne valent rien.

— Il y a d'autres personnes de bonne foi. Jurez-moi que vous retrouverez la clé, que vous ferez tomber Olympe et qu'avant tout vous sauverez les enfants prisonniers de ce train maudit.

— Non ! Vous allez vous en sortir, Grace ! Le GPS m'indique que, dans deux kilomètres, vous allez passer sur un pont qui enjambe une rivière. Quand je vous le dirai, vous sauterez.

Grace savait que ses chances de survie étaient infimes. À une telle vitesse, il était presque impossible qu'elle se lance au bon moment. Et quand bien même elle serait dans le bon *tempo*, à une hauteur pareille, le choc avec l'eau lui serait probablement fatal. Mais en ne bougeant pas, le sort qui l'attendait était certainement bien pire.

Dans le sas qui bordait la plate-forme, elle entendit des cris. Les gardes allaient surgir.

Elle glissa le petit étui rouge dans son corsage, puis enjamba la barrière de sécurité. À moitié aveuglée par ses cheveux, sa robe en partie déchirée claquant au vent, les bras en arrière, elle s'agrippa à la rambarde malgré la douleur qui irradiait dans son épaule blessée. Sous ses pieds, la roche n'était plus qu'un autel de pierres saillantes attendant son sacrifice sanglant.

— J'ai déjà eu votre vie entre les mains, Grace, intervint Gabriel d'une voix calme. Faites-moi confiance, ma détermination à vous sauver est aussi grande que celle dont j'ai fait preuve lorsque j'ai tenté de vous tuer il y a quelques mois. Vous y êtes presque… Dans dix… neuf… huit…

À l'autre bout du wagon, Grace discerna des silhouettes armées qui longeaient le train dans sa direction. Une lampe torche se braqua sur elle. La porte donnant sur la plate-forme s'ouvrit à la volée.

— Deux… un… maintenant !

Elle sauta dans le vide.

– 42 –

Des pleurs, des hurlements et des claquements métalliques de chaînes.

Des spectres sombres et flous qui partent et reviennent.

Des portes de cages que l'on frappe, les affres d'une fournaise.

L'infini, l'absence de temps, le vide.

La chute interminable, le tourbillon cyclonique de l'effroi.

L'obscurité glaçante, la luminosité incandescente et les lamentations, encore, toujours…

Puis la peur lentement se meurt, l'enfer s'éloigne.

La tétanie fond, la rivière se fait douce.

Les spectres ne sont plus menaçants, leurs contours se redessinent.

Et soudain, un visage.

— Madame ?

Elle entrouvre fébrilement les paupières. *Qui est-ce ? Où suis-je ?*

— Bienvenue dans le monde des vivants, la rassure une voix masculine avec un fort accent allemand.

Elle l'observe, sans comprendre, sans parvenir à se souvenir. Tout est si brumeux, lointain.

— Ne vous inquiétez pas si vous vous sentez désorientée. Après ce que vous venez de traverser, c'est normal. Cela ne durera pas. Le scanner n'a révélé aucun traumatisme crânien.

Elle entrevoit un plafond blanc, un néon peut-être, un homme âgé, la figure parsemée de taches de vieillesse, de rares cheveux gris peignés en arrière, le regard un peu triste, mais bienveillant. Et toujours ces geignements, cette complainte déchirante qui résonne de partout. *Pourquoi ces atroces clameurs dans ma tête ?*

— Je suis le docteur vétérinaire Diesbach, vous êtes en pleine campagne suisse. Si je vous dis Illgau, cela ne vous aidera en rien, sourit-il. Et vous vous trouvez dans mon cabinet, que j'ai aménagé pour vous.

— Ces cris…, parvient-elle à bafouiller entre ses lèvres desséchées. Vous les entendez ?

— Ah oui, pardon, à force, je n'y prête plus attention. Ce sont les chiens et les chats qui se réveillent après leur opération. Cela peut effectivement être inquiétant et angoissant quand on n'est pas habitué.

Elle ferme les yeux en signe d'acquiescement, avec l'envie de les garder clos. Elle se sent si fatiguée.

— Vous revenez de loin, vous savez, lui dit le vétérinaire. Vous m'avez fait peur. Vous avez traversé trois jours de très forte fièvre.

— Qu'est-ce que j'ai ?

— Votre vie n'est plus en danger. Mais vous avez vraiment failli y rester. Votre blessure au trapèze s'est déchirée et vous vous êtes vidée de votre sang dans l'eau glacée. La chute que vous avez faite vous a brisé le bras gauche, luxé le genou droit et cassé trois côtes. Et je ne parle même pas des ecchymoses sur tout votre corps. Heureusement que l'homme qui vous a trouvée vous a conduite jusqu'ici.

— Qui ?

— Il a dit qu'il s'appelait Gabriel. Je n'en sais pas tellement plus.

Le brouillard des pensées de Grace fut comme chassé par un courant d'air.

— Ce brave gars était parti pêcher à la mouche sur la rivière au petit matin quand il vous a vue, étendue sur le rivage. Vous ne respiriez plus. La plupart des gens n'auraient rien tenté. Lui s'est mis à vous faire un massage cardiaque. Il s'est acharné au-delà de ce qu'un secouriste aurait fait. Et, par je ne sais quel miracle, votre cœur a redémarré. Je ne connais pas ce type, mais ce n'est pas tous les jours qu'on croise des personnes si dévouées… Il vous a ramenée d'entre les morts. Et le plus étonnant, c'est qu'il ne s'est pas arrêté là, ce bon Samaritain.

Grace ne comprend pas et son expression doit suffisamment bien traduire sa confusion.

Le vétérinaire s'assoit au bord du lit et règle le débit du goutte-à-goutte dont elle prend soudain conscience. Tout comme elle découvre son bras dans le plâtre et une attelle à son genou.

— Comme je vous l'ai dit, vous aviez perdu beaucoup de sang, reprend le docteur. Et de l'endroit où il vous a trouvée, le premier hôpital est à plus de cent kilomètres. Vous seriez morte en route. Il a bien fait de vous amener à moi. Comme, ici, il y a plus de vaches que d'hommes, les vétérinaires sont plus nombreux que les médecins, lance-t-il en souriant. Bref, j'ai des réserves de sang dans mon frigo, mais c'est du sang animal…

— D'où provient celui que j'ai en moi ? demande Grace en tremblant intérieurement.

— C'est le sien, vous étiez compatibles. Mais vous l'auriez vu, il était pâle comme un linge et il voulait encore se vider pour vous. J'ai dû insister pour lui enlever l'aiguille du bras, sinon, il allait vous transfuser l'intégralité de son hémoglobine ! Non, vraiment, soit cet homme est tombé amoureux de vous, soit c'est un saint, plaisante le vétérinaire.

Grace ferme les yeux. Le sang qui coule dans ses veines est celui de son ancien tortionnaire et surtout l'assassin de Naïs. L'idée est si repoussante qu'elle ne parvient même pas à lui donner une réalité.

— Hey… tout va bien, madame, lance le vétérinaire en se penchant vers l'électrocardiogramme qui s'emballe. Si vous vous inquiétez pour lui, soyez tranquille, il est parti sur ses deux pieds.

Elle s'efforce de se calmer.

— Oui, voilà, n'allez pas me faire une crise de panique alors que vous avez passé le pire. Vous êtes sur le chemin de la guérison…

Cette parole lui rappelle subitement le discours du Passager et son analogie avec le médecin qui fait de vous un projet de guérison ou un malade. À cette pensée, une nouvelle angoisse la saisit.

— J'avais un petit étui avec moi… Où est-il ? Un étui rouge…

— Ah oui ! votre sauveur m'a dit qu'il l'avait trouvé sur vous et m'a demandé de le garder précieusement pour vous le confier à votre réveil.

Alors, Gabriel ne l'a effectivement pas trahie…

— Je peux l'avoir ?

— Euh, oui, bien sûr… Il est dans le tiroir de la table de chevet, juste là. Tenez.

En voulant tendre la main, Grace laisse échapper un cri de douleur.

— Vos côtes sont loin d'être réparées, faites tout doucement. Je ne vous ai pas donné de morphine à l'excès afin que vous n'aggraviez pas votre cas en ignorant la blessure.

— Vous pouvez l'ouvrir pour moi et me dire si le contenu est humide ?

Le vétérinaire décapsule le boîtier et en sort une clé USB rouge.

— Ce n'est pas trempé, mais je ne peux pas vous garantir que ça n'a pas pris l'eau.

— Merci…

L'homme pose la clé sur la table.

— Dans combien de temps pourrai-je partir ?

— Oh, je ne vous retiens pas. Mais votre corps a besoin d'être traité avec beaucoup de précautions pendant au moins une semaine. Donc, tout dépend de la façon dont vous voyagerez pour rentrer chez vous.

— Puis-je passer un appel, s'il vous plaît ?

— Bien entendu. Il est temps de rassurer votre famille. Comme vous n'aviez pas de papiers sur vous et que le dénommé Gabriel m'a dit que, malgré votre état d'extrême faiblesse, vous l'aviez supplié de ne prévenir ni la police, ni qui que ce soit d'autre, je n'ai parlé à personne. D'ailleurs, vous remarquerez que je ne vous ai même pas demandé votre nom ni comment vous aviez atterri dans cette rivière en robe de soirée… Je savais juste que je devais vous parler anglais.

Grace se contente de répondre par un vague sourire et surtout un grand regard de reconnaissance. Le vétérinaire met sa main sur la sienne.

— Je vais vous chercher le téléphone.

Quand il lui confie l'appareil une minute plus tard, Grace s'empresse d'appeler Elliot Baxter. Elle lui résume tout ce qu'il s'est passé, mais insiste sur l'urgence de retrouver le train du Passager et de sauver les enfants. Pendant la conversation, son supérieur passe par tous les états : la colère ou encore la stupeur, pour terminer par l'émerveillement à l'égard du courage de son inspectrice. Grace raccroche, une fois certaine qu'il va tout mettre en œuvre pour arracher les pauvres petits innocents à leur innommable souffrance.

Elle range le portable sur sa table de chevet et prend la clé USB entre ses mains. Contient-elle vraiment ce que Gabriel lui a dit ? Détient-elle enfin les informations qui vont faire tomber Olympe, tous ses associés et ses clients ? Il faut à présent attendre d'être de retour au commissariat pour consulter les données. Elle doit respecter des procédures de sécurité informatique, afin d'éviter toute destruction accidentelle de ce qui doit être une preuve à la valeur inestimable.

Elle voit l'heure sur l'électrocardiogramme. Comme convenu avec Elliot, la police suisse viendra la chercher d'ici deux ou trois heures en hélicoptère pour arranger son rapatriement en Écosse. Elle ne peut pas se permettre d'attendre deux ou trois jours. Elle doit connaître les secrets que recèle cette clé pour agir avant que le Passager n'ait le temps de s'organiser.

Épuisée, elle décide d'essayer de dormir un peu avant l'arrivée des officiers helvètes. Mais avant, elle a besoin que le vétérinaire réponde à une question qui la tourmente.

— Docteur Diesbach ? appelle-t-elle.

— Oui !

Le vieil homme entre calmement.

— Ce Gabriel…, commence Grace. Vous a-t-il dit si je pouvais le contacter ou s'il allait quelque part ?

— Non, il n'a laissé ni son adresse ni son nom de famille. Je pense qu'il n'était même pas du coin. Je peux juste vous dire qu'il avait l'apparence d'un type que la vie n'a pas épargné. Il boitait et j'ai cru voir une longue cicatrice sur sa gorge. D'ailleurs, il avait la voix un peu éraillée.

— Aucun message, rien ?

Le docteur semble réfléchir.

— Non, une fois qu'il a su que vous alliez vous en tirer, il m'a dit qu'il devait partir et vite retourner s'occuper des enfants.

— Des enfants ?

— Oui, c'est ce qu'il a dit. Pas de *ses* enfants, mais *des* enfants.

Grace demeure muette. Troublée, émue peut-être.

Épilogue

Deux jours plus tard, vers neuf heures du matin, Grace quittait l'hôpital contre l'avis des médecins. Contusionnée, elle mit cinq minutes à gravir l'escalier de son immeuble qu'elle avalait d'ordinaire en quelques secondes.

La veille, elle avait fait envoyer la clé USB au département informatique de son commissariat, qui lui avait promis un compte rendu le lendemain en fin de matinée.

De sa chambre d'hôpital, elle s'était également entretenue avec Elliot par téléphone. À sa grande joie, elle avait appris que le train du Passager avait été arraisonné juste avant de passer la frontière russe. Un problème électronique l'avait apparemment immobilisé sur la voie. Une aubaine sans laquelle les services de police ne seraient jamais arrivés à temps pour l'intercepter.

Sans révéler à son supérieur le rôle que Gabriel avait dû jouer dans cette malchance électronique, Grace avait ressenti une étrange chaleur dans le ventre en apprenant la nouvelle. D'autant que tous les enfants étaient en bonne santé et avaient été recueillis en lieu sûr. Les adultes avaient en revanche été arrêtés pour être interrogés. Mais, comme Grace s'en doutait, la plupart avaient vite été libérés en l'absence d'une quelconque infraction avérée.

Exactement ce à quoi devait remédier le contenu de la clé USB qu'elle avait arrachée des mains du Passager au péril de sa vie.

Parvenue sur le palier à bout de forces, Grace vit son vieux voisin Kenneth faire irruption dans le couloir.

— Grace ? Que se passe-t-il ?

— Un chat m'a fait part de son mécontentement, ironisa-t-elle.

— Venez ici que je vous aide. Je me suis douté que c'était vous.

Kenneth conduisit Grace jusque chez elle.

— Je vous déposerai un repas sur le pas de votre porte. Et surtout, vous savez où me trouver en cas de besoin.

— Merci Kenneth.

— Ah j'oubliais ! lança-t-il. Un coursier a laissé cette lettre chez moi à votre intention.

Le vieil homme lui tendit une enveloppe kraft.

— Bon repos, conclut Kenneth en s'éloignant.

Grace referma la porte de chez elle, se traîna jusqu'à son canapé et s'y assit avec mille précautions avant d'ouvrir le courrier et d'en retirer une feuille.

> Grace,
> Je suis rassuré de vous savoir en vie. Vous vous remettrez de vos blessures physiques et morales. Le Passager nous a échappé, mais je sais que vous êtes parvenue à obtenir la clé USB. L'heure des comptes a donc sonné.

> Je vous fais confiance pour ne rien lâcher de la guerre judiciaire historique qui s'annonce contre Olympe.
> J'ai, si cela vous intéresse, quitté la multinationale juste après avoir provoqué l'incident électronique ayant entraîné l'immobilisation du train à la frontière russe. Je suis actuellement en fuite. Je vous contacterai au besoin.

Grace trouvait élégant que Gabriel ne se vante ni de lui avoir sauvé la vie, ni de lui avoir donné son sang. Mais comment pouvait-il lui écrire ainsi, comme si leur relation n'était pas entachée à vie par tout le sang qu'il avait fait couler ?

Elle abandonna l'enveloppe sur la table basse et se releva péniblement. Si l'heure des révélations allait bientôt sonner pour Olympe, celle de son bilan personnel était advenue.

Elle marcha droit vers la porte blindée de sa pièce secrète et y entra sans aucune appréhension. Elle contempla une dernière fois les centaines de coupures de presse et les dessins affichés au mur sans plus une once d'angoisse. Elle sourit amèrement en constatant que pas un seul article ne mentionnait l'expérience de Kentler ou la légende du joueur de flûte. Pendant toutes ces années, les journalistes étaient passés à côté de ce qui aurait pu être le plus grand scandale de ces cinquante dernières années. Peut-être auraient-ils dû consacrer leur énergie à mener une véritable investigation au lieu d'alimenter un sensationnalisme creux.

Alors qu'elle repensait à Hamelin, Grace fut soudain prise de vertige. Le rythme effréné de son enquête ne lui avait pas permis de prendre pleinement conscience de ce qu'elle avait prouvé : un conte vieux de plus de sept siècles mondialement connu était en fait le récit d'un fait historique bien réel qui s'était déroulé dans une petite ville d'Allemagne un 26 juin de l'année 1284.

Si les parents d'aujourd'hui savaient l'horreur de ce qu'ils racontent à leurs enfants en croyant les divertir avec une simple légende, pensa-t-elle.

Quant à se rendre compte qu'elle avait elle-même été victime d'un réseau pédocriminel fondé au Moyen Âge par ce diabolique joueur de flûte, cela lui semblait difficilement concevable.

Mais qu'importent toutes ces considérations historiques, le soulagement qu'elle éprouvait aujourd'hui était lui aussi bien réel. Si réel qu'elle en aurait pleuré. Désormais, elle connaissait la vérité sur son enfance et, même si elle n'avait pas pu encore retrouver et arrêter son tortionnaire, elle n'avait plus peur. Elle était maintenant maîtresse de son passé et non plus le jouet d'épouvantes enfantines.

Elle pensa à Lukas, seul dans sa chaumière, et sut qu'elle retournerait bientôt lui rendre visite pour lui annoncer qu'elle était en train de tenir sa promesse : mettre fin aux réseaux pédocriminels dont elle et lui avaient été les victimes. Elle était impatiente de lui apporter des nouvelles qui lui feraient du bien et l'aideraient peut-être à se libérer de ses angoisses à son tour.

Pour ne pas perdre de temps, elle avait d'ores et déjà envoyé des équipes à la grotte de Coppenbrügge pour vérifier s'il y avait encore des preuves récupérables malgré l'incendie. Et grâce aux nouveaux éléments recueillis au cours de son enquête, elle allait pouvoir ordonner au Sénat de Berlin de fournir tous les dossiers du projet Kentler encore enfouis dans ses archives. Ces éléments l'aideraient peut-être à identifier son bourreau et bien d'autres. Tout cela, sans compter ce qu'elle allait découvrir sur la clé USB volée au Passager.

Posément, elle ôta toutes les feuilles des murs et les disposa une à une dans des cartons et des pochettes qu'elle empila dans un coin de la pièce. En revoyant les photographies de ses parents, elle hésita puis en déchira une en deux.

Bientôt les murs furent immaculés et son cœur allégé. Elle balaya du regard le cabinet vide en poussant un soupir de soulagement libérateur.

Puis elle referma la porte derrière elle, avec trois documents en main. Le portrait de son père qu'elle venait de désolidariser de sa mère, le croquis qui campait les traits du jeune Lukas, réalisé il y a bien des années, et un cliché pris par un reporter représentant le courageux Scott Dyce.

Elle sortit de sa poche le petit canif porte-clés qu'elle rangea précautionneusement avec le dessin et la coupure de presse dans le tiroir de sa table de nuit. Puis elle observa longuement le cliché déchiré. Les larmes aux yeux, elle contempla le visage de cet homme anxieux, attendant le retour de sa fille qu'il aimait tant.

— Merci… papa, murmura-t-elle.

Elle réfléchissait déjà au rendez-vous qu'elle allait prendre pour réserver à cette photographie une sépulture dans le cimetière familial. Mais à l'extrême opposé de là où sa mère avait dû être enterrée par les hommes d'Olympe soucieux de ne pas rendre la mort de cette vieille femme suspecte aux yeux de la police et des habitants du village.

Du coin de son regard embué, elle aperçut une ombre se faufiler.

Le chat était là, assis, et la fixait, à travers la fenêtre. Il se lissa les moustaches de l'avant de ses pattes et se roula en boule sur le rebord en pierre à côté du corps d'une souris.

Grace s'attendrissait en secouant lentement la tête. Son téléphone la tira de sa rêverie.

— Inspectrice Campbell ? Service informatique du commissariat. Nous avons terminé d'analyser le support USB que vous nous avez confié hier. Le rapport vous attend au commissariat.

— J'arrive !

Elle poussa la porte de chez elle et tomba sur un mignon petit plateau-repas concocté par Kenneth qu'elle s'empressa de ramasser et de poser sur la commode de son entrée. Elle allait repartir mais fit subitement volte-face.

Elle traversa le salon, entra dans sa chambre et ouvrit la fenêtre en grand. Elle joua un instant avec l'anneau qu'elle portait depuis tant d'années à son pouce. Elle le retira, le regarda et le mit également dans le tiroir de sa table de nuit. Elle avala une bouffée d'oxygène et dit :

— Sois le bienvenu, mon ami.

Encore lové, le chat tourna son minois vers elle, comme s'il n'y croyait pas. Leurs deux regards se croisèrent et le félin se leva soudain avant de bondir vers la jeune femme. Grace le caressa derrière les oreilles et l'animal ronronna de plaisir.

— Pour ce midi, je te laisse te régaler de l'offrande que tu voulais me faire et ce soir on dînera ensemble.

Grace se hâta, autant que son état le lui permettait, de quitter enfin son appartement afin de prendre un taxi qui la conduisit au commissariat.

Après avoir traversé l'open space et répondu à plusieurs collègues bienveillants qui prenaient de ses nouvelles, Grace se retrouva enfin seule dans son bureau et s'assit sur sa chaise en grimaçant de douleur.

À côté de l'enveloppe qu'elle s'apprêtait à décacheter, on lui avait également déposé *The Scotsman.* En une, le quotidien, comme sans doute nombre d'autres dans le monde, racontait la folle arrestation du train de la société Olympe à la frontière russe ainsi que la libération de plusieurs orphelins enfermés dans ses wagons. La légende de la photo illustrant l'article émut Grace : « Les vingt-trois enfants âgés de trois à douze ans attendent désormais d'être adoptés pour commencer une nouvelle vie loin de leur ancienne prison. »

Parmi les visages des petits innocents, Grace reconnut immédiatement celui, espiègle, d'Eliza. Et lui vint l'étrange sentiment que c'était elle et elle seule que la fillette regardait. Elle se souvint de l'affection immédiate qu'elle avait éprouvée pour cette enfant et de l'instinct de protection qu'elle avait eu à son égard.

Quelque chose qu'elle n'avait jamais éprouvé se déploya en elle. Comme une lumière se serait mise à irradier d'une porte jadis fermée.

— Non ! dut-elle se dire à voix haute au bout de quelques instants d'une possibilité qu'elle jugea folle et déraisonnée.

Quand tu auras prouvé que tu es capable d'adopter un chat et de t'en occuper, on en reparlera, pensa-t-elle.

Elle poussa le journal et s'empara de l'enveloppe sur laquelle était inscrit : « À l'attention de l'inspectrice Campbell, suite à sa demande d'analyse de support USB // pièces à conviction n° 26543#. »

Fébrile et impatiente, elle en sortit la clé rouge et son étui, ainsi que le rapport du service informatique. Qui se résumait à une unique page. *Inquiétant.*

Le compte rendu très succinct précisait que l'analyse de l'appareil électronique avait été très largement compromise en raison d'une corrosion des circuits et des multiples chocs qui avaient endommagé sa mémoire. L'examen avait permis de constater la présence d'une cinquantaine de clichés pris récemment, mais dont les données graphiques avaient été détruites. Un seul fichier de cette liste avait pu être récupéré et envoyé à Grace sur le réseau interne. Comme les autres, son code binaire et sa résolution permettaient de déduire sa nature inattendue. *Des photos satellite*..., songea Grace, dubitative.

Ce n'était pas du tout ce qu'elle espérait dénicher sur cette clé ! Elle aurait dû y trouver des documents préjudiciables à tous les associés du Passager et les clients d'Olympe. Des photos, des vidéos, des papiers, des enregistrements audio. C'est cela qu'elle était venue chercher dans ce train de l'enfer !

Que s'était-il passé ? Gabriel lui avait-il menti ? Ce n'est pourtant pas ce qu'il avait l'air de lui dire dans sa lettre. Il s'était trompé ?

Grace reprit la clé USB entre ses doigts et fut soudain saisie d'un flash.

Elle était sur la plate-forme, au moment où elle se jetait à découvert pour tenter d'arracher la pochette des mains du Passager. Sur le moment, dans l'agitation et la panique, elle n'avait pas prêté attention à la sensation de ses doigts lorsqu'elle l'avait saisie. Mais en revivant la scène, c'était une évidence : il y avait deux clés sous le velours noir. Deux clés, mais une seule était tombée. Et apparemment, ce n'était pas celle qui contenait les informations compromettantes ! *Une catastrophe.*

Effondrée, Grace se raccrocha à une seule idée : que contenait cette clé de si précieux pour être gardée dans le coffre du Passager ?

Elle fut tirée de ses pensées par une agitation anormale qui provenait du hall. Probablement un conducteur trop alcoolisé qui refusait d'entrer en cellule de dégrisement. Bien qu'elle entendît surtout l'agent d'accueil élever la voix, et non les cris habituels d'un ivrogne agressif.

Elle se reconcentra. Sur le point de se connecter à son ordinateur pour ouvrir l'unique fichier qu'on avait pu lui transmettre, elle posa les yeux sur la dernière phrase du rapport : « Enfin, il est à noter que le support USB a pour nom : "Phase 3". »

Le doigt suspendu au-dessus de la touche « Entrée » de son clavier, Grace répéta tout bas les mots du discours du Passager.

— « Avant de vous révéler la phase 2 du Plan, qui permettra enfin de crier victoire… »

Alors il existait une phase 3 ?

Grace ne savait plus quoi penser. De ce qu'elle avait entendu du projet du Passager et de ses associés, on ne pouvait pas aller plus loin dans la volonté de domination. En quoi pouvait bien consister une étape supérieure ?

Avec une application anxieuse, elle ouvrit le document intitulé « Ph3 – ECM 44 ».

Une photo s'afficha.

Au même moment, le téléphone fixe de Grace sonna. L'appel était interne. Bien trop absorbée par ce qu'elle avait devant les yeux, elle l'ignora, laissant se déclencher son répondeur.

En plein écran venait d'apparaître ce qui ressemblait effectivement à une photo satellite. On y voyait une vaste étendue vallonnée de couleur ocre. Et au centre de ce qui semblait être un désert ou une surface liquide, quatre formes sphériques et grises se rassemblaient autour d'un mât noir.

— Qu'est-ce que c'est que ça ? souffla Grace.

Elle était incapable de déterminer la nature de ces étranges constructions ou l'endroit où elles se situaient. Et pourtant, il était urgent qu'elle décrypte cette nouvelle énigme si elle voulait retrouver le Passager, lui reprendre les noms de ses collaborateurs et contrecarrer la prochaine étape de son Plan forcément diabolique.

Elle composait à toute vitesse le numéro du responsable du service informatique pour qu'il l'aide à analyser l'image dans ses moindres détails, quand on frappa sèchement à la porte de son bureau.

— Oui ?

L'agent de l'accueil, un homme d'une cinquantaine d'années, l'air sévère, passa sa tête dans l'embrasure.

— Inspectrice, pardonnez-moi de vous déranger, mais quelqu'un insiste… disons très fermement pour vous voir… tout de suite.

Grace connaissait l'officier de garde. Il n'était pas du genre à se laisser intimider et en avait vu de toutes les couleurs depuis qu'il était en poste. Mais pour la première fois, il paraissait ébranlé.

— Qui est-ce ? demanda-t-elle, surprise de le voir si mal à l'aise.

— Une femme. Plus précisément une inspectrice.

— De quel secteur ?

— Elle n'est pas d'ici… Elle vient de… Enfin, il serait préférable que vous acceptiez de la rencontrer. Elle est du genre… froidement insistante.

— Qu'est-ce qu'elle veut exactement ?

— Elle a simplement dit que c'était urgent et que ça n'allait pas vous plaire.

Grace pencha la tête sur le côté, à la fois curieuse et méfiante.

— Quel est son nom ?

L'officier se retourna soudain.

— Hey ! Attendez, vous ne pouvez pas…, cria-t-il.

L'homme fut bousculé en avant.

Apparut dans l'embrasure une femme d'une quarantaine d'années. Grace remarqua immédiatement sa large cicatrice sous l'œil droit et la détermination figée de son regard bleu glacé qui contrastait avec le flamboyant de sa chevelure rousse.

Les deux femmes se jaugèrent sans mot dire. Grace savait qu'elle aurait dû la mettre dehors, mais la présence de cette inconnue était si intense qu'elle en fut troublée.

— Qui êtes-vous ? finit-elle par dire en se levant lentement.

L'autre la dévisagea, l'air imperturbable, comme si elle l'évaluait, avant de répondre sévèrement.

— Geringën. Sarah Geringën.

Remerciements

Merci à Bernard Fixot et Édith Leblond de m'offrir ce plaisir inouï : vivre de ma liberté créative. À mon éditrice Camille le Doze pour m'avoir une nouvelle fois accompagné avec professionnalisme et bienveillance dans le processus de « réaccouchement » du texte. À mon attachée de presse Stéphanie Le Foll : si elle est folle de quelque chose, c'est bien de son métier de faiseuse d'articles. À Sarah Altenloh, mon attachée de presse belge qui a le superpouvoir de concentrer un mois de promotion en cinq heures. À Renaud Leblond pour ses remarques attentives et son sens de la concision. À David Strepenne qui pilote le paquebot commercial comme il manie sa moto. Et à toute l'équipe de XO, aussi discrète qu'efficace, mobilisée pour vous offrir le plus grand plaisir de lecture.

Un plaisir de lecture qui ne parviendrait peut-être pas jusqu'à vous sans tous les libraires de France, de Belgique, de Suisse et du Québec, qu'ils soient indépendants ou non, loin d'être des « Passagers sans visage », vous êtes de formidables passeurs d'âme sur lesquels on peut mettre un visage. Avec une mention toute spéciale pour mes deux plus fidèles soutiens, Jérôme Toledano, de la librairie Les Cyclades, qui a une telle confiance dans ses lectures qu'il ose le « satisfait ou remboursé », et l'électrique boule de flipper à multi-bonus, Caroline Vallat.

Et, enfin, ce plaisir de lecture qui j'espère a été le vôtre n'aurait jamais pu se matérialiser sans mes deux primo-lecteurs. D'abord Olivier Pannequin, dévoreur de scénarios et de cinéma, qui continue année après année à me prouver son amitié en me disant la vérité sans me brusquer. Un merci tout spécial pour ta diabolique suggestion de dernière minute… Et enfin le plus grand des mercis à ma femme Caroline qui sait tout aussi bien se retrousser les manches quand il s'agit de corriger mes premiers écrits que m'ouvrir les bras quand il s'agit de m'aider à relever ce qui peut m'apparaître comme un impossible défi. Merci de croire en moi sans jamais douter. Parfois, je suis à deux doigts de m'y croire… jusqu'à ce que tu me rappelles qu'il reste de la vaisselle à terminer.

Sources du roman

Le Passager sans visage ne fait pas exception à ma règle d'écriture : comme chacun de mes romans, il est fondé sur des faits réels. Toutes les informations sur la légende du joueur de flûte sont le fruit de multiples recoupements de sources historiques et archéologiques disponibles sur Internet et au musée de Hamelin. La pièce la plus troublante de l'exposition demeurant l'authentique borne de pierre gravée de l'inscription : « En l'an 1556, 272 ans après que le magicien a conduit 130 enfants hors de la ville, ce portail a été érigé. » À noter que la communication touristique de la ville de Hamelin est centrée autour de cette légende avec, de mon point de vue, une dimension festive dérangeante (comme le défilé carnavalesque d'enfants déguisés en rats derrière un joueur de flûte) qui se marie mal, d'une part, avec la noirceur de cette histoire et, encore moins, avec sa probable historicité.

Le projet Kentler est, lui, un fait qui ne souffre aucun doute. Il a fait l'objet de deux rapports très détaillés que vous pouvez consulter ici. Le premier, issu de l'université de Hanovre, est en allemand (https://www.uni-hannover.de/fileadmin/luh/content/webredaktion/universitaet/geschichte/helmut_kentler_und_die_universitaet_hannover.pdf) et le second en anglais, même s'il a été rédigé par des universitaires allemands (https://hildok.bsz-bw.de/files/1109/Oppermann_Kentler-Englisch.pdf). Il existe également quelques coupures de presse, trop peu nombreuses selon moi. Malgré son énormité, l'affaire n'a déclenché aucune investigation plus approfondie de la part des journalistes puisque aucun autre article n'a été écrit sur le sujet depuis la révélation du scandale au mois de juin 2020.

La phase 2 du plan du Passager destinée à instaurer sur le long terme un gouvernement de la peur en démocratie est en partie inspirée par *Le Prince* de Machiavel. La fabrique du consentement mise en place par le Passager s'appuie sur *Propaganda* (traduit et publié en français dans la collection « Zones », de La Découverte), la « bible » de la manipulation de masse écrite en 1928 par le publiciste Edward Bernays, neveu américain de Freud, qui a trouvé dans les théories sur l'inconscient et les pulsions humaines de son oncle comment mieux nous manipuler pour faire de nous des consommateurs dociles. Si vous voulez approfondir, dans son essai *Propagande. Comment manipuler l'opinion en démocratie* (Belin), David Colon nous explique comment les outils numériques et les réseaux sociaux offrent de nouvelles techniques de contrôle encore plus efficaces. À ce titre, je vous invite à vous renseigner sur la théorie du « nudge » qui consiste à vous donner des petits coups de pouce afin de vous aider à suivre le